Andrea Maria Dusl

Boboville

Andrea Maria Dusl

BoboVille

Roman

Residenz Verlag

Bibliografische Information der Deutschen Bibliothek
Die Deutsche Bibliothek verzeichnet diese Publikation in der Deutschen Nationalbibliografie; detaillierte bibliografische Daten sind im Internet über http://dnb.ddb.de abrufbar.

www.residenzverlag.at

2. Auflage 2009

Illustrationen: Andrea Maria Dusl
Grafische Gestaltung und Satz: Joe Wannerer
Schrift: Epic by Neil Summerour
Lektorat: Afra Margaretha
Gesamtherstellung: CPI Moravia Books

ISBN 978-3-7017-1501-5

Forte est vinum, fortior est rex,
fortiores sunt mulieres:
super omnia vincit veritas.

Stark ist der Wein, noch stärker der König,
am stärksten sind die Frauen,
aber über alle siegt die Wahrheit.

(1 Esdras, Kap. 3 und 4)

Es ist kalt. Die Platanen vor meinem französischen Atelierfenster, am Platz, der nach Hugo Wiener benannt ist, sie wogen im Tiefdruckwind. Thomas Glavinic redet im Fernsehen. Gerade war Charlotte Feuchtgebiet im Apparat. Zu Gast bei Boboobergott Harald Schmidt. Die Welt ist voller Schriftsteller. Voller Fallensteller. Alle sind sie welche. Hugo Wiener selig, Glavinic, Feuchtroche. Beuteschwabe Schmidt.

Der Mann mit der Clownfrisur, der Zweifamilienbesitzer aus Amstetten? Kein Bobo. Auch der andere Schnitzelländer Tresortüreninstallateur nicht, der mit dem tschechischen Namen, der sich vor die S-Bahn geworfen hat. Bobos werfen sich nicht vor S-Bahnen, sie haben keine Keller. Sie springen von Dächern. Bobos wohnen in Boboville. Der Stadt in den Städten, dem Trockengebiet der Seele. Hier wird über Nässe geschrieben. Und über Nachtarbeit. Hier, in der platanenbestandenen französischen Atelierfenstergegend.

Das Bobovillebuch, ich muss es schreiben, ich will nicht, ich muss, ich bin in die Falle gegangen, in die Bobofalle, und ich habe mir die Falle selbst gestellt. Andere Bobos, Buchverlegerbobos, der Montblancbesitzer und die Frau aus Soho, haben Zähne an den Fang geschmiedet. Und mich in die selbstgebaute Falle gelockt. Das Buch, das Bobobuch, das Bobovillebuch, es ist im Katalog angekündigt, im Herbstkatalog. Es gab eine Inhaltsangabe, noch bevor es den Inhalt gab. Aber es wird einen Inhalt geben, der den Angaben widerspricht. Oho! Er wird ganz und gar unbobovillesk ausfallen, der Bobovillebuchinhalt.

Boboville hat 1968 begonnen. In einem Stadtteil von Boboville, zwischen dem dicken Fluss und dem Kanal. Mazzesinsel hieß das Boboville-Eiland, bevor der Gott der Hakenkreuze ihre Besitzer töten ließ. Die toten Mazzesinsulaner fehlten auf der Boboinsel, als ich hier aufwuchs, das Klavierspiel fehlte, das aus den Fenstern auf die Straßen gesprungen war, bevor der Gott der Hakenkreuze Konjunktur hatte bei den Familien der Tresortürenplaner. Alle waren sie tot oder ausgewandert. Auch meine Großeltern. Meine Großtanten, mein Cousinonkel. Nur der Onkel Christian war wiedergekommen und schickte sich an, Kreiskys Justizminister zu werden. Unser Onkel Christian. Mit der dicken Krankenkassabrille. Unser Onkel Christian mit der mürrischen Stimme und den Bauchhosen.

Boboville hat 1968 begonnen, da war ich sieben, sieben auf einen Streich, es war Sommer und Boboville war heiß. Gegenüber vom rosagestrichenen Haus, wo am 1. Mai die roten Fahnen der Sozialisten hingen, gegenüber vom rosa Haus mit der Putzerei, ein schönes Bild, das rosa Haus der Sozialisten mit der eingebauten Putzerei, gegenüber von diesem Haus lag das Geschäft. Die Keimzelle von Boboville. Das heilige Geschäft. Das Bonbongeschäft. BONBONS stand in großen Lettern über dem Geschäft. Bonbonville hätte ich meine Insel genannt, hätte ich als Kind gewusst, das Zuckerl und Bonbons das Gleiche sind. Das Bonbongeschäft, es existiert noch heute, meine ich, vierzig Jahre nach 1968, es war rot gestrichen und ist es noch. Rotsein hatte eine Logik für mich, lange bevor das Wort in mein Leben treten sollte. Als Siebenjährige hielt ich es für richtig, wie ich es damals nannte, dass gegenüber von Onkel Christians rosa Sozialistenhaus mit der Putzerei das rote Zuckerlgeschäft lag. Seine Auslagen waren mit Krapfen geschmückt, mit Indianern, Pariserspitz, leeren, vergilbten Bonbonnierenschachteln. Mit gelber Plastikfolie war sie ausgelegt, die Auslage, darin lagen Vanillekipferl, zu kleinen Vulkanen aufgeschichtet, Mannerbruch in Scheiterhaufenform, Windringe in zirkulär geschichteten Windringringen. Und manchesmal stand eine Nusstorte in der Auslage. Mit einem dicken Kakaocremekringel an der Schulter, gekrönt von einer Walnuss. Oder war es eine Kaffeebohne, mit der Schamspalte nach oben in den Kakaocremekringel gedrückt? Die Scheibe des Bonbongeschäftes hatte 1968, wenn man die Scheibe gut kannte, auf Kindernasenhöhe leichte Blindheiten. Die kamen von den gierigen Häuchen, die wir beim Anblick von Torten und Mannerbruchgebirgen auf den kalten Scheiben hinterließen. Ein Besuch des Bonbongeschäftes ohne minutenlanges Verharren an der Oberfläche der Bonbongeschäftauslagenscheibe wäre kein Besuch des Bonbongeschäftes gewesen. Man musste sich genau einprägen, was man brauchte. Ob und welches Torteneck, welche Kombination wievielwelcher Zuckerl. In unserer linken Kinderbobofaust befanden sich, zwischen gekrümmte Finger geklemmt, die Schillinge. Schillinge. Einschillinge und Zehngroschenscheiben und kleine, randgerillte Fünfziggroschenknöpfe. Abgezählt. Zu imaginierten Groschentürmen gestapelt. Denn Boboville 1968, als ich sieben war, hinter den Zwergenbergen, war immer auch Berechnung. Wie viel sich wovon ausging mit wie viel an kinderbobofaustgewärmtem Metall. Die Berechnung dessen, was die linke Faust umklammerte. Um zehn Groschen, das musste man wissen, wenn man mit der Nase an der Zuckerlgeschäftscheibe hing, ging sich immerhin ein Stollwerck aus, die Grundwährung meiner Bobovillekindheit. Mit einem im Fußabstreifergitter vor der Putzerei gefundenen Zehngroschenstück ging sich in der Frühzeit von Boboville ein Stollwerck aus. Es war so groß wie ein Auge im Quadrat und so hoch wie zwei Schulhefte dick, es war eingewickelt in ein zwergentischtuchgroßes Wachspapier. Das Stollwerck. Das Wachspapier, man musste es ablösen, solange das Stollwerck kalt war. War es warm, klebte das Wachspapier am

Stollwerck. Fünf Minuten milchzähneverklebendes Lutschen ging sich aus mit dem Zufallszehngroschenstück aus der Bobovilleputzerei im Sozialistengebäude, dem Theodor-Herzl-Hof. Theodor-dem-Erfinder-von-Israel-Herzl-Hof. Dass die Gasse ums Eck Malzgasse hieß, hatte Richtigkeit für uns. Schmeckte doch das braune, klebrige Stollwerck nach Malz. Oder nach dem, was wir für Malz hielten. Wir. Wir, die Bobovillekinder vorm Bonbonvillegeschäft. Und wo waren wir her? Aus der Leopoldsgasse, aus der Schreygasse, aus der Rembrandtstraße, aus der Nestroygasse. Aus der

Unteren Augartenstraße, aus der Malzgasse. Die, nach der das Malz in den Stollwerck seinen Namen hatte.

Das Bonbonvillegeschäft in der Leopoldsgasse war eine Art Maschine, eine Konsumboboismusmaschine, die erste Konsumboboismusmaschine der Welt. Das Bonbonvillegeschäft musste man besteigen, es war nicht ebenerdig zu betreten. Ein kleiner, halbstufenhoher Absatz führte in eine rotbemalte Nische, rot, wie ja alles Holz am Bonbonvillegeschäft rot gestrichen war. In einem Rot, das eine leichte Fähle hatte, ein sonnengeblichenes, vom blauen Himmel ausgelaugtes Rot. Ein Rot, wie wenn man von oben in ein Himbeerkracherl schaute. Es knirschte, wenn man die Betretungsnische des Bonbonvillegeschäfts bestieg, es machte knarrende Geräusche. Selbst dem federleichtesten Leopoldsgassenkind aus der Schreygasse, in jedem Fall war das immer ich, denn ich war das zarteste, kleinste und gewichtsloseste aller bonbonaffinen Kinder in Frühboboville, selbst dem Hauch eines Kindes gelang es nicht, die Eingangsnische ohne das Eintrittsknirschen zu besteigen. Das Knirschen war Teil der Maschinerie. Der zweite Mechanismus der Bonbonvillemaschinerie war nicht minder geräuschvoll. Eine Türe, rot gestrichen war sie und dreiviertelgläsern, sie musste an einer Griffstange gehalten und gegen den Widerstand eines Kugelschnappmechanismus aufgedrückt werden. Der Bonbontürmechanismus schärfte mein Talent für technische Zusammenhänge. Ich hatte damals keine Ahnung und heute ebensowenig, wie das Schloss hieß, war es ein englisches Patent oder ein amerikanisches? Für das Kindermich war es eine kleine Messingnuss, die von einer Feder in die Außenwelt gedrückt wurde. Sie war mit honigfarbenem Schmierfett verklebt und roch nach Fahrradkette. Die Messingnuss hielt die Türe im Schloss. Man musste mit dem ganzen Gewicht eines zuckerschuldigen Kindes an der Türe drücken, um den Widerstand der honigschmierfetten Messingnussfeder zu überwinden. Das geschah, so es geschah, denn es war nicht leicht, stets mit einem Knall, von dessen mechanischer Erschütterung die Glasscheibe in der Bonbongeschäftstüre klirrte. Leicht, so dachten wir, könnte dieses Glas brechen und zu enormen Kinderschulden bei den Bonbongeschäftsinhabern führen. Schellende Ohrfeigen, markzersetzendes Angeschrienwerden, schmerzhafte Schüttelungen und daheim dann schlicht lebenslanges Fernsehverbot nach sich ziehen. Der Eintritt ins Bonbonparadies war untrennbar mit der Angst verbunden, die Zuckerpforte zu zerstören. Indes, das Dilemma war Teil einer ausgeklügelten Inszenierung. Nie nämlich, ja nie ist das Glas des Paradiesportals aus seinen Kittfugen gesprungen. Die Diabolik dieses Mechanismus war ebenso perfide wie gefürchtet. Hatte man die Türe aufbekommen, schlug ihr Blatt rechts oben, eine Handbreit aufgedrückt, gegen ein Glöckchen. Als hätte das Knirschen der Betretungsnische und das Knallen der Türe nicht schon genug Bonbongeschäftsalarm ausgelöst. Knirschknallklingeling, das war, in Geräusche umgesetzt, das Süßigkeitenprogramm des Bonbonvillegeschäfts. Zuckerlkauf war ein Abenteuer, dessen Ritualpartikeln sich nicht alle von uns aussetzen wollten. Ich jedenfalls hatte bald eine Technik einstudiert, die Sesam-öffne-dich-Arbeit anderen aufzuschultern. Einem anderen Kind, einer Bonbonnierekäuferin, einem Schokohurtigen, einem Diabetiker auf Selbstzerstörungstour. Irgendjemandem jedenfalls, der die honigfette Nuss für mich aufdrückte. Sobald ein Helfer nahte, stellte ich mich in die Nähe der Eingangsnische, studierte den Mannerbruch, zählte die heidelbeergeschmackigen unter den Hellerzuckerln oder dachte mir sonst eine Unauffälligkeit aus. Das hatte ich mir von den Bienen abgeschaut. Die zuckelten doch auch zögerlich vor den Kelchen herum, um mit ihrem Schwirren andere Bienen zum Blütenbesuch anzustiften. Diese Vorgänge wollen deshalb in aller Ausführlichkeit erzählt werden, weil zum Verständnis Bobovilles das Verständnis für die Abweichung gehört. Bobovillains sind am Ungleichartigen interessiert, nicht am Uniformen. Auch von diesen Vorgängen wollten die Blindheiten stammen, die in Kindermundhöhe in die Auslagenscheiben geätzt waren. Von den Häuchen der Wartenden. Von den perfide vor dem Kelch taumelnden Kinderbienen.

Und dann kam sie, die dicke Hummel im Hubertusmantel, die Tortensuchende, den Seppelhut aufs weiße Lockengebirge drapiert. Und die knirschknalldrückte mir die Türe zum Süßigkeitenjerusalem auf.

Von Innen, das will ich gerne zugeben, ließ sich die bestialische Türe so leicht wie geräuschlos manipulieren. Von Innen sehen alle Initiationsrituale lächerlich aus. So geräuschvoll der Eintritt war, so leise, so sakristeihaft still war es im Inneren des Bonbongeschäfts. Ein Zimmerchen, von einer L-förmigen Glastheke beherrscht. Keine von den Bonbonischen befand sich je bei Eintritt in ihr Reich hinter dieser Budel. Die Bonbonischen befanden sich in lauernder

Stellung, in der Tiefe ihrer Geschäftsräume. Ich entwarf ein Bild von ihnen, wie sie auf rosaledernen Sofas, im Lichte schokoladenfarbener Stehlampen vollgeklebte Fußballbilderalben studierten und Eskimoeiskataloge, Keksbestelllisten ausfüllten oder auch nur die Kreuzworträtsel in der Zuckerbäckerinnungsgazette. Vielleicht schliefen sie auch auf großen Schaumrollen? Designschaumrollen gewiss. Aus der Carnaby Street. Im Lichte himbeersaftfarbener venezianischer Luster.

Wie auch immer, nach dem Vergehen einer guten Minute krabbelte eine der Bonbonischen aus ihrem Versteck, nach meiner Erinnerung eine kleine, dicke Frau mit blaukarierter Textilviertelschürze, die Leopoldstädter Friseurbesuchsfrisur im Haar, zur Zeit, in der meine Erinnerung spielt, war es das silberblau getönte Lockenhaupt. Die Frisur der Gegend war uniform, silberblaue Dauerwelle. Nur Frau Natiesta im dritten Stock unseres Hauses in der Schreygasse, einen Apfelbutzenwurf von hier Richtung Leopoldsberg, hatte weißgoldenes Haar.

Die Bonbonische war mürrisch, sie hatte dicke Hände wie die Babuschkas in der Ukraine, wie die Waldviertler Kartoffelbäuerinnen. Dicke, kurze Hände. Und mürrisch war sie. Alle Bonbonischen sind mürrisch, anders als mit militanter Mürrischkeit lässt sich ein Bonbongeschäft nicht führen. Die Mürrischkeit paarte sich mit Präzision. Der Bonbonischen konnte man die ungeheuerlichsten Listen vortragen. Mehrstellige Listen. Listen, die von 17 weißen Stollwerck handelten, drei Liebesherzen, zwei Fizzersrollen, zwei Bazooka-Kaugummi-Paketen, drei Kuverts Fußballbildern, zwei Schlangen, zwei Colaflascherln aus Gummi, einer Packung Brause Orange, einer Packung Brause Zitron, einem Leberknödel.

Die Bonbonische hatte im Kopf mitnotiert, und schon beim Ausklang des Wortes Leberknödel, oder was auch immer das Ende der Liste markierte, die Summe parat. Dreizehn dreißig. Mehr als Dreizehn dreißig überstieg so ein Großeinkauf im Bonbongeschäft nie, und es war immer eine Kombination aus Groschen und Einschillingmünzen. Und immer zahlten wir sofort. Nach Bekanntgabe der Liste. Erst dann grub die Bonbonische in den Details und schichtete mit einer Genauigkeit, für die sie Uhrmacher beneideten, unser Zuckerwerk in weiße Papiersäckchen. Mit denen man später, waren sie leer und aufgeblasen, einen bobovilleerschütternden Knall machen konnte. Mürrische Genauigkeit. Die lernten wir bei der Bonbonischen. So waren die mehrstelligen Listen ja auch zusammengestellt worden, durch mürrisch genaue Kalkulation von Zuckerlpreisen. Zehngroschenscheiben ließen sich gegen Stollwercke tauschen, Fünfziggroschenknöpfe gegen Fizzersrollen, Bazooka-Gums, Brausesäckchen und Gummilutschzeug. Nur die Panini-Fußballbilder waren in Schillingwährung geerdet. Und der dicke, fette Leberknödel, das Zweischillingmonster. Sein wuchtiger Preis folgte gestalterischer Logik. Nach dem Essen der Nougatbombe war der Kindermagen verklebt. Nicht mal Brause konnte dann den fetten Nougatleberknödel durch den Bauch spülen. Der Nougatleberknödel war der Gruftdeckel des Zuckerlgrabs.

Das Reich der Bonbonischen war im Gegensatz zu den anderen Geschäften auf der Insel auch an Sonntagen geöffnet. Manchesmal musste ich hier Sonntagsmilch für daheim einkaufen. Oder Sonntagskaffee. Oder Sonntagszucker. Die Bonbonischen verwahrten Milch auch an Nichtsonntagen in einem Geheimkühlschrank. Denn die Zuckerlgeschäftkonzession verbot 1968, im Jahr, als am Boulevard Saint-Germain die Pflastersteine flogen, gewiss den Verkauf von ungezuckerten Nahrungsmitteln. Es war mir damals schon bewusst: Geschäft ist immer auch Verbrechen. Milch verkaufen, wo Milchverkauf verboten ist. Kaffee verkaufen, wo Kaffeeverkauf verboten ist.

Bei den Bonbonischen saßen manchmal Leute vom Grund. Ausgemergelte Gestalten bei einer Tasse schwarzen Mokkas, die sich vorgaukelten, bei den Bonbonischen etwas für die Gesundheit zu tun. Mokka und Underberg tranken sie, an einem Resopaltischchen sitzend, und auch wenn sie dabei keine Falk inhalieren durften und keine Ernte 23, war das für die Ausgemergelten gewiss so gesund wie Zuckerzeug für Kinderzähne.

Das himbeerkracherlrote Bonbongeschäft gegenüber von Herzls sozialistischer Dampfbügelei ist der Nabel von Boboville. Auch wenn andere Bobovillains von anderen Nabeln wissen wollen. Von Nabeln im Village oder im Marais. Oder Umbilicae in Castro, Mitte und Kreuzberg. Alles Quatsch. Der Omphalos von Boboville ist das rot gestrichene Bonbongeschäft gegenüber vom rosa Gemeindebau, der nach Theodor Herzl benannt ist. Gestern habe ich das Schreiben des Bobovillebuchs unterbrochen, um in einem hastigen Anflug von Bekümmerung in die Leopoldsgasse zu fahren und Nachschau zu halten, ob das Bonbongeschäft überhaupt noch existiert. Ich parkte vor dem rosa Gemeindebau, wie es sich für Bobovillains gehört, mit drei Rädern im Kriminal, auf der Bushaltestelle nämlich. Mein Schreck war groß. Das Bonbongeschäft existiert. Unverändert. Sogar die gelben Plastikbahnen in seinen Auslagen sind noch da. Etwas gebleicht von der Leopoldstädter Sonne.

★ ★ ★

WEITER GEGEN DEN WALD, der hier einmal stand, jenseits von Boboville, im Dunkel der Provinz, da lag unsere Schule. Es war keine normale Schule. Ganz im Gegenteil, es war eine ganz und gar unnormale, absonderliche, eine ganz und gar abscheuliche Schule. Die Private Volksschule des Vereins der Schulschwestern vom 3. Orden des hl. Franziskus für Knaben und Mädchen mit Öffentlichkeitsrecht. Sie war das Gegenteil vom Bonbongeschäft. Aber für die Genese Bobovilles, für die Aufklarung der Andreamaria waren die Vorgänge in ihrem Inneren gewiss mindestens so wichtig. Denn wo Licht ist, so lernten wir es im Religionsunterricht beim Herrn, den wir den Herrn Katechet nannten, ist immer auch der Schatten. Und es war viel Schatten im Gebäude Leopoldsgasse 1a.

Auch dieses hatte seine Richtigkeit. Ein Gebäude wie das der Schulschwestern konnte nur die Hausnummer 1 tragen. Nichts anderes wäre denkbar gewesen als diese Zahl. Und um die Gelegenheit zu nutzen, diese Erstheit noch zu unterstreichen, fügte das Schulschwesternkommando auch noch den Buchstaben »a« an. Jedes Gebäude, das diese Straßennummer hätte unterschreiten wollen, hätte tief in die Untere Augartenstraße hinein bauen müssen und sich Leopoldsgasse römisch eins groß A nennen müssen. Leopoldsgasse IA. Eventuell hätte ein solches Gebäude der Schulschwesternburg den Eminenzrang abgelaufen. Jenseits dieser Privatüberlegungen hatte die Hausnummer »1a« etwas zutiefst Schulisches. Klar, dass ich eine Klasse besuchte, deren Kennzahl ebenfalls »1a« war.

Als noch viel Schatten war im Dunkel der nonnengeführten Schulburg, wurde viel mit Licht hantiert. Es wurde Licht ins Dunkel gebracht. Mit Kerzen, schirmlosen Hundertwattbirnen und mit dem Feuer der Spende. Erinnern wir uns doch, wie das ist in Schnitzelland. In heiligen Zeiten, meist ist das der Advent, die Zeit der Besinnung, gefällt sich Boboville darin, Gnade vor Unrecht walten zu lassen und den einen oder anderen Schein zu spenden. Im Kerzenlicht der Betroffenheitsgalas werden Spenden lukriert, dass sich die Konten biegen. Wie das geht, lernten wir 1968. In der Schule. Während anderswo die Pflastersteine aus dem Boulevard gerissen wurden. In Saint-Germain-des-Prés. Auf der Wiese des Widerstands. Wie man Spenden aus den Herzen schneidet, lernten wir in der Rue Léopold. In keiner Schule Bobovilles lernte man das Spenden besser als in der Volksschule des Vereins der Schulschwestern vom 3. Orden des hl. Franziskus für Knaben und Mädchen mit Öffentlichkeitsrecht.

Ich gebe nichts. Außer Roma-Musikern, in denen ich aus familiären Gründen meinesgleichen sehe, gebe ich nichts, nie, niemandem, außer meinen Freunden, den Musikern. Die Spende ist das Böse. Zwischen mir und der Spende steht die Unmöglichkeit. Schon das Wort löst in mir Beklemmungen aus. Die Abneigung gegen das Spenden überfiel mich in der Volksschulklosterburg. Die Schwestern, in deren Obhut ich mich befand, weil mein Vater am Auftrag zu einem Kirchenbau bastelte, die Schwestern in der Leopoldsgasse 1a, hatten ein ausgeklügeltes Ritual entwickelt, um an Geld zu kommen. Zu allen heiligen Zeiten, die riefen sie aus, wie ihnen das katholenkalendarisch passte, wurde der »Negerlein« gedacht. Die »Negerlein« im heißen Afrika der Heiden und der wilden Tiere, so erzählten uns die Schwestern, befänden sich in den Fängen des Satans, der ihnen durch eine Gnadenlosigkeit ohnegleichen nicht nur den falschen Geburtskontinent, sondern auch die falsche Hautfarbe mit auf den Lebensweg gegeben habe. Diese tragische Konstellation gelte es zu lindern. Direkt in die Hölle kämen die armen »Negerlein«, wenn nicht geholfen würde. Gestorben würde schnell in Afrika. Und wenn wir tatenlos zusähen, dann wäre alles verloren.

Ein »Negerlein« nach dem anderen würde in den Höllenschlund hinabsausen, und was und wie es sich da abspielte, sollten wir uns lieber nicht vorstellen. So war das, in der dunklen Abgeschiedenheit der Leopoldsgasse 1a. Wir müssen helfen, Schwester Benedicta, rief es in Andrea Maria in der ersten Reihe, Birgit in der zweiten war den Tränlein nahe und Silvia mit zwei i ohne Ypsilon neben mir saß stumm vor Schreck beim Gedanken an die unaussprechliche Satans-

gewalt an afrikanischen Kindern. Wie können wir helfen, schrien wir im innerlichen Chor, hätten wir tatsächlich geschrien, wäre es in einer Lautstärke gewesen, mittels derer im Urania-Kasperltheater die Prinzessin vor dem Krokodil gewarnt wurde. Aber tatsächliches Schreien war im Schulschwesternbunker nicht erlaubt. Nur das innerliche Schreien, der stumme Schrei der Seele, der hatte Gottes Segen.

Ganz einfach könnt ihr helfen, antwortete Schwester Benedicta mit ihrer weihrauchbelegten Stimme, und ihr nacktes Gesicht glättete sich unter dem schwarzen Schleier: Ihr müsst ein Negerlein taufen lassen. Denn nur wenn es getauft sei, so verkaufte sie uns den Deal, nur wenn es gekauft sei, misslänge es dem Satan, seine schmutzigen Krallen nach dem unschuldigen Heidenkindlein auszufahren. Gekauft, sagte die haarlose Benedicta, so wahr dieses Buch hier *Boboville* heißt. Nur wenn einer von den katholischen Missionaren, den Helfern und Heiligmäßigen der päpstlichen Armee, die Erbsünde von ihnen abwüsche, wären sie rein und fein für den Erlöser, so dieser sich anschickte, eines der armen »Negerlein« zu sich zu rufen. Und der Erlöser rief gerne und oft. Das war Teil seiner Agenda. »Negerlein« zu sich rufen.

Ob man nicht Suppe schicken sollte oder Semmeln, wollten wir wissen, und Schulbücher, ja vielleicht Spielsachen? Mehlspeisen? Neinneinnein, grimmten die Haarlosen, all das wäre nichts, ja Hohn, wenn es Ungetauften dargebracht würde. Denn nichts, nichts und abernichts wäre so heilbringend wie die Taufe. Ohne Taufe wäre das Heil hinüber. Und die Taufe, so versprach uns Schwester Benedicta in einem feierlichen Tonfall, die Taufe könnten wir ihnen bringen. Wir. Niemand anderer. Nicht der Papst, nicht der Herr Katechet, nicht die Schwester Direktor, die Schwester Treppe oder die Schwester Pforte, nicht Bürgermeister Marek, nicht die Frau vom Papiergeschäft. Wir.

Hundert Schilling koste die »Negertaufe«. Hundert wohlfeile Schilling, so viel wie hundert Bensdorp-Schokoladeriegel, so viel wie tausend Stollwerck-Zuckerl. Unermesslich wohlfeil für eine Gnade, die das Höllentor verschließen konnte. An jenem Tag, dem ersten dieser Art, den ich erinnere, gingen einunddreißig Schulkinder der 1a in der Schule der Schulschwestern in der Wiener Leopoldsgasse nach Hause und machten ihren Eltern klar, dass, wenn morgen nicht alle mit Hundertschillingscheinen in der Klasse erschienen, all die »armen Negerlein« mit ihren »schwarzen Häuten« und kurzärmligen Hemden vom Satan persönlich verspeist würden. Ungetauft und nach ewig langem Rösten im Fegefeuer der Versäumnisse.

So kam es, dass am nächsten Tag dreißig Wiener Schulmädchen, vom Gedanken an die Rettung von einunddreißig »Negerlein« erfüllt, dreißig Kuverts mit Hundertschillingscheinen übergaben und mit der Kenntnis des Ausdrucks Gutes Gewissen belohnt wurden. Klara Polacek, die Tochter vom Fleischhauer am Karmelitermarkt, hatte ein Kuvert mit 5 Hundertern mitgebracht – eine geradezu überirdische

Christentat, wie Sr. Benedicta sich bemühte zu erklären. Einige Monate später, der Krampus war ins Land gezogen, das Christkind, Frau Holle und auch die Heiligen Drei Könige, brachte Sr. Benedicta Nachricht aus Afrika: Bilder unserer Taufkinder. Der Glaser in der Leopoldsgasse hatte sie zwischen zwei postkartengroße Glasscheiben gepresst und mit rosafarbenem, mit korngelbem, mit giftgrünem Textilband eingerahmt. Fünfunddreißig verglaste Selige. Das waren sie, die Spätgetauften, die »Negerlein«, die von uns Geretteten! Wir hatten Tränen in den Augen und Christus im Herzen. Und das Gute Gewissen des gefälligen Glaubens.

Bis mein Bruder Christian, wir nennen ihn Kai, im übernächsten Jahr mit dem Bild seines »Negertäuflings« nach Hause kam. Und seltsam: Der Porträtierte sah genauso aus wie meiner, und hätten wir fotografische Zusammenhänge benennen können, hätten wir gesagt: Das ist ein Abzug vom selben Negativ. Weil auch unbenennbare Zusammenhänge neugierig machen, kletzelten wir die korngelben Textilrahmen entzwei und verglichen die beiden Bilder miteinander. Sie waren identisch. Emanuel Izuagha und Markus Adegboye glichen einander wie ein Ei sich selbst. Auf der Rückseite trugen beide Bilder den gleichen Stempel: Foto Hubalek, Favoriten.

Seither hege ich berechtigte Zweifel daran, dass auch nur irgendein Teil jener Summe, die wir jahrein, jahraus in das Taufen dunkelhäutiger Heidenkinder investierten, dazu diente, den nach dem Seelenheil Ungetaufter gierenden Höllenschlund zu verriegeln. Im Garten meiner Erinnerung riechen die Wörter Nächstenliebe, Barmherzigkeit und Spende nicht nach Rosen, sondern nach dem taubenbeschissenen Efeu im Hinterhof der Schulschwestern vom franziskanischen Gnadenwohl.

Das Bonbongeschäft und die Klosterburg. Sie sind Jachin und Boas von Boboville. Zwischen den beiden salomonischen Säulen spannt sich der Bogen auf, dessen Schwellensehne der Boboismus ist: Das bonbonhafte Glück der Aufklärung und das klerikale Schuldgefühl den Unterbelichteten gegenüber. Das ist das ganze Wesen der Bobovillains. Der Gazpacho aus bohemienhaftem Objektglück und bourgeoisem Schuldgefühl.

Damit erkläre ich den Kosmos von Boboville, den Kosmos aller Bobovilles abgesteckt, in der Emulsion von Konsum und Gebet. Das Geburtsdilemma der Bobovillains. Die schüttere Gegenwart der Geschichte. Die Freude am Schulterklopfen für die Kollegenkinder von den fremden Kontinenten. Die Ethnophilie. Die Naivität. Die Sehnsucht nach dem Pflastersteinwurf. Die Etablierung dieses Missverständnisses als Daseinsmatrize.

★ ★ ★

DER HUGO-WIENER-PLATZ LIEGT GEGENÜBER von meinem französischen Atelierfenster. Statt Jachin und Boas stehen riesige Platanen da vor den Sonnensegeln der ehemals polnischen Pizzeria, die den Sommer 2006 nicht überlebt hat, weil bei Regen niemand unter Sonnensegeln sitzen will. Überhaupt scheint der Platz unter schlechtem Karma zu leiden. Ein Platz, der nach einem weltgereisten Depressiven benannt ist, hat es schon ohne Karmaproblem schwer in einer Stadt, deren Gedächtnis in der Auslage liegt. Retro, der Geschmack, der sich nicht dem Experiment der Avantgarde unterwerfen muss, weil alles schon da ist und bewertet, fertigdesignt und zu Ende gedacht, Retro ist noch nicht in den späten Dreißigern angelangt, jedenfalls nicht bei Hugo Wiener, der auf der Fahrt nach Bogotáville Cissy Kraner kennengelernt hatte, eine Schönheit, nach der man in Venezuela Damenstrümpfe benennen sollte, so strahlte ihre Sangesaura. Die Begegnung der beiden war für mich schon deshalb von großer Bedeutung, weil ohne Hugo Wieners Exilfahrt nach Bogotáville und Caracas der Schlager *Ich wünsch mir zum Geburtstag einen Vorderzahn* nicht entstanden wäre. Und hätte ich als Bobovillekind auf der Insel nicht Cissy Kraner gehört, im Radio, mit der Stimme, mit der man Konservendosen aufschneiden konnte, hätte ich nie den Mut gefunden, mir einen neuen Vorderzahn zu wünschen. Der Cissy ihren, so ging der Text, schlug der Ferdinand ihr aus, wie es weiterging, weiß ich nicht. Das übelt auch nicht am Wert dieses Textes, denn für meine Zahnbehinderung war ebenfalls ein Leopoldstädter verantwortlich.

Zahnarzt Dr. Czingler sah aus wie Dr. Mengele und das Schaudern vor seinem Wirken hatte schon so früh von mir Besitz ergriffen, dass ich beim ersten fotografischen Kennenlernen Dr. Mengeles meinte: Sieht aus wie Dr. Czingler! Dr. Czingler hatte eine Ordination, die nach Äther stank und anderen hochchemischen Betäubungsmitteln, ihm zu Diensten war eine gnadenvoll Ergebene, nie konnte ich rausfinden, ob es seine Frau war oder sonst ein gebrochenes Wesen mit chronischer Ichschwäche. Dr. Czingler und seine Assistentin, die ihm Foltergabeln und Bohrmeißel reichte und Ätherbäusche und Amalgam, und mit dünnem, bis zur Atomdicke zugespitztem Bleistift Schmerztermine in den Kalender trug, Dr. Czingler war mein Ferdinand.

Ihm war der Bohrer entglitten, eines Tages, im Advent meines Teenagerlebens, als ich elf war, in der Glockengasse, sie zweigt vom Geschäft ab, in dem Behinderte ihre

Prothesen bestellen. Das grausame Kreischen des Telefons hatte ihn abgelenkt, und statt mit dem Schmerzschrauber innezuhalten, war er mir von innen in den Vorderzahn gefahren, hatte ein klitzekleines Stückchen vom Adamantin zerstört, der härtesten Substanz in meinem Körper, der härtesten von Lebewesen produzierten Substanz. Er hatte es nicht einmal bemerkt.

Weil sein blödes Telefon läutete, bohrte mir Dr. Czingler, der Folterknecht, ein Loch ins Adamantin. Als ich schrie, aus Wut, vor Schmerz und beleidigt von der Ungeheuerlichkeit, dass der Ferdinand meines Vorderzahns sein Telefonat
tatsächlich auch noch annahm und mit seiner durch die geschlossenen Zähne gepressten Stimme dentale Konversation betrieb, als ich schrie, weil der Mann mich durchbohrt hatte, an der Stelle, an der ich am unzerstörbarsten war, auf der Innenseite meines Vorderzahns, da war es um mich geschehen. Ich wurde, gerade adamantinös zerstört, paranoid unhypochondrisch. Andere hätten sich im Angesicht des telefonierenden Dr. Mengele eine chronische Phantasieerkrankung zugezogen, wie Woody Allen in jener Szene, wo er Mickey Sachs spielt, den Exmann von Hannah (die mit den Schwestern), und wo er sich einbildet, an einem unheilbaren Tumor zu leiden, von dem sich nach Konsultationen mit Ärzten und Seelenrestaurateuren herausstellt, dass er allein deswegen nicht tödlich ist, weil er sich auf der Außenseite von Mickey Sachs' Hemd befindet. Das vergessene Mengeleloch hingegen war echt und nicht eingebildet, es war so real und so vorhanden, dass ich es mir, um nicht daran zu leiden, wieder ausbildete. Während Woody Allen im Film am eingebildeten Melanom erkrankte, gesundete ich in der Glockengasse an meinem ausgebildeten Adamantinkanal. Logisch, dass Woody Allen und ich uns irgendwann treffen mussten.

Wie Hugo Wiener und Cissy Kraner. Auf einem tragischen Transporter. Nicht auf dem Dampfer nach Bogotáville, sondern auf Facebook im Internet.

Es hatte sich ausgemengelet. Nie wieder ging ich zum Arzt, ging stattdessen ins Kino und auf magische Weise trat die Unzerstörbarkeit in mein Leben. Und hätte das Telefon von Ferdinand Mengele in der Czinglergasse nicht geläutet, wäre ich nicht angebohrt worden, wäre ich stattdessen Hypochondrin geworden wie Mickey Sachs in *Hannah und ihre Schwestern*. Hätte die Ergebene mit der Ichschwäche, die Czinglergattin, nicht Amalgam gerührt, hätte sie das Telefon abheben können. Und dann hätte mein Vorderzahn nicht, angebohrt und adamantinös verwundet, abgelenkt vom Wahn der Unzerstörbarkeit, still und unbemerkt zu sterben begonnen. Während ich Stan Laurel inlallierte und Oliver Hardy, Jacques Tati und Buster Keaton, und mich mit Groucho, Chico, Harpo und Gummo umtrieb, pfiff das Lied vom Tod in mir.

Doktor Czingler, der Ferdinand meines Vorderzahns, hatte die Nervenkanüle angebohrt, während das Telefon schrie, mit mir um die Wette, in der Glockengasse. Es kroch die Empfindlichkeit langsam in den Vorderzahn, das Eisessen schmerzte, Zitrone besonders, der Jännerwind, das kühle Wasser auf dem Weg zum Loser rauf. Und dann eines Tages, ich schnallte gerade die Gitarre um, um mit der Band zu proben, da fühlte es sich seltsam an unter meinem linken Nasenloch. Ein dickes Gefühl hatte sich zwischen Lippe und Loch geschlichen und wurde immer seltsamer und ich begann zu sterben. Nicht wie Mickey Sachs starb ich, ich starb wirklich, und ich wusste es nicht einmal. Langsam, im Laufe vieler Jahre, wie ich vermute, die ganzen bunten Siebzigerjahre hindurch, kroch der Eiter, Bazille für Bazille, vom Adamantinloch Richtung Andreagehirn. Ganz langsam, während ich Jason King verehrte und Gibson Explorers bewunderte, in der Carnaby Street Patchouli einkaufte und Poster von Roger Dean, ein Geisha-Kostüm und im Queen-Fan-Club die Schnalle küsste, die Freddie Mercury berührt hatte, während der elendslangen Siebzigerjahre, während Sweet und Abba arbeiteten und Zappa zirkulierte und Led Zeppelin und Steely Dan in mein Herz traten, arbeiteten sich Bazillen langsam und tödlich nach oben, mit einem perfiden Reiseplan. Den Ramus alveolaris meines linken Vorderzahns hinauf in den Canalis infraorbitalis meines Oberkiefers, durch das Foramen maxillare unterhalb jenes Augapfels, mit dem ich die Hälfte von *Traffic* gesehen hatte und die Hälfte von *Mon Oncle,* die Hälfte von *Horse Feathers* und die Hälfte von *Helzapoppin,* weiter durch die Fossa pterygopalatina, den Nervus infraorbitalis entlang und unendlich langsam weiter in den Nervus maxillaris, den zweiten Hauptast meines Nervus trigeminus, der beim linken meiner Foramina rotunda aus meiner Schädelhöhle kommt und am Pons ins Hinterhirn führt, einem mir doch sehr intimen Teil meines Gehirns. Dort kroch der Tod hoch, langsam und unbemerkt. Und eines Tages, es war ein Samstag, ich schnallte die lespauloide S1 mit den drei schwarzen Singlecoils um, um mit der Band zu proben, da fühlte es sich seltsam an unter meinem linken Nasenloch. Dick und seltsam und ich hatte, nur wusste ich es nicht, nur mehr zwölf Stunden zu leben, die Eiterbazillen hatten eine dicke Blase gebildet, wo keine Blase vorgesehen war. Mein Zahn, angebohrt von Mengeles Lookalike, war gestorben, sein verwesender Nerv wollte mich ihm gleichtun. Eine Notzahnärztin, sie ordinierte gegenüber vom Rathaus, zog mir die Nerven aus dem Adamantinloch, mit einer gezähnten Sonde. Der Schmerz meines Lebens. Und noch war ich Mengele nicht von der Zahnarztschaufel gesprungen. Erst ein Zahnarzt aus der Leopoldstadt konnte mich wieder ins Leben bringen. Der hatte mehr Einblick in die Anatomie meiner Vorderzähne und schnitt ein Loch in die Zyste mit Mengeles Eiter. Und davon gesundete ich. Noch war es nicht Montag geworden. Der Nerv war gezogen, der Eiter abgelassen, der Zahn blieb als stumme Burg stehen. Ich lebte. Und sollte weiterleben. Und dann fiel mir Cissy Kraner ein. Und Hugo Wiener. Und das Lied vom Vorderzahn, es war nun meines. Daran denke ich, in der Langsamkeit einer Sekunde, wenn ich beim Atelierfenster hinuntersehe, auf den Hugo-Wiener-Platz, der nach Cissys Zahnsonggatten benannt ist, zwei Platanen stehen dort und spielen Saint-Germain-des-Prés.

★ ★ ★

In der Früh, wenn der Bäcker müde wird, starten die Bobos ihre Minis und Saabs und Smarts und fahren in ihre kleine Galerie in der Schleifmühlgasse, ins Funkhaus in der Argentinierstraße, in das vegane Naschmarktlokal. Dann wacht der Sandler auf, der an geraden Tagen auf der Bank unter der linken Platane schläft, an ungeraden auf der Bank unter der rechten.

Und vormittags, wenn der Bäcker schläft, nicht vor zehn, fährt der Musik-Kabarettist Muckenstrunz auf seinem Kinderklappfahrrad quer über das Pflaster. Und nie hat und nie wird ihm jemand einen Vorwurf machen, denn der Musik-Kabarettist Muckenstrunz ist klitzeklein und fährt auf seinem Kinderfahrrad ausschließlich auf den Gehsteigen, alles andere wäre nicht richtig, hier fast neben dem Fluss, nach dem die Stadt benannt ist.

Zu Mittag kommen die türkischen Schulkinder, sie sind schlimm und unartig und fechten mit zotigen turkmenischen Vokabeln, dann die Frau mit den drei kläffenden Hunden, und abends, wenn nur mehr die aufgebohrten Mopeds durchs Viertel glühen, kommen die Nigerianer, um in der Wertkartentelefonzelle vor dem Hahzeh-Strache-Plakat nach Hause zu telefonieren. Ein beschaulicher Platz, der Hugo-Wiener-Platz gegenüber von meinem französischen Atelierfenster.

Heute ist es heiß, das Aggregat der ewigen Baustelle im Übernachbarshaus, links von dem französischen Atelierfensterhaus, in dem ich wohne, das elende Aggregat fährt permanent 60. Wenn ich sage, es fährt permanent 60, dann meine ich damit das Geräusch, das ein Motor macht, wenn man im zweiten Gang, einen Sechziger am Tacho, die Höhenstraße hinauffährt. Mit einem Bus kann man das. Der Busfahrer meines Übernachbarshausaggregats, ein Pole, ein Mazedonier, ein Banjalukaner, ein Kosovare, ein Istrier, ein Moldawier, Slawonier oder sonst ein von der bobovilleansässigen Eigentumswohnungserrichtungsmafia Ausgebeuteter, fährt seit Tagen im dritten Gang die Höhenstraße rauf. Nie wird er dort ankommen, nie ein flammendes Hunnenschwert essen im Leopoldsbergrestaurant, nie in Kritzendorf ins Strombad springen. Nein, der Mazedonier, Banjalukaner, Kosovare, Istrier, Moldawier, Slawonier spritzt Feinputz an zukünftige Bobo-Eigentumswohnungswände. Ungekaufte. Ausbeuterisch errichtete. Seine zukünftigen Nachbarn, noch weiß es der Bobo nicht, der hier einst wohnen wird, verbringen ihre Sommermittagspausen unter den Platanen, in der ehemals polnischen Pizzeria. Sie heißt jetzt Hugo, nach dem Texter meines Vorderzahnlieds. Hugo ist jetzt ein Gasthaus. Zum Hugo. Im Hugo barabern Nikotinsüchtige, ein camelrauchender Koch, ein zigarillopaffender Krocha und ein Verbindungsmann, der in der Eckkneipe privat wird, wenn sein Dienst in die Nacht geschlittert ist. Die Nikotinsüchtigen haben eine Leinwand angekauft auf ihr läuft im Halbdunkel der Hugoinnenräume das Halbdunkel der deutschen Bundesliga. Weiße Socken zappeln über das Grau der Leinwand und Rückennummern. Es muss Nacht sein, damit der Beamer, den sie zwischen künstlichem Efeu aufgehängt haben, den die Hugoleute für Weinranken halten, es muss dunkel sein, damit der Beamer sichtbare Bilder wirft. Aber es ist nie dunkel im Hugo, wie ein Prominentengrab leuchtet es immerfort im Hugo. Irgendeine Kerze brennt immer im Hugo. Letzten Sommer, dem Sommer, in dem das Hugo fast eingegangen war, flackerten im Hugoinnenraum Nacht für Nacht die kreisenden Lichter des Wettautomaten. Vor dem Hugo, auf Gastgartenmobiliar aus Eisen und Bretterholz, sitzen die Bobos und essen Wiener Küche. Panierte Zander, Spargel mit Sauce Béchamel und geröstete Leber. Der tanzwütige Kellner hat ein Pferdegebiss und er schläft nie, er ist ausgemergelt vom Speisenbringen, vom samstagnächtlichen Tanzen in den transdanubischen Diskotheken und er spart gewiss auf das Auto. Es wird ein tiefergelegter Golf werden, mit grimmigen Nüstern und bösen Walzen. In eine Bobokutsche würde der krochende Kellner nie steigen, lieber schnitte er sich die Finger ab mit dem Schnitzelmesser vom Camelkoch.

Erik ist kein Koch, Erik ist Art-Direktor, eine Art Direktor, wie alle Art-Direktoren sagen, damit man den Witz nicht vor ihnen macht. Erik ist Halbschwede fast so, wie ich Halbschwedin bin. Seine Schwedenleute kommen von Gotland, meine aus Stockholm und aus Trollhättan. Schwedenmäßig wäre Erik eigentlich Gotländer, Halbgotländer, aber Halbgotländer taugt nicht als Kategorie der ethnischen

Zugehörigkeit. Erik treffe ich nur in Boboville. Gestern traf ich Erik zwischen dem chinesischen Schränkelager und der Tätowierbude. *Hej, svejs! Vad roligt att träffa dig här i denna sällsamma Bobostad!* Erik der Halbgote sieht aus wie ein Italiener, deswegen hatte meine kleine Schwester auch eine Affäre mit seinem Bruder, weil sie den Halbgotenbruder für einen Vollitaliener hielt. In meiner Schwester ist die italienische Sehnsucht größer ausgeprägt als die gotische. Die italienische Sehnsucht kommt von unserer italienischen Urgroßmutter. Die hat meine Schwester von unserem Vater geerbt, dem Viertelitaliener, und mit ihr das Missverständnis mit dem Parmesan. Das Missverständnis mit dem Parmesan ging so: Mein Vater liebte Italien, er hatte schwarzes Haar an den Seiten seiner Danny-de-Vito-Glatze, und er hatte italienische Unterarme. Wir waren mit Pasolini verwandt. Familie Patat und Familie Pasolini = schwarzäugige Unterarmitaliener. Das Missverständnis mit dem Parmesan ging so, dass mein Vater auf den Lebensweg mitbekommen hatte, Pasta nie ohne Parmesan zu essen. Er bewahrte in einem unglasierten Steinguttopf, der bis zur Schulter mit Salz gefüllt war, ein marmorhartes Stück Parmesan auf. Es hatte die Größe einer Visitenkarte und war härter als das Adamantin meines Vorderzahns.

Dieses marmorharte Stück Parmesan rieb mein friulanischer Vater, wann immer es Pasta gab bei uns, an einer Raspel. Bis heute ist nicht geklärt, ob wir an der Stahlraspel entlang versteinerten Parmesan auf die Schutta rieben, oder Stahlspäne von der Parmesanfeile hobelten. Schutta, das sollte nicht verschwiegen werden, war das, was in Italien Sugo heißt. Denn zum Missverständnis mit dem Parmesankryptonit gehörte auch das Missverständnis mit der Schutta. Mein Vater, der ansonsten materialaffin war und kochen konnte wie ein französischer Gott, hatte, wie alle Slawen mit friulaner Genetik, eine Schwäche in der Aussprache. Sein Leben lang hat er mich nicht Andréa genannt, mit der Betonung auf dem é, sondern Àndrea, wie Àberwitz und Àchterbahn, wie Àltona und Àlpenmilch. Àndrea lernte also, ganz wie ihre Geschwister, von denen ein Bruder Àrtdirektor und der andere Koch werden sollte, dass die Sauce auf dem Nudelhaufen Schutta hieß. Warum Schutta? Das kann jetzt nicht mehr eruiert werden, weil mein Vater tot ist, eines Àbends im Hof seines Bauernhofes tot umgefallen, vielleicht, weil er die Konsistenz

von Ragù Bolognese für schuttahaft hielt? Was seine Ganglien mit dieser Vorstellung aufführten, weiß ich nicht. Pasta Schutta. Sie war bei uns daheim auf der Insel in Protoboboville stets mit Parmesanstahlstaub bedeckt. Meine Schwester, die Telefonistin wurde, beherrscht bis heute ein einziges Gericht: Pasta Schutta. Der Parmesan kommt bei ihr aus dem Säckchen. Ein Fortschritt. Erkauft um ein Leben am Hörer.

Wie das bei den Erikschen ist, kann ich nicht sagen, denn Erik ist aus einem anderen Grund in meine Geschichte gerutscht. Erik ist einer der wenigen, die mich je brennen gesehen haben. Ja, ich brannte. Im wahrsten Sinn des Wortes. Nicht aus Liebe oder wegen indischem Essen, ich brannte. Lichterloh. Im Bobovillelokal, an der Bar. Auf eigenen Wunsch. Das Brennen hatte ich von Elmar Platzgummer gelernt. Elmar war Physiker und dachte sich Dinge mit Atomen aus, die ich nicht mal mit Legosteinen zuwege brachte. Elmar habe ich auf einer lomographischen Party kennengelernt, es war drei oder vier, die Musik war auf Nachbartötungslautstärke aufgedreht und da tanzte er, Elmar. Elmar hatte schwarze Locken wie ein friulanischer Harpo Marx, er torkelte in seltsamen Schlangenlinien über das leergeräumte Parkett der Bobowohnung. Und dann, als hätte er es für mich gemacht, bat Elmar, ohne den Tanz zu unterbrechen, um Feuer. Und dann steckte sich Elmar an und brannte lichterloh. Tanzte, bis das Hemd in glimmenden Fetzen von seinem schwitzenden Oberkörper fiel. Ich wurde fast ohnmächtig vor Glück. Den Kerl wollte ich zum Freund und den Kerl bekam ich dann auch zum Freund.

★ ★ ★

GLAVINIC HAT ANGERUFEN. Wenngleich. Wenn Glavinic anruft, ruft er nicht an, er schreibt eine kleine Geschichte. Zum Schreiben hat er sich ein Gerät angeschafft, das die Welt außerhalb Bobovilles als Blackberry kennt, der Fehltritt einer Schreibmaschine mit einer Hotelseife. Glavinic ist der einzige Blackberrybediener, den ich kenne. Denn die Blackberrys sind reine Managerspielzeuge. Und ich kenne keine Manager. Ich kenne Artdirektoren, Arthousemoviemaker, Spaßmacher, Kolumnistinnen, Blogmechaniker. Glavinic ist mir zugefallen. Er hat mir einmal ausrichten lassen, ein Text von mir in der *Bobovillage Voice* hätte ihm so gut gefallen, dass es Lob notwendig machte. Als soziale Hedonistin bin ich permeabel für Lob. Für mich, die Hohepriesterin des lobtunkenden Sozialhedonismus ist Lob, das Lobende über Dritte spielen, das wahre Lob. Lob ist die inverse Intrige. Inversintrigant Glavinic ließ das Lob ausrichten. Das Lob saß. Warum ich die inverse Intrige begrüße? Die Welt soll wissen von den Preisungen. Privatapplaus ist für Showbusinesspferdchen uninteressant. Applaus braucht Zeugen.

Glavinic und ich tauschen Ängste aus, wie andere Fußballbilder. Du kannst nicht neben dem Propeller sitzen? Nebbich, ich kann Briefe nicht öffnen! Du kannst Briefe nicht öffnen? Vergiss es, ich kann nicht unmedikatiert in der Buchpreisverleihung sitzen. Wir werden Woody Allen einladen müssen, sagte ich, in unseren Angstzirkel, er würde gut dazupassen, hätte ich nicht Angst vor berühmten Leuten. Was soll ich reden mit berühmten Leuten? Über das Berühmtsein reden? Über die Zeit davor? Wie schaffen es die Fankletten, ihre Heroen vollzutexten mit Adorantengelaber? Was haben die für Distanzüberwindetechniken? Wie machen sie sich mit den Berühmten gemein? Mit Textwoodoo? Glavinic hatte es damals mit links geschafft. Hatte mir ausrichten lassen und das Ding hatte gesurrt. Glavinic blackberrte also bei mir an, er hätte eine Lesung seiner Texte, die verhörbucht seien, im Phil, der Lampenbuchhandlung drüben im Steilhangboboville. Glavinic ist ein Texter der alten Schule, er hat in den Buchstabenhebeln einer mechanischen Schreibmaschine Gehen gelernt, jenseits von Boboville, und er beherrscht das Tippen. Glavinic also blackberrte mich an und eine Shortmessage erschien klongmachend in meinem Klavierlackaluhandy. Es sei sich im Phil einzufinden, hieß es, das Hörbuch würde verlautbart, und der Kabarettist Maurer, der Aeneas des Satiretrojas, sein Buddy und Kumpan, der Kabarettist Maurer würde mit ihm doppelkonferentiell aus zwei Bonusgeschichten lesen. Bekannte. Berühmte. Adorierkletten. Lampensammler. Literaturgroupies. Horror. Leute. Das Phil, es liegt am Steilhang gegenüber vom Brennholzofengeschäft, ist eine Schattenabhänge. Eine Bar, ein Lampensalon, eine Teakmöbelschau, ein Nippestandler, eine Filmbuchhandlung, ein Plattenkleinhändler, ein Stadtgeschwindigkeitsverlangsamer. Im Phil kramt der Bobovillain in den Büchern und Filmen anderer Bobovillains. Larry David geht hier einkaufen. Und Hugo Wiener. Müsste er nicht Cissy Kraner treffen auf dem Schiff nach Bogotá?

Im Angesicht abendlichen Fortgangs schüttet mein Körper Hypnotoxine aus. Während die Körper anderer Fortgehender Adrenalin ausschütten, Pheromone synthetisieren und andere selbstaufmunternde Substanzen, schüttet mein Körper Schläfrigkeit aus. Es ist fatal. Ich ermüde beim Gedanken an öffentliches Wosein. Und so war das in den Minuten nach dem Eingang der Glavinicschen Textmeldung. Also schrieb ich mir eine Geschichte von der Seele, schnitt mir die Erinnerungen aus dem Müdigkeitsurwald. Und dann dämmerte acht Uhr und der Magnetismus der Pflichterfüllung zog an mir. Ich nahm meinen Hongkonger Shanghaitangschirm, den ich immer mitnehme, wenn ich Regen befürchte. Wo ich doch wissen müsste, dass der Hongkonger Shanghaitangschirm ein Zauberschirm ist, der Regen vertreibt mit einer Geradezuheit, die mir Angst macht. Nähme ich den Hongkonger Shanghaitangschirm im Angesicht des Regenhimmels nicht mit, wäre es geschehen um die Trockenheit. Als ich noch rauchte, vor zehn Jahren und davor war das, konnte ich diesen Anlasszauber mit Zigaretten und ankommenden U-Bahnzügen aufführen. Mit dem Anstecken einer Zigarette konnte ich, als ich das noch tat, einen U-Bahnzug herbeirufen.

Das Phil hatte seine Lampensammlung schon angefackelt, weihnachtlich warm strahlte es aus dem spätmaienheißen Phil. Draußen, auf der Straße neben dem Steilhang, saßen Bobovillains und talkten schmal. Auf Terrassenmobiliar aus den Sechzigern. Drinnen in der Philhalle schwirrten Maurer und Glavinic wie Bremsen vor dem Gewitter. Adoranten und Bobovilleliteraturverzehrer hatten die Sofas und Lehnstühle in Besitz genommen, Mahagonithrone und Palisanderstühlchen, und hörten andächtig Buch. Maurers sonorer Tenor kugelte aus den Sprechern, während der tatsächliche

Maurer mit einem Gesichtsmikro herumschwirrte und mit einem schweren Küchenmesser. Und dann, als die Philhalle auf die Größe eines Badezimmers geschrumpft war und die Bobovillains in Kaskaden von den Zweithandmöbeln hingen, begannen Glavinic und Maurer mit der Lesung. Ich kam mit meiner Bionade neben dem Tisch eines Peterrappbärtigen zu stehen. Der Peterrappbärtige hielt sich an einem Humpen Bier fest und starrte in Richtung der Lesebeginnenden. Sein Blick war ein grausamer Pfeil, den ein hagerer Herrenhemdkörper nach vorne spannte. Der Peterrappbärtige wusste, was ich wollte. Auf dem freien Sessel sitzen, der da neben ihm stand. Ob ich auf dem Sessel sitzen könnte, fragte ich, nachdem ich beim Rappbärtigen leichten Tremor ausgelöst hatte, mit dem grausam späten Stellen dieser Frage.

Dasitztmeinefrau, schoss mir der Rappbart ins Gesicht. Woistdenndiefrau, schoss ich zurück. Dieistdavorn, lud er sein Geschützrohr nach, undfotografiert. Nicht schlecht. Wofür sollte ich ihn eher bestrafen, für die Rohheit, von einem Separatwesen als seiner Frau zu sprechen, ganz wie er auch von seiner Zahnbürste spräche oder seinem Rappbärtchen oder seinem Bier? Oder sollte ich ihn bestrafen für die Unverschämtheit, einer Hypnotoxinierten den Schlafplatz zu verweigern?

Sosodiefrausitzthier, sprach es aus mir, undfotografiert. Mein Blick schlug einen Zwölfernagel in seinen elenden Sessel. Der Zwölfernagel im bewachten Sitz ist die größte Folter, die man einem Platzbewacher zufügen kann. Jederzeit könnte ich, dieser Gedanke ist die wahre Folter, mit der Blickzange den Zwölfernagel ziehen und mich setzen. Dann wäre die Folter allerdings vorbei. Der Rappbärtige würde sich der Demut ergeben und hüstelnd die weiße Fahne zücken. Interessiert mich nicht. Ich will den Elenden leiden sehen. Und so geschah es. Mein Körper holte Weckamine aus dem Keller, der Rappbärtige gurgelte sich einen Ulcus. Zu meiner Linken war jemand ebenso glücklich, der Jakobsleiterkletterer Daniel Kehlmann, der Starautor, der Junge mit dem Bestseller. Kehlmann hatte einen Glashut naturtrüben Birnensafts in der Hand und schnaubte vor Glück. Glavinic hatte zwei Texte geschrieben für den Abend, *Directors Cut* hatten die Philleute das Bonuskapitellesestück genannt. *Directors Cut*, weil Maurer sein scharfes Messer mitgebracht hatte, ein Utensil, das im Glavinicroman eine Rolle spielt, wie das Abendprogramm versprach. Maurer, so ging der Einladungstext weiter, habe das Messer mit, um damit öffentlich Paradeiser zu schneiden. Je nach Tagesverfassung solle Glavinic zudem für Armdrücken und/oder Blitzschachpartien zur Verfügung stehen. Glavinic und Maurer huben an zu lesen und dann lasen sie. Die Textgrütze war lecker. Seit maschek, den Gebrauchs-Dada-Synchronisatoren, habe ich nicht so gelacht.

Leckeres Selbstbetrachten. Das kann er gut, der Glavinic. Darin ist er groß. Der Dichter Glavinic, er hat einen unaussprechlichen Namen und gefällt sich darin, ihn falsch auszusprechen, noch bevor dies wer anderer tut. Glawinitsch nennt er sich gerne oder Glawischnig, wie die grüne Parlamentspräsidentin. Ich hielt meine Bionadeflasche fest in der Hand. Doris Knecht hatte sie mir gebracht. Oder eher so: Um mich dem Schuldgefühl zu entziehen, Doris Knecht nach der Bionade geschickt zu haben, hatte ich mich bis zum Tresen gearbeitet und Doris Knecht die noch ungebrachte Bionadeflasche aus der Hand genommen. So war ich ja überhaupt neben den Rappbärtigen zu stehen gekommen: bei der Suche nach Knecht und der Bionade. Und da stand ich nun. Neben dem Rappbärtigen.

Vorne, hinter Bobogebirgen verborgen, lasen Maurer und Glavinic mit verteilten Rollen aus Frischgeschriebenem. An der eiskastenkalten Bionadeflasche kondensierten Schweißperlen. Wie macht das die Bionadeflasche, dachte es in mir, während Glavinic und Maurer arbeiteten, wie schwitzt sie große, kalte Tränen hervor?

Maurer ist am besten, wenn er den Loriot macht. Gewiss hatte Maurer das dramatische Lebenswerk von Loriot studiert und nun schöpfte er aus dem Vollen und gab mit loriothaftem Schnarren einen von Glavinic bonusgeschriebenen Mann am Frankfurter Flughafen. Der den Securitybeamten seinen Gürtel nicht ausfolgen will und nicht die Hosentaschen ausleeren. Die Bobos auf den Fünfzigerjahresofas falteten sich zu immer neuen Alpenhauptkämmen. Nur der Rappbärtige verharrte in der von mir festgenagelten Stellung. Glavinic kam pointenreich zum Ende, die Bobos kletterten von den Sofas und quollen auf die Straße, um sich Zigaretten anzustecken. Die Nichtbobos stellten sich vor dem glücklichen Glavinic auf, um Autogramme abzuhaseln. Wasjetzt, dachte es in mir. Eine Maurer-Dehvaudeh kaufen und mir signieren lassen? Wie affig, der Gedanke. Wer auch immer sähe, wie ich mir eine Maurer-Dehvaudeh signieren ließe, von Maurer selbst mit großem Schwung, würde meinen, aha, die Dusl, ein Maurer-Fan. Maurer, den Signierstift gezückt, würde denken, aha, die Dusl, möchte sich einweimperln bei mir, hat was vor, trägt was im Schilde. Will von mir gelesen werden, will ein Theaterstück von mir gespielt haben, will sonst was, will Bringschuld aufhalsen. Was tun? Eine Maurer-Dehvaudeh kaufen?Heimlich, ungesehen, nur vom Phil-Mann entdeckt, der es dann, wenn ich gegangen, Maurer stecken könnte? Ein besserer Plan, gewiss. Schwer, ihn umzusetzen, denn Maurer begann gerade, ein Wurstbrotbrett aufzubauen auf einem der brusthohen Signiertische. Aus mitgebrachten Plastiksäcken holte er Tomaten hervor und dann schließlich einen ellenlangen Küchensäbel. Maurer strahlte.

Am anderen Signiertisch stand Glavinic, von Boboesken umringt und starrte auf ein Schachbrett. Ihm gegenüber der Rappbärtige! Ich hatte es gewusst! Der Rappbärtige – Glawischnigs Sondergast! Er erinnerte mich jetzt, wie er so da stand und sich mit Blicken durch ungezogene Konstellationen hantelte, an den durchgeknallten Professor in dem Rühmannfilm mit der Feuerzangenbowle. An den Mittelschulprofessor in dem anderen Rühmannfilm, in dem Rühmann einen Oberprimaner spielt, wie die Deutschen sagen, und beim Profax, dem mit dem Rappbart, zu Hause zur Standpauke vorgeladen ist und wo er die Uhr verstellt, um den Professor in den Wahnsinn zu treiben. Daran erinnerte mich Glawinitschs Blitzschachfreund. War es das fliegende Zimmer gewesen? Oder die Bowle? Und hatte sich der Rappbärtige den Rappbart in den Rühmannfilmen abgeschaut oder war er als Kind bloß zu oft in Peterrappsendungen gestolpert? Und kann man vom Peterrappsendungschauen rappbärtig werden? Und hätte man fragen dürfen, mitten im Blitzschachdenkgewitter, hören Sie, welcher Film war das, die *Feuerzangenbowle* oder das *Fliegende Klassenzimmer?* Oder war es Rapp selbst?

Einerlei, Glawischnitz war mit Blitzschach beschäftigt und würde es nicht bemerken, wenn ich mir keine Maurer-liest-Glavinic-Zehdeh aus dem Regal fischte. Ich gab vor, mich für Maurers Messer zu interessieren. Ein Messer, das im letzten Glawinik-Buch eine Rolle gespielt hatte. Wo es doch hätte heißen müssen, es hätte einen Schnitt gespielt, das Messer, oder einen Stich. Aber eine Rolle. Man sollte Maurer zu mehr Genauigkeit ermahnen.

Nun, das Messer war gut. Echt gut war Maurers Messer, und ich konnte körperlich fühlen, wie der Messerstolz aus Maurers Augen quoll. Und dann hatte ich auch schon Maurers Messer in der Hand, es war klebrig vom wässrigen Saft frisch zerlegter Tomaten. Mit einem Messer wie diesem konnte mich Maurer beeindrucken. Es war schwer und elegant. Der schwarze Ebenholzgriff lag gut in der Hand. Maurer glühte vor Stolz und legte eine virgine Tomate auf. Das Messer war gut und es war auch gut geschliffen. Es glitt ohne erkennbares Scharten durch die Nachtschattenfrucht. Ich schnitt gazpachofarbene Scheiben von der Stärke polnischer Briefmarken aus Maurers Tomate. Das Messer machte meinen Tag. Maurer war glücklich. Ein Literaturgroupie wurde instruiert. Ich drehte mich um. Der Phil-Mann stand an der Kasse und talkte schmal mit Kehlmann. Mein Finger ging hoch und zeigte auf einen Schuber. *Don't Look Back*, hieß es auf dem Schuber. Bob Dylan mit Harmonikagestell und Gitarre. Großsartig, schnaubte Kehlmann, groß-sartig, ganz und gar groß-sartig. Er entdeckte das Woody-Allen-Büchlein in meiner tomatenklebrigen Hand. Hab ich auch. Sehr sehr gut, knatterte Kehlmann, sehr sehr gut. Groß-sartig. Nimmst du Karte, fragte ich den Phil-Mann. Klar, meinte der Phil-Mann und begann zu rechnen und zu hantieren und meine Karte in Geräte zu stecken. Mein Finger zeigte auf ein Buch mit Silberfolie darauf. Vorwort von Daniel Kehlmann, sagte der Spruch auf der silberfolienbedruckten Fibel. Nicht gut, sagte Kehlmann. Aber das Vorwort, sagte ich. Auch nicht gut, sagte Kehlmann.

Ich bin jetzt müde, sagte ich. Wir gehen auf einen Kaffee, sagte ich zu Kehlmann. Das gehen wir, sagte Kehlmann. Meine Füße gingen schon. Heim.

Die Stadt war lau, meine Schritte zogen die Entfernung zusammen, und auf dem weichen Pflaster der Müdigkeit glitt ich hinüber über den Marktfluss, hinüber in die Schlafstadt. Am Hugo-Wiener-Platz, vor meiner französischfenstrigen Bleibe, zog Brotteigduft aus dem Bäckerfenster. Eine Semmel noch fürs Frühstück? Zwei? Ein Afrikaner mit Kinderwagen stand vor dem Bäckerfenster und starrte in den gekachelten Keller. Semmelluft stieg an uns hoch, seine Hand rastete auf dem Kinderporschegriff. Emanuel Izuagha? Markus Adegboye? Je nachdem. Semmel?, fragte ich. Laugenbrezel, sagte er.

★ ★ ★

Im Juni stehen sie offen, die Fenster meiner französischen Atelierbleibe. Das hat mehrere Vorteile. Mein kleiner Feigenbaum, der vierte, den ich mir angeschafft habe, seit ich hier wohne, liebt die frischen Abgase aus der Kleinen Neugasse. Er nickt bedächtig und raschelt mit den Blättern, wenn unten fest gefahren wird. Unten wird gerne fest gefahren. Und abgegast. Das liegt an der Zahl 30, die die städtischen Straßenbemaler auf die Kleine Neugasse gemalt haben. Die Zahl 30 erinnert die Kleineneugassendurchfahrer daran, ihren Tacho zu taxieren. Kleineneugassendurchfahrer haben extra Synapsen, die das Sehzentrum mit dem Wadenmuskel des rechten Beins verbinden. Wenn sie der Zahl 30 gewahr werden, macht es sst sst in ihren Gehirnen und der Wadenmuskel ihres rechten Beines schnellt nach unten. Dann springen die kleinen, hässlichen SUVs der Bobovilledurchfahrer nach vorne, husten kleine, hellblaue Wölkchen aus und die Chlorophyllmaschinchen in den Blättern meines Feigenbaumes beginnen zu arbeiten. Wenn der Monat ein R in seinem Namen hat, wenn also die Fenster meiner französischen Atelierbleibe aus Kältegründen geschlossen sind, macht mir der vierte meiner je angeschafften Feigenbäume weniger Freude. Mein Feigenbaum ist ein Stinker. Er riecht nach altem Haarspray, an manchen Tagen von Monaten mit R im Namen auch nach frischgebügelten Hotelservietten. Die Monate mit kontinentalem Klima haben also mein Plazet. Weil der vierte meiner je angeschafften Feigenbäume dann nämlich nach außen stinkt.

Ein anderer Vorteil des offenstehenden Atelierfensters ist der kühle Nachtwind, den ich beim Schlaf in meinem rotgeschürzten Futon durch meine Bleibe ziehen lasse. Mein Futon ist rot bezogen. Rot, wie das Fahnenrot der sowjetischen Flaggen. Blutrot. Ich bin der Stern, der auf dieser Flagge liegt. Und weil ich nächtens leuchte, braucht es den Nachtwind, der über mich Schlafende streicht. Und kühlt. Mein Futon. Er hat eine bizarre Geschichte.

Erstmals sah ich einen Futon in den frühen Neunzigerjahren. Im Zimmer von Zladjan war das, dem Bruder meiner besten Freundin. Zladjan war hager und schön und er war es gleichzeitig. Er trug weiße Anzüge und Hüte aus Stroh, sprach tiefproletarisches Bobovillnerisch und er rauchte Players No. 6. Britische. Wenn er wollte, riss er den Players vor dem Anstecken die Filter aus. Seine Augen trug Zladjan auf Halbmast, denn Zladjan rauchte nicht nur Selbstgerissenes, er rauchte auch Selbstgebautes. Groß wie Golfbälle waren die fetten Kugeln, aus denen er schmalzigschwarzen Abrieb in die Joints rubbelte. Zladjan war legendär und geliebt für das Herumspielen mit diesen großen, fetten Bällen.

Unter den Bobovillains der Neunzigerjahre war Zladjan ein Prinz. Ein Prinz mit Ablaufdatum. Denn Zladjan trug das Virus in sich. Er teilte es mit der Hälfte seiner Freunde. Eine schmutzige Nadel hatte es unter ihnen verteilt, an einem ganz bestimmten Tag soll das gewesen sein, sagten sie, und an diesen langen Tag kann sich heute nur mehr jeder Zweite erinnern, der damals dabei gewesen ist. Jeder Erste nämlich ist heute schon tot. Zladjan hatte, als er noch lebte und hellstrahlende Anzüge trug und schwarze Kroatenaugen auf Halbmast, eine Plattensammlung, mit der man woanders einen Soulsender betrieben hätte. Zehntausend und eine Scheibe waren es, schwarz und dick, Platten von Motown, Blue Records, Atlantic. Zladjan und ich liebten einander, zwangsplatonisch, denn Zladjan hatte damals eine Freundin und Zladjan war, anders als ich es mir wünschte, treu.

Zladjans Futon, Zladjans japanisches Schlafbett habe ich gesehen, als ich zum ersten Mal in seiner Wohnung war. Es hieß, er sei ein Großhändler. Kiloweise läge das Zeug in seinem geheimen Lager. Interessierte mich nicht. Mich interessierte der tiefwummernde Funk, den seine Johnny-Guitar-Watson-Platten in meinen Magen gruben. Zladjans Futon war so groß, dass man darin zu dritt liegen und sich aus den düsterschönen Rhodeswolken aus Herbie Hancocks *Fat Albert Rotonda* beregnen lassen konnte. Einmal so ein Bett besitzen, dachte ich, als ich zum ersten Mal Zladjans Futon sah. Bettmussseingroß, sagte Zladjan und imitierte die blumige Lingo der adriakroatischen Leute, von denen er abzustammen vorgab. So ein Bett möchte ich einmal haben, textete ich damals, und weil der Text gut war, habe ich heute solch ein Bett. Solch ein Bett? Dieses Bett. Dieses Bett habe ich heute.

Ich habe es bekommen, als sich Zladjan auf den Philippinen verstecken musste, damals, als die Geschichte mit seiner wirklichen Profession aufgeflogen war. Hätte es Quentin Tarantino damals schon gegeben, hätten wir gesagt, Zladjan ist gelegt worden, von einer Ratte, gelegt wie in einem Quentintarantinofilm. Wie in einem Quentintarantinofilm war es gewesen. Wie in einem Quentintarantinofilm war

Zladjan verraten worden, von einer singenden Ratte. Lange bevor jemand mit diesem Vergleich etwas hätte anfangen können, lange bevor jemand das Wort Quentintarantinofilm buchstabieren konnte. Ein kleiner Straßendealer hatte in die Hose gemacht und seinen Arsch gerettet. Gesungen. Sein Telefonbuch aufgemacht. Namen genannt. Oder so. Genaues zu wissen, verbat sich die Gefahr, die von diesen Dingen ausging. Kiffen war verboten im Boboville der Neunzigerjahre. Und Tieferes erst recht.

Zladjans Futon zog also bei mir ein, sein Originalfuton, sein Originalriesenfuton, das Bett aller Betten. Zladjans Futon zog in meine damalige Bobovillebleibe, in die kleine ungeheizte Wohnung im dritten Stock. Auf der Straße, gegenüber vom serbischen Wirtshaus, fischte ich sechs Paletten aus dem Container. In der Nacht, in der tiefen zweiuhrschlagenden Nacht. Der Container gehörte zur Baustelle im Zeugen-Jehovas-Tempel. Was wurde dort gebaut, was hatte man auf meinen Futonpaletten angeliefert? Fliesen für die Jehova-Tee-Küche? Ziegel für einen Zeugen-Altar? Die bimensuelle Gesamtauflage des *Wachturms?* Ich fürchte die Wahrheit. Ich möchte sie nicht wissen. Ich möchte nicht wissen, was auf den Euro-Paletten aus dem Container zwischen serbischem Wirtshaus und dem Königreichssaal der Russel-Jünger tatsächlich angeliefert wurde. Es genügt, dass ich gut schlafe auf dem ungehobelten Bohlenrost, hier im Südend von Boboville. Auf den Königreichsbohlen, auf denen mein Futon jetzt liegt.

Das Fenster steht offen. Golden strahle ich in die Nacht. Auf die Gasse senkt sich feige der Gestank nach alten Dauerwellen und gestärkten Hotelservietten. Es ist so ruhig, dass ich die Fahne am Horizont flattern höre, die Fahne am Bürogebäude des Wirtschaftstreibendenvereins.

Es ist so ruhig, dass ich dem Gestank meines feigen Baumes zuhören kann, dass ich hören kann, wie sich die Dauerwellduftwolken auf den Asphalt setzen und langsam zusammenfallen, sobald sich der unsichtbare Gestankfetzen einer Frühstückspensionsserviette auf ihnen entfaltet. Ruhig ist es. Und dann irgendwann, wenn sich die Leisigkeit an sich selbst verschluckt, dann macht die Sonne Krach auf meiner Matratzenfahne und brennt ein Loch in den Futon.

Aber so ist es nicht, so sehne ich es mir herbei. Denn wenn die Sonne hinter der Wirtschaftstreibendenfahne erscheint, ist es längst schon vorbei mit der Lautlosigkeit. Dieselaggregate explodieren, kroatisches Militär schlägt gegen die Ketten der Panzer. Maurernde Tschetniks schmettern serbische Befehle und kosovarische Befreiungsarmisten feuern mit dem Bohrmeißel. Denn im Haus neben mir wird gebaut. Ab fünf Uhr früh. Obwohl es noch zappenduster ist. Denn Bauen ist gut. Und früh ist gut. Ganz unabhängig davon, was gebaut wird, was gegraben: Laut muss es sein. Und früh. Ist es laut, ist es gut. Ist es früh, ist es perfekt. Das haben die Südslawen, die mich aus dem Schlaf geschrien haben, gut gelernt.

Das Bersten der Ziegel, das Knallen der Gerüstrohre, das Kreischen der Sägeblätter erfüllt den Bobovillain mit einem wohligen Schauer. Lärm ist ure. Es geht weiter. Es wird besser. Die Stadt richtet sich auf. Im Frühstücksgedächtnis der Bobovillains ist das morgendliche Hämmern und Klopfen, das Knattern von Dieselaggregaten und das elektrische Singen hebender Kräne ein musikalisches Leitmotiv für Stadtgesundheit. Für die Bobovillains ist der Gesang der Kräne so heilsam wie das Rauschen des Amethystbrunnens für die Einfamilie mit Haus. Seitdem die Stadt im Zweiten Weltkrieg von Bombenhageln zerschrammt wurde, hat das

Bauen eine zweite Bedeutung. Bauen muss nicht das Errichten neuer Gebäude bedeuten. Bauen in den engen Gassen von Runterstadt kann heißen: Wiederaufbau. Wohnungszusammenlegung. Kategorie-Upgrading. Mietrenditenmaximierung. Nun sind zwar die Narben der Bombennächte längst mit den sauberen Fassaden der Fünfzigerjahre verputzt und mit den Kleinplattenbauten der Sechziger kaschiert, im Gedächtnis seiner Bewohner ist Boboville aber noch immer die Trümmerstadt der späten Vierziger. Tatsächlich bedeutet das Knattern von Baumaschinen und das Schreien der Mazedonier nichts Gutes. Das Klingeln der Baugerüste kündigt Böses an. Teurer Wohnraum wird geschaffen. Wohnraum für Bobos. Linkswählende, gründenkende, wirtschaftsliberale Enddreißiger und Mittvierziger mit überkrusteten Katholikenseelen und bürgerlichen Herzklappen. Freitagtaschenjunkies, die Kaiser Chiefs hören und Facebook spielen, Designerliegen bewohnen und fermentiertes Zitronengras kauen.

Die Bobos, die sich um die Wohnungen im Haus nebenan bemühen, werden laktosearme Ziegenmilch über frischverlegte Parketten tragen, fugendicht schließende Fenster mit Regenbögen bekleben, wireless durch die Gegend sörfen und gegen neun dann, sanft federnd, Aperol in den Lidern, aus den Aufzügen stolpern. Sie werden bei den lesbischen Blumenhändlerinnen neben dem 1000-Sessel-Händler eingetopfte Farne kaufen und Bäume mit Feigen, Rosmarin, Salbei und Korianderwedel. Sie werden Karottenbrot bunkern und ungespritzte Limonen pressen und in fair getradetem Kupfergeschirr handgeschriebene Rezepte erkochen.

Bis im übernächsten Nachbarhaus der kleine Bagger einfahren wird. Ein Sechsachser aus dem Südland die Mulde kippen und zwei Mietarbeiter damit beginnen werden, das

Nachbarhaus zu entkernen. Dann wird es knattern und rütteln. Dann wird der Kran singen, die kleine Schaufel des Zimmerbaggers unsere Bobos aus dem Corbusiernachbau heben. Brav, werden die Omas mit den dackelgelähmten Dackeln sagen. Elender Proletenlärm, werden die Bobos schnauben und die Emailadresse der nächsten Polizeiwachstube googeln.

★ ★ ★

Palim Palim machte es auf meinem Klavierlackhandy und in die Arie des Krans stadtaufwärts mischte sich der Ruf des lieben Triebis. Das liebe Triebi. Es rief mich an und rief. Das liebe Triebi, mein treuester Freund. Ich wolle doch kommen, am Abend, heute, ja doch, jetzt dann, unbedingt, Synox briete Fischstäbchen, richtig, Fischstäbchen, gefährliche Leute wären nicht geladen, keine Langweiler und niemand mit schlechtem Geschmack. Denn davor, das weiß das liebe Triebi, habe ich Angst. Angst habe ich, wenn es nicht frische Briefe sind, der Gerichtsvollzieher oder ein manischer Verwandter, nur vor der Langeweile. Die Langeweile quält mich mehr als andere. Der Langeweile bin ich nicht gewachsen, ich fliehe sie, wo ich kann. Das ist der Grund, warum die Langweiler so gerne zu Abendessen erscheinen. Sie wissen, man würde nicht gehen, bevor der Spargel serviert ist oder das Pilzrisotto oder das Mangoldlamm. Und dann sitzen sie und starren, geben ungesunde Anekdoten zum Besten, prahlen mit Uninteressantem und führen die Worte Urlaub, Party, Kennstdu spazieren. Was macht der Film?, ist ihre liebste Frage. Der Film ist heftig, sagte die Greta Garbo in mir einmal und haute dem Frager eine ins Gesicht. Der lachte, der Frager, wieder eine Geschichte mehr, lachte er, kann ich erzählen, dachte er, im Kunsthallencafé, da lieben sie solche Geschichten.

Hab ich von Josef Mikl gelernt, das Bösesein in der Öffentlichkeit, dabei war er gar nicht böse, er war nur ehrlich, der Mikl, wir studierten Aktzeichnen bei ihm. Wenn Sie einen Apfel sehen, fragte er und krallte das Blatt, auf das wir rußten mit dem Kohlestift, wenn Sie einen Apfel sehen, zeichnen Sie dann auch nur die Schultern und den Stingel? Oder machen Sie den ganzen, wenn Sie ihn sehen, den ganzen Apfel? Ja aber sicher, war dann die Antwort, und das erzürnte den Mikl noch mehr, hochrot lief sein Kopf an, im Keller der Akademie, der Brünnerstraßler stieg ihm in die Augäpfel und presste sie hervor, wenn Sie einen ganzen Apfel zeichnen, warum nicht eine ganze Figur? Sechs Tage in der Woche ging das so, vier Jahre, bei den Freimaurern wird man schneller Meister als bei Mikl irgendwas. Mikl hatte einen grauen Arbeitsmantel an und hantelte sich an seiner Fahne durch den Saal. Ein Barett verbarg seine weiße Stoppelglatze. Ein Barett, das auf dem Kopf saß wie die engen Filzklobúks der slowakischen Bauern. Das sympathische an Mikls Hut war das Zwanghafte, Mikls Mütze thronte nicht auf dem Haupt wie die vaskonische Hutpizza von Paul Cézanne oder die pompös ausladende Txapela Auguste Rodins. Nein. Mikls Hut war ein Arbeiterhut. Mikl lehrte mich noch Besseres als die Würde des Schmalkrempigen. Bei Vernissagen, darin war Mikl groß, ließ er derben Sauerwein aufstellen, staubtrockene Kellerpansche aus dem Norden. Die Leute sollen leiden, murmelte er mit seiner Friseurstimme, kommen zu meinen Bildern, aber schütten sich zu, unbezahlt, sie sollen leiden, Kopfweh haben vom Wein, bis ihnen der Schädel springt. Und dann beschimpfte er die Vernissagenmeute, schlug ihr Unflat ins Gesicht und derbe Beleidigungen. Und damit er selbst nicht kirre wurde und ihm nicht der eigne Schädel sprang, hat Josef Mikl, ich mochte seine Bilder, wohl diesen Hut getragen. Er hielt ihm die Wut im Kopf und schnürte die Kalotte. Darin, da bin ich überzeugt, war er königlich wie Greta Garbo.

Ich will nicht, sagte ich zum lieben Triebi. Es kommen fade Leute, sie werden mich langweilen und die Freude und die Abenteuer aus meinem Kopf ziehen und auf dem Teller ihrer Einfalt zu Brei verrühren. Ich ließ mir von Triebi die Liste der Angerufenen vortragen. Kurt, drehte Triebi an der Schraube meines Kommens, würde da sein, mein lieber Kurt
und der liebe Synox. Er würde Fischstäbchen braten, enorme Mengen, und der Hofermichi käme und Schrom und die Friseure. Alle würden gescheit sein und milde und die Töchter des Synox, die kleinen Mäuse, sie kämen gewiss auch und niemand mit Langeweile auf der Zunge. So kam es, dass es um mein Kommen geschehen war. Die Hypnotoxine flossen durch meinen Kopf und ermüdeten mich, schon beim Gedanken an die lange Nacht wurde ich schläfrig. Was geht da bei mir andersrum, fragte es in mir, warum regt mich das Fortgehen nicht an? Warum peitscht der Gedanke ans abendliche Vazieren den Schlaf aus mir hervor und nicht die Munterkeit? Ich weiß es nicht, schrie es in mir müde. Vielleicht sollte ich nach Žilina fahren oder nach Poprad und im Hutgeschäft ein Baretky kaufen, drei Nummern zu eng. Trug nicht Greta Garbo, als sie die Königin Christina gab, auch ein Barett? Oder war das in *Ninotchka?* Es war.

Bei Triebis ist es düster und arkan. Wer nie bei Triebis war, kann es sich nicht vorstellen, wie es dort ist, und wer schon dort war, kann es nicht beschreiben. Ich könnte es, aber ich will nicht, es ist zu schwierig, es hat zu viele Farben. Es wäre wie der Versuch, einem Blinden die Hagia Sophia vorzumalen, oder Venedig, oder die Eremitage. Es ist eine große Wohnung, festlich und doch intim, labyrinthisch und doch übersichtlich. Und sie hat Geschichte. Etwa die von Silvester Vierundneunzig, als ich auch hierher geladen war, schlafvergiftet und gegen zwei der Pariser auftauchte im Schlepptau von Otto, dem Innenarchitekten, und Laula, die jetzt im Village lebt, und wir es auf dem kleinen Sofa trieben in Triebis dunkler Bibliothek. Im Schein einer Kerze. Bis uns die Zungen aus den trockenen Mündern knickten. Ich hatte hier schon was erlebt. Triebis Wohnung war ein Feuchtgebiet.

Synox öffnete die Tür, er kennt meine Geschichte, die ganze, und er hat mein Herz, weil er meinen ersten Film ermöglicht hat. Mit Schwarzweißmaterial, 35 mm, das er mir geschenkt hatte, aus cineastischer Liebe, weil er gerade abgedreht und Cannes schon angerufen hatte. Die Müdigkeit fiel ab wie ein schwerer Mantel. Warum erinnere ich mich nie daran, wenn ich müde bin? Wieso kann ich mich im Zustand der Schläfrigkeit und des Unterzuckers nicht an die Aufgewecktheit erinnern? Was ist das für ein grausamer Zauber?

Stefan Tempel lehnte am Küchenbord. Wir sind zusammen in die Schule gegangen, aber er erinnert sich nicht daran. Das heißt, er erinnert sich natürlich schon daran, aber er tut so, als täte er's nicht. Wir wissen zu viele Dinge von einander. Stefan Tempel ist Architekt, wie überhaupt zwei Drittel der Bobovillains Architekten zu sein scheinen. Triebi und ich sind eigentlich auch Architekten, wir haben so etwas Ähnliches studiert an der Akademie. Es ist doch alles Kulisse in der Raumerschaffungsbranche. Kulisse, Inszenierung und das Malen mit Licht. Stefan Tempel mag ich, und wenn wir es wagten, einander bekannt zu geben, dass wir die Geheimnisse unserer Kindheit niemals verwenden würden, um

dem anderen das Barett vom Kopf zu schlagen, dann würde Stefan Tempel mich wohl auch mögen. So, denke ich, unausgesprochen lässt sein Händedruck darauf schließen, dass er mich fernhält von sich. Er ist ein kleiner, kompakter Mann, er erinnert mich an meinen Vatersonkel Erich, der war auch Architekt. Wie mein Vater. Alles Architekten. Kompakt und kleingewachsen, Kindheitsgeheimnisse im Allerheiligsten der Erinnerungen versperrend. Stefan Tempel trug die dicke Brille, mit der ich ihn schon im Gymnasium gesehen hatte. Eine Brille von der Dicke eines Whiskeyglasbodens. Man sollte die kleine Luftblase im Whiskeyglaskörper anbieten
für zweistellige Dioptrienträger. Sie würden zwar meschugge vom Effekt der Luftblase, aber schön sähe es doch aus. Auch mein Muttersvater hatte so eine Brille, dick wie eine Scheibe Brot. Wenn er sie abnahm, dann erschraken wir, sein Gesicht sah so anders aus, so leer, so verletzlich, die Augen so tief in den Höhlen. Drückt der Sehdruck der Whiskeyglasbrillen die Augäpfel in den Kopf? Deformiert der Sehbehelf? Fragen, die Bobovilles Ärzte beantworten sollten, wenn sie Gazpacho mixen in ihren Gaggenau-Küchen und mal ganz bei sich sind. Stefan Tempel hatte eine Baseballmütze auf, mit schönem, langem Schirm. Eine Baseballmütze, wie sie nur die Amerikaner zusammenbringen, mit einem Schirm, so rund wie ein Waggondach und so fest wie der Flügel einer 747. Auch Stefan Tempel kannte gewiss Mikls Mützentrick. Mit der Mütze aus Stanford hielt sich Stefan Tempel wach.

Und dann schälten wir Kartoffeln, der Hofermichi, der Kurt und ich. Es waren gute Kartoffeln, speckig und lang, Sieglinde, sagte Synox, seien das, und ließ sich von Stefan Tempel Fischfinger reichen, die er in drei zischenden Pfannen verteilte. Hofermichi, sagte ich zum Hofermichi, die Sendung ist gut. Gut gibst du es ihnen. Der Hofermichi lächelte. Nein wirklich, es ist schwer. Wenn ein Idiot in der Sendung sitzt, soll man ihn reden lassen, Unsinn plappern oder soll man ihn stillen mit der süßen Milch des Arguments? Neinnein, sagte ich, Hofermichi, das hast du gut gemacht, das hat mir gut gefallen, sehr gefallen, dem Trottel das Wort zu entziehen. Das gefällt mir, sehr gefällt mir das, so gehört Fernsehen gemacht, autoritär und gerade. Liberal kann man in der Freizeit sein, in der Zeitung und in der Kantine, im Parkhaus und in der Kirche, von mir aus in der Kirche, ich weiß, das kann man dir nicht ausreden, die Kirche. Das

Kirchlichsein. Das gefällt dir, da bist du dabei. Schon, oder?, sagte ich, in der Kirche geht das, sagte ich, liberal sein und weich, Hofermichi, aber im Fernsehen muss es knallen. Dort darf es kein Erbarmen geben und keine Äquidistanz. Äquidistanz ist Meinungsschwäche. Und Meinungsschwäche ist Feigheit. Feigheit im Denken. Jaja, gut gemacht, sagte ich, Hofermichi, so gehört es gemacht, den Deppen gesagt.

Schaust du Clubzwei?, fragte der Hofermichi, was hältst du vom Clubzwei? Ein Schas, der Clubzwei, ein Schas, weil zu kurz, sagte ich. Und nur Deppen eingeladen und kein Disput erlaubt. Kein Ärgernis, kein öffentliches, die Quote lauert. Neinnein, sagte ich, du müsstest da hin, Hofermichi, wenn ich was zu sagen hätte. Und Omannomann nein, da war ich schon in die Erinnerung meiner Niederlagen gestolpert. Ich war doch selbst Moderatorin gewesen, in einem schütter besuchten Versuch, Talk zu machen, wie sie sagen, Tohk, vor Publikum, auf Gratzers Offbroadwaybühne. Grandios war ich gescheitert, vor Zeugen. Und jetzt machte ich mich mit einem öffentlichen Könner gemein, nur weil er ein Freund ist und aus dem Ort stammt, in dem ich in die Volksschule gegangen war, nach den Nonnen, in den Bergen zwischen den Seen, wo die Dichter taumeln und der Bürger frischt? Und lobte ihn für das Selbstverständliche, statt ihn zu schelten für das Krawattentragen. Aber hatte er überhaupt Krawatte getragen?

Die Tafel im Salon füllte sich. Kurt, der in Filmen immer Herzöge spielte oder Butler, nahm Platz, Synoxens zappelnde Backfischtöchter, der Hofermichi, die Finger voll Sieglindenstärke, Stefan Tempel, die zeichnende Israelin, Schrom, der Architekt aus Santa Fe, das liebe Triebi und ich. Keine Gefahr, atmete die Garbo in mir auf. Sie werden dich nicht langweilen. Keine Gefahr, sie sind geschickt und du kennst sie, sie wissen die Klippen zu umschiffen. Sie werden nicht lange weilen und wenn es einer versucht, wirst du gehen, und zwar rasch. Synox trug die Fischfingerberge auf und die Kartoffeln, die wir geschält hatten, und Pennymarktmayonnaise und Zitronen mit fingerdicker Schale und Kernen, so viele wie in Melonen. Und dann entdeckte ich sie.

Einer war schwarz gefärbt, der andere weiß, sie trugen Piratentücher in den Farben ihrer Gesichtshaare und es war klar. Sie würden es sein, sie würden die Furcht in mir zünden.

Warum hatte ich sie übersehen, wo hatten sie sich versteckt gehalten, die beiden Piraten? Hatten sie im Klavierzimmer in den Plüschsofas geturnt, als wir Sieglinde spachtelten? In der Kammer mit dem verstimmten Flügel? Die Friseure waren es, die Friseure, sagte Stefan, und da hätte es doch schon schrillen müssen bei mir. Der Friseur, wenn er seine Schere nicht dabei hat und nicht von hinten kommt, wo man sein Gesicht nicht sieht, wenn er nicht von hinten kommt und in den Haaren wühlt, von hinten, wo er lauschen kann und lauern. Wenn er nicht von hinten kommt, dann ist der Friseur kein Freund. Dann ist er privat und will was erleben und unterhalten werden. Gefahr! In der Frisurenliege indes, ich will da nicht so sein, da darf er fragen, der Friseur, da gebe ich mich hin. Da soll er was haben, der Friseur, soll eine Erzählung bekommen dafür, dass er mir den Nacken seift und in den Haaren wühlt und die Natur meiner Krine lobt. Er soll mein Ohr spülen und mit seinen dicken Händen meine Schläfen streicheln, wenn er duscht, das soll er, der Friseur, dann darf er mich auch fragen, dann darf er mich ausfragen, dann wird er Geschichten bekommen und Details und Unverblümtes und mehr. Wenn er hinter mir steht, wie Freud, und seinen Anblick verbirgt, der Friseur, mein Freund, aber nur dann. Und allein muss er sein, der Friseur.

Dass sie das nicht begreifen, die Friseure, meine Herren, schrie es aus mir hervor, dass sie es nicht begreifen, dass sie zu zweit eine Pest sind. Man stelle sich vor, schmetterte ich die Piraten an, Sigmund Freud wäre zu zweit dahergekommen, mit einem Psycho-Passepartout, mit einem Sancho Pansa der Seele! Oder Einstein, mit einem Raum-und-Zeit-Assistenten! Hätten wir ihnen zugehört? Und nun saßen sie genau vor mir, eine Shampoonierhand von mir entfernt, jenseits der Fischstäbchenschüssel, zwei Piraten, einer schwarz und einer weiß. Und spielten mit meiner Laune und wollten unterhalten werden. Der Schwarze der beiden hatte ein Gesicht, wie es auf Flughäfen geliebt wird. Das Gesicht, das kontrolliert wird. Schwarze Augen, schwarzer Bart. Und weil er das Gesicht hatte, das kontrolliert wird, hatte er wohl so viel Plug-ins in den Ohren. Die Rille seines linken Ohres war gepierct wie ein College-Block. Es mögen Diamanten dabei gewesen sein und Saphire, aber vielleicht war es doch nur Strass von Swarovski. Wie soll man das wissen! Ich kämmte meinen Grimm, legte ihn in Strähnchen, aber schau, sagte es in mir, zwei nette Männer, schwul und scheu, etwas aus der Fassung geraten, weil sie sich Belon-Austern erwartet hatten und kasachischen Beluga, geschäumte Haifischherzen und getrüffelte Flusskrebse, gedämpften Huchen, Karpatenwaller vom Grill oder das Carpacchio vom blaugelben Ochiba-Koi. Und was lag hier in der Schüssel? Billigsdorfer Fischfinger, von denen die Panade hing wie die Haut von sonnenhungrigen Briten. Verstehe, sagte es in mir, das hatten sie nicht gedacht, das schöne Ambiente, dieser Rausch an Bourgeoisie, dieses zauberische Stolpern in der Vergangenheit, das kühne Dunkel, die Sterlingsilberkandelaber, das ganze schöne Hiersein, und dann Fischfinger wie bei den Proleten. Yep, sagte es in mir, Arbeiteressen. Zu gut für euch, elende Haarschneider? Die Maschinenmaria in mir war auferstanden.

Du machst Filme? Der Schwarzbart konnte es wirklich. Was für Filme? Spannende Filme, sagte ich. Hier? Was hier? Wo sonst? In Farmers Market? Arthouse mache ich, sagte ich, Arthousefilme, sie spielen in Europa. Ein Roadmovie zuletzt, es ging von Wien nach Odessa. Odessa, weißt du? Kann man die wo sehen? Sicher, sagte ich, kann man wo sehen, im Kino, in Italien, in Holland, in Deutschland. Der Schwarzbart nickte. Die Frage nach dem Shampoo, das ich verwende, hätte ihn nicht stärker aufregen können. Soso, Filme, was für Filme? Der Schwarzbart hatte mit seiner Breitseite meine Segel in Fetzen geschossen. Hast du was in Vorbereitung? Hab ich, sagte ich und drehte das Heck in den Wind. Der Tag, an dem die Amerikaner nach Bagdad kamen, der 8. April 2003, sagte ich, der Crazy Day. So heißt der Film, *Crazy Day.* Der Schwarzbart nickte. Spielt im Hotel, sagte ich, Hotel Palestine, weißt du, das Palestine! Pelles Dein. Der Schwarzbart machte diesen Mund, den Leute machen, wenn sie sagen, oke oke, so, jetzt du. So, jetzt du. Ich sollte ihn fragen. Und du, schöner, gutgesichtiger Tollenartist, was machst du? Wen frisierst du, verdammt, wen?

Schrom hatte sich erbarmt. Und den Schwarzpiraten von Lee geentert. Wohnts ihr Downtown oder Santamonica? Das saß. Genau dazwischen, flötete der Stylist. Farmers Market, du kennst dich aus? Boboschrom goss das Wachs der Erinnerung in die geladenen Piratenkanonen. Kramte in seinen Lalalanderlebnissen, vermischte sie mit Santa Fe und Boston und wo er sich sonst noch herumgetrieben hatte, und spachtelte ihn voll, den hungrigen Trimmbart. Und tatsächlich, am Thema Spago, als es endlich am Tisch war, entlud sich die ganze Bitternis, der der Barbanero in die Falle gegangen war. Man isst gut, focht Schwarzbart jetzt mit dem Säbel, im Spago isst man gut. Was hatte er sich hier erhofft? Klaro, die Trüffelkrebse hatte er sich erhofft, den gegrillten Waller, ein kleines Flötenkonzert vor der Marmorkachel und dann vor dem Abflug in die Technoklappe einen Ristretto. Schöne Buben hatte er sich erwartet, nicht Tempel mit der Stanfordmütze, Kurt, den Beau, die Mädchen mit den Fischstäbchen und die dicke Maschinenmaria.

Schroms Israelin, sie hatte Barbra Streisands Haare und Zlatan Ibrahimovics Nase, hatte sich still und leise neben mich gesetzt und begonnen, Käptn Spagobart in ihr Moleskine-Heft zu malen. Das konnte sie gut, sehr gut konnte sie das, sie traf den traurigen Blick des Piraten so gut, dass ich laut aufheulen wollte. Indes, ich schob mir eine Laktasepille in den Mund und wühlte im Espresso. Die Fischfinger waren echt gut gewesen, dachte es in mir, kross und saftig. Wer den Fischfinger nicht ehrt, ist das Störei nicht wert. Der Wein, den die anderen tranken, begann sich in Kurt bemerkbar zu machen, Kurt hub an, Lieder vom Land zu singen. Der Hofermichi, den er als Publikum gewählt hatte, lachte. Mit diesem spitzbübischen Mund, den die Zwischenseer bekommen, wenn ihnen etwas gut gefällt. Wieso gefiel das den Friseuren nicht? Der singende Kurt, halb nach vorne gebeugt wie ein taumelnder Großfürst, das war doch was! Das war doch Unterhaltung vom Feinsten. Und dann begann es auch in mir zu singen, ich dachte an den Hugo-Wiener-Platz, fern von hier und doch so nah, unten, vor meinem Balkonfenster. An das Hugo, das Gasthaus hinter den Platanen, dachte ich, als es die Musiker dahatte und die Lieder vom Grund gespielt wurden und dann der Song der Songs, das Lied der Leider, die Hymne der Gasthausmaria.

Nura Göd, nura Göd, is des scheenste auf dar Wööd, waumas a ned fressn kaun, desto leichta bringt mas aun, Gansl, Antn und an Fisch, loss ma rennan üwan Tisch, an Schampanjar a dazu, nocha draahn bis in da Fruah.

Blackbeard strich die Segel, ich hatte seine Fleute leck geschossen. Kurt sang jetzt aus vollem Halse, Wirtshauslieder, Triebi kniete vor ihm. Die Friseure gaben auf, rückten ihre Sessel in den Tisch, legten die öligen Servietten auf die Tafel und gaben vor, noch eine Technoklappe besuchen zu wollen, den Houseclub, oder sonst einen Aufrisstempel. Den Weißen, den Trabanten, wohl auch im Verschönerungsgewerbe tätig, juckte es unter der Eminemhaube, und es juckte ihn wohl auch im Schritt. Das Schrittjucken, das hatte er sich hier nicht erleichtern können. Abmarsch also. Bussibussi. Baba.

Wer waren die? Triebi hatte sich neben mich gesetzt, er hatte keine Schuhe an und nackte Beine ab dem Knie. Die Friseure waren das, lachte Triebi und zog am dünnen Papier. Was für Friseure, sie langweilten und stellten die falsche Frage. Savo Petric war das, mit Gattin. Kennst du? Kennst du. Was für ein Savo Petric, ein Erichfriseur? Neinnein, kein Erichfriseur. Er kämmt in Hollywood. Was kämmt er da? Triebi bekam dieses glasige Stocken, das andere bekommen, bevor sie husten. Aber Triebi hustete nie, er hat nur das Stocken, das herzaussetzende Verharren des Blicks, das leichte Schielen auf die innere Kerze, den Moment, in dem die Lungenflügelspitzen Purzelbäume schlagen. Madonna. Triebi atmete wieder. Madonna frisurte er, Kim Basinger hat er die Haare gemacht, den Busch von Amy Winehouse und die Locken von Christina Aguilera. Er war hungrig, sagte ich. Und scheu. Jaja, sagte Triebi, so ist der.

★ ★ ★

Warum es so ist, weiss ich nicht, aber als Kind, soviel ist sicher, hat man einen schlechten Musikgeschmack. Um genau zu sein, und ich spreche hier von mir, hatte ich überhaupt keinen Musikgeschmack. Die Reste von irgendwas, was mit Musik zu tun hatte, hatten mir die Nonnen abgewöhnt, die Leopoldsgassennonnen, wenn ich am Klavier klimperte bei ihnen, um das Etüdenheft abzuarbeiten, dann war das schon nicht so funky, schwarze Musik, das sollte ich später lustvoll lernen, hörte sich anders an. Die Nonnen jedenfalls groovten nicht, niemals taten sie das, indes sie wichsten mir mit dem Rohrstab auf die Finger, Bambus zu ihm zu sagen, hatten die bösen Tanten nicht den Mut, Bambus hätte ja Schwanz heißen können oder Stengel oder Penis, ohgott. Als ob Rohrstab nicht auch schon Penis hieße. Die Nonnen also, darin gefielen sie sich, wichsten mit dem Holzpimmel auf meine kleinen Kinderfinger, immer dann, wenn der Klang meiner Akkorde nicht der Hasenlosung entsprach, die im Etüdenheft niedergeschissen war.

Musik tat mir weh und der Nonnen Schläge hatten Klavier und Klang auf bestialische Weise mit dem Thema

Schmerz verschweißt. Es sollte viele Jahre dauern, bis das jemand wieder lösen konnte. Freddie Mercury hieß das Wesen, es war das Gegenteil jeder Nonne, gewiss war er das, und darum liebte ich ihn vom ersten Augenblick an. Er trat in mein Leben zur Schikurszeit im Bergesland, wie war das, den Tag hindurch ödes Laufen am Hang, Rutschen in weißen Wiesen, kalte Finger und Schmerzen im Schuh. Aber am Abend, da war Party. Zwölf waren wir und wir knospten und wir konnten schon küssen, wenngleich es verboten war. Wer küsste, fuhr heim, sagten sie, die Sportlehrer, wo sie es doch selber miteinander trieben, wir hatten ihn gesehen, den Drohbard, die Zunge klebte ihm am Gaumen, seine Hose warf sich nach vorn, hatten gesehen, wie der Lehrer ins Zimmer seiner Kollegin gehuscht war. Hatten gelauscht, hatten das Stöhnen der Turnlehrerin vernommen, und sein tierisches Juchzen und das metallische Quietschen der Betteinsätze.

Küssen war nicht und sonst auch nichts, bei uns jedenfalls nicht, aber Hopsen war und Party, mit Apfelsaft im Glas und Strähnen in den Pupillen. Und dann kam es in mich, das Lied, das den Schmerz radierte, ein hagerer Beau klimperte es, auf einem Steinway. Noten wie aus dem Etüdenheft, nur schöner, viel schöner, jenseitig schön, und ohne Rohrstäbe war es und ohne Nonnengift. So geschah es, dass ich die Musik wieder in mein Herz ließ. *Killer Queen* hieß das Lied, und um es zu verstehen, habe ich mir nach dem Schikurs ein Wörterbuch gekauft.

Moët kam vor, was war das bloß, und Marie Antoinette, Gunnenpuder und Gelatine, Kruschtschov und Kennedy, Kaviar und Zigaretten, Dynamit und ein Laserstrahl, und nie sang Freddie mit der Stimme im Falsett, behielt sie dieselbe Adresse, sang er von Greta? Parfum aus Paris, ja so war sie, verspielt wie eine Pussikatze. She's all out to get you, Wanna try? Nein wollte ich nicht, ganz sicher nicht, probieren wollte ich das nicht, ich wollte es sein, sofort und für immer, Komplikationen inbegriffen. Lauter seltsame Worte, fremd klangen sie und doch so nah, Poesie für mein kleines Ohr, Wanna try, sang Frederick Bulsara, mein ferner Freund aus dem bunten London. Musik war mein neues Bonbongeschäft geworden, und wie schön, man musste sie nicht lutschen, man konnte sie auf kleinen Geräten hören, aus dem Radio fischen. Und wenn man zur Parzivalina würde, unaussprechlich war der Gedanke, den Atem hielt ich an, wenn ich daran dachte, wenn ich zur Parzivalina würde und nach Carnaby käme, dort wo Freddie lebt, dann konnte man eines von diesen Instrumenten kaufen, die so schön sangen zum Klavier. Denn das Klavier stand ja schon rum bei uns, es war von Bösendorfer und dort wo die Freddie-Akkorde waren, da waren auch meine Finger. Freddie liebte Chopin, las ich im *Bravo,* Chopin, wer immer auch das war.

Aber da war ja noch was, noch was hinter dem Freddiegeklimper, ein singender Ton. Es klang wie eine Geige, aber es war keine, dann klang es wie ein Saxophon, aber das war es auch nicht, und ein Sündeseiser, so sagten sie, war es auch nicht, denn das stand auf der Queenplatte, ich hatte mittlerweile eine, keine Synthesizer stand da, no synthesizers, und das musste doch stimmen. Was war das, hinter den Freddietastenklängen, hinter dem lieblich perlenden Steinway, war das eine Gitarre, die der hagere Lockenkopf da auf den Saiten kitzelte? Aber wie machte er das nur? Ich nahm die Gitarre meiner Großmutter zur Hand, sie hatte ein großes Loch vorne, sie war ja eine Gitarre, Plong machte es und Schnirr, nichts klang auf ihr wie auf der Queenplatte. Warum? Rat musste her.

Ich fragte Harry Hassler, einen Mitschüler aus der Parallelklasse, der einzige, der lange Haare trug wie die Wesen von Queen, der konnte so etwas wissen, der musste es wissen, der hatte seine Gefahrhaare nicht ohne Grund. Aber sicher, wieherte Hassler, das ist der Breihenmeh, er hat eine elektrische Gitarre, kleines Mädchen. Elektrische Gitarre, was ist das? Gibt es nicht bei uns, gibt es in Carnaby. Eine Gitarre, die man an den Strom steckt, mit einem Kabel, dummes Kind, und die macht dann diese Töne. Wie geht das, wo steht das? Steht in *Bravo*, wieherte Hassler und wedelte mit seinen honigfarbenen Locken, die Saiten werden elektrisch und man muss sie nicht zupfen, man legt den Finger auf die Saite und es macht Swuh. Wo bekomme ich so eine Gitarre?, fragte ich Hassler. In Carnaby, sag ich doch, hab ich gelesen, sagte Hassler gelangweilt, gibt es ein Geschäft.

Es war um mich geschehen. Carnaby wurde meine Sehnsucht. Die Stadt mit Breihenmehs Gitarre. Die Elektrostadt, das Metropolis, das Bonbongeschäft der Bonbongeschäfte. Hinter dem Wasser, gut dass wir Englisch lernten, man würde mich verstehen, eines Tages im Elektrogitarrengeschäft. Das war nun mein Plan, einmal ins Elektrogitarrengeschäft zu kommen, in Carnaby, hinter dem Wasser, und die Breihenmehgitarre zu kaufen, zu kaufen, zu haben, und aus ihr die Swuhs und Uahs und Newauuahs zu locken, die so süß und schön klangen, so hurtig und bizarr, so außerirdisch und fern. Swuh, Newauuah, Rahr.

Harry Hassler, er wieherte, wenn er lachte, wurde mein Freund, mein Berater, mein Intimus, mein Kamerad. Er durfte mich anstrahlen und wiehern, wann er wollte, seine fiebrigen Witzchen erzählen und mich auf den Mund küssen, und meine Hand halten und rot werden, aber er musste mir alles erzählen, alles, was er wusste, erzählen, sobald er es erfuhr, alles über die elektrische Gitarre, das ferne Bonbon, das Bonbon der Bonbons. Das Milliardenstollwerckprojekt.

Das war zu einer Zeit, als die Bobos noch in der Erde staken, wie Spargelspitzen im Furchendamm. Es gab keine Handys, es gab kein Internet, die Computer waren so groß wie Bungalows und Taschen waren aus Leder gemacht und nicht aus Lastwagenplanen. Musik wurde in Carnaby gemacht, von Leuten mit Frisuren so groß wie Kleinplaneten und Sohlen von der Höhe einer Hochzeitstorte. Es war eine coole Zeit. Und sie dauerte ewig. Denn es war eine langsame Zeit. Das schnellste, was es zu dieser Zeit gab, war die Saturn V. Die Rakete, mit der man Menschen zum Mond brachte. Gut, der Mond war weit weg, und wenn sie mal im All war, flog Brauns Rakete auch ganz schön hurtig, aber hier unten? Minuten dauerte es, bis sich der Riesenspargel gegen die Schwerkraft gestemmt und ein paar Etagen an Höhe gewonnen hatte. Eine coole Zeit. Ich mochte sie. Die Zeit vor den Schulterpolstern, die Zeit vor den Sicherheitsnadeln, die Zeit vor dem Boboismus. Eine Zeit der unzelebrierten Langsamkeit.

Am Gymnasium, wo Harry Hassler um mich herumtanzte und wieherte, gegenüber vom Chemischen Institut, in der Gasse, die nach einem gesunkenen Schiff benannt war, da lehrten sie Sanskrit. Latein, Griechisch, Sanskrit, das war schon cool. Und langsam. Daran konnte man sich anhalten, am Rausch der Langsamkeit. Nur eines fehlte mir zum Glück. Die schönen Töne aus der Breihenmehgitarre. Die Stromgeige aus Carnaby musste her, Harry Hassler war gefordert.

Und dann, eines Tages, wieherte es, und Harry Hassler sagte, die Messe, die Messe käme in die Stadt, hinten am Fluss, wo die Hallen sind, die große internationale Messe, sie käme. Was kommt sie, wie kommt sie, fragte ich Hassler, sein Haarstroh wogte vor Freude. Die Messe, dort, wo es alles gab, das neueste, Traktoren und Tonbandmaschinen, einfach alles, Transistorradios und Tastentelefone, Torsionsstäbe und Tischventilatoren.

Und haben sie die Breihenmehgitarre? Vielleicht, sagte Hassler, schon möglich, man wird sehen, ich würde es nicht ausschließen. Und gehen wir hin, fändest du den Stand? Aber sicher, sagte Hassler, kein Problem, ich finde den Stand, aber nur, wenn du mit mir schwimmen gehst. Mit dir schwimmen, warum? Um zu üben. Was musst du üben?, sagte ich. Üben den Kopfsprung, sagte Hassler, im Schwimmbad, du musst. Du musst mir zusehen, ob mir der Kopfsprung gelingt, ob er gut aussieht. Und dafür werde ich auf die Messe gehen mit dir. Können wir nicht auf die Messe gehen so? Ohne Bad, ohne Springen? Neinneinneinnein, sagte Hassler, der Kopfsprung, ich brauche dich. Du musst ihn betrachten und mich lehren, wenn ich ihn falsch mache oder hässlich, dann musst du mir sagen, was falsch war und warum, und wenn er gelang, der Sprung, musst du klatschen und jubeln, ich brauche dich, ja?

Und dann eines Tages, bald war es so weit, trafen wir uns, vor dem Bad, das Hallenbad, unten am Fluss, auf der Bobovilleinsel, es war groß und neu und warm und es brannte in der Nase. Darum mochte ich es nicht, es machte die Haare nass und es brannte in der Nase, hätte ich es gewusst, ich hätte gesagt, es sei das Chlor, aber ich dachte, es läge an meiner Nase. Ich mochte das Bad nicht, man konnte mich sehen, wie nackt ich war, das war's, was der Hassler ja wollte, das war sein Preis, dafür, dass er mit mir zur Messe gehen würde, die Breihenmehgitarre suchen, meinen Traum.

Hassler wieherte mehr als sonst, als wir uns trafen hinter den Duschen, sein Haar hatte er unter einer Haube verborgen, schwarz war sie, durch die Mitte zog ein weißer Streifen. Hassler sah aus wie ein Geier mit ihr. Sein Höschen war eng und geblümt, nie werde ich den Anblick vergessen. Ich schlüpfte ins Wasser und lobte den dünnen Kerl, wenn er, verboten war es, vom Beckenrand ins Wasser sprang wie ein taumelnder Frosch. Kopfüber, mit dem weißen Scheitel voran. Schneller, trieb ich ihn an, du musst dich mehr biegen, und schöner musst du sein, die Hände gespitzt, die Arme gestreckt.

Hassler hatte rote Augen vor Glück, hätte ich es gewusst, hätte ich gesagt, sie waren rot vom Chlor, aber er lachte und es musste Glück sein, was aus seinen großen Vogelaugen troff. Und dann saßen wir auf der Bank neben dem Becken, und Hassler griff in den Beutel, er machte es spannend, ich habe gewichst, sagte er, es ist so weit, ich habe es mit. Gleich werde ich's zeigen. Wie sieht es aus?, fragte ich. Gleich, sagte der Vogel, ich zeig's nur dir, es ist ein Geschenk, ich dachte an dich, als ich rubbelte und rieb. Wie sieht es aus, ist es klebrig? Oh nein, sagte der Vogel. Er zog einen langen, durchsichtigen Schlauch aus seinem Sack. Samen, sagte Hassler, echter Samen, von mir. Es war ein langes ausgerolltes Präservativ, das er da hielt, es baumelte zwischen uns, Hassler wieherte still, echter Samen, echter Samen von mir, sagte Hassler. Wo, fragte ich dann. Na unten, im Reservoir, hier schau's dir an. Der Gummi roch nach Fahrradschlauch, ich kannte den Geruch gut, er war stechend und fremd, er schnitt durch den Schwimmbadodor wie eine heiße Klinge durch kalte Butter. Mein Samen, frisch gewichst, heute morgen. Das da unten? Ja genau, sagte Hassler. Es waren schwarze Körnchen, sah aus wie Mohn. Das ist der Samen? Genau. Das ist der Samen. Ich dachte an dich, meine Freundin, als ich rubbelte und rieb. Hassler rollte den Gummisocken zusammen und steckte ihn in meine Bademanteltasche. Für dich. Weil du mir beim Kopfspringen zugesehen hast. Das war mein erster Sex. Ein kleiner Handel.

Jachin und Boas, die beiden Wächtersäulen vor dem Salomonischen Tempel meiner Erlebnisse, hatten zwei neue Bedeutungen bekommen, das Bonbongeschäft war durch das Gitarrengeschäft ersetzt worden und die Schulschwesternburg war transzendent geworden. Sex hieß dieser Teil von mir nun. Sex und all die Missverständnisse, die sich mit diesen drei Buchstaben anstellen ließen.

Die Hauchspurenhöhe an der Glasscheibe war gewachsen. Und sie war Uptown gewandert, jenseits der Kathedrale, in eine Seitengasse der großen Avenue. Vom Bobongeschäft war die Hauchspur ans Gitarrengeschäft übersiedelt. Alles war komplizierter geworden. Da hingen sie nun, die neuen Bonbons, Gitarren nannte man sie, Stromgitarren und sie hatten magische Namen, Namen die heilig waren. Gibson und Fender hießen sie, Martin und Rickenbacker, Ovation und Gretsch. Und als neue Stollwerck traten Gitarrensaiten in mein Leben. Die Urwährung hatte gewechselt, das mindeste, was man hier einkaufen konnte, war ein Satz neuer Saiten. Die Les Pauls und Stratocasters, Teles und Mustangs, Explorers und 335s, SGs, Firebirds. In drei Reihen waren sie aufgefädelt, ihr Anblick folterte mich, denn ich wollte sie alle haben, sie berühren, sie an Verstärker anstecken, und Swuh machen, Newauuah und Rahr.

Das Gitarrengeschäft hatte eine Glasscheibe von der Größe eines Flugfeldes, die Rolling Stones verkehrten hier, hieß es hinter vorgehaltener Hand, und Eric Clapton. Eric-Clapton-is-God-Clapton, der Mann, den sie die langsame Hand nannten, Eric Clapton, die Slowhand.

Vor der Kathedrale, ein großer Platz war da, einen Steinwurf weit von meinem Gymnasium, Busse, Straßenbahnen und der dicke Boulevard, die Universität und die teuren Buchhandlungen, die dicke Bank und im Nebenhaus das Anwaltsbüro von Onkel Christian, er war Justizminister, die Bauchhosen unterm Anzugjackett verschnürt. Es hieß, er wäre seiner Zeit voraus, arbeite an Ungeheuerlichem, an der gefängnislosen Gesellschaft, an der Gleichstellung der Frauen. Dieser Platz war es, aufgespannt zwischen Kathedrale, der dicken Bank, der Universität und der

Avenue, die zu meinem Gitarrenbonbongeschäft führte. Und inmitten dieses Platzes war der Kiosk. Das Auge im Stadtsturm, meine Pupille, der Ort, von dem aus ich nach draußen blickte. Den *Melody Maker* verkauften sie hier, neben *Le Monde*, der *Frankfurter Allgemeinen*, dem *Dagbladet* und den beiden *Times*. *Melody Maker*, was für ein schöner Name für ein Blatt, für die Zeitung der Zeitungen, den Kurier der Kuriere. Einmal in der Woche erschien ich dort und kaufte ein Exemplar, drei hatten sie dort, eines für mich, eines für die Stones und eines für Erich, den Gott der langsamen Gitarre. Nie holten die sich ihre Exemplare ab. Im *Melody Maker*, er war groß wie ein Tisch und dick wie die *Village Voice*, las ich von den ganz geheimen Dingen, von Jimi Hendrix und Frank Zappa, von Led Zeppelin und den Who, was sie dachten, wen sie fickten und wie sie spielten. Und wo sie spielten, fern von hier, wo es nur diesen Kiosk gab und die Universität, die dicke Bank und die Kathedrale. Und das Büro von Onkel Christian, eines Tages würde er es einfädeln, per Gesetz, da war ich mir sicher, dass sich Frauen Les Pauls würden umhängen dürfen und auf Bühnen stehen und Swuh, Newauuah, Rahr machen mit ihren Gitarren. Nicht nur hopsen im Chor oder traurig vor dem Mikrofonständer stelzen wie

Mireille Matthieu und Nana Mouskouri, die mit den Brillen, in ihrem Tragödenkittel. Das war, als ich Joni Mitchell noch nicht kennengelernt hatte.

Das Gitarrengeschäft roch süßlich, nach der Lötpaste in den Verstärkerheads. Lautlos schwebte man über den Spannteppich, an Trommeln vorbei und elektrischen Gitarren und der Wall of Fame, dem Wall der Feme, die Techniker des Geschäfts waren darauf zu bewundern, wie sie sich feixend von Rockern umarmen ließen. Santana musste hier gewesen sein und Richie Blackmore, wie sonst denn wären ihre Unterschriften auf die Bilder gekommen? Mit dem Trick, den schon die Nonnen angewandt hatten, um uns die »Negerlein« zu verkaufen?

Im Gitarrengeschäft gab es keine Uhren, hier rann die Zeit in andren Bahnen. Der Boss hier trug ein blumiges Hemd, Hawaiihemd sagte er dazu, aber war es auch von dort? Der Boss nannte sich Herr Ingeniör, Ingeniör, wie der Bombenleger, der Kellerbesitzer und der Zweifamilienmann. Der Ingeniör trug die Sprache der Vorstadt im Mund, um hier bedient zu werden, musste man eine eigene Lingo schieben. Gitarren hießen Geigen hier und Äxte und Verstärker hießen Häfen, es war schon eine seltsame Sprache, ich lernte sie schnell, ich versuchte originell zu sein, aber ich war doch nur brav. Der Ingeniör trug einen kleine Bürste über der Lippe, er musste sie von Eric Clapton abgeschaut haben oder von Santana, aber er trug ihn falsch, den Bart, seine Oberlippe taugte nicht für eine Moustache, sie war zu eng und vorgestülpt, und die Brille, die er trug, sollte sie an Steve McQueen erinnern? Schon schon, aber die Glatze, die Glatze, die der Ingeniör trug, machte alles wieder zunichte. So eine Glatze trug man nicht. Mit so einer Glatze kam man nicht weit. Phil Collins vielleicht, aber nicht der Ingeniör.

Der Ingenieur hatte Adlaten, in blauen Overalls, unter ihnen spannte sich Bauch, Vokuhilas wehten, wenn sie durchs Gitarrengeschäft wieselten. Sie waren fleißig wie Dachse, trugen Mischpulte umher und Elektroklaviere, Lautsprecherboxen und Lampengerüste. Wenn der Gitarrengeschäftslastwagen in der Gasse stand, dann wieselten sie noch mehr, luden schwarzmattbemalte Kisten hinein und Kabelnester und Ständerzeug. Und einmal waren sie ganz aufgeregt und alert und ich fragte, was ist? Ist Clapton gekommen? Neinnein, sagten die Dachse, die Nasen ganz rot, der Staubzucker ist da. Das Pulver, das gute, das Coca, das Mehl.

Die Gitarre, nach der ich mich sehnte, kam dennoch nie an. Es war nicht Boboville hier. Es war das Geschäft neben dem Gefangenenhaus, das böse Karma rann hier rein, vom Haus neben dem Gitarrenhändlerhaus, es zog die Wände rauf und legte sich an und machte sie feucht von schlechtem Karma, die Gitarrenhändlerwände. Die Gitarren, die hier hingen, sie taugten nichts, sie waren vergiftet vom Pilz der Unfreiheit, der sein böses Myzel vom Nachbarhaus hierher gestreckt hatte, vom Haus, in dem die Gefangenen wohnten und sich nach dem Puder sehnten und nach den dicken Bäuchen der wieselnden Dachse hier und nach der goldenen Rolex des Ingeniörs. Es war kein guter Ort, es war das falsche Bonbongeschäft, es war eine Niederlage, ein Irrtum, die Sackgasse. Die Breihenmehgitarre musste es sein, und wenn nicht sie, dann eine Gibson, wie die von Page, eine Strat wie die von Hendrix, eine Explorer, wie die von Johnny Guitar Watson. Eine Explorer mit ihrem unglaublichen Horn, mit dem Kakadukopf und den goldenen Tonabnehmern. Eine Explorer mit ihrem mahagonihölzernen Ameisenbärkörper. Die Gitarre, nach der ich mich jetzt sehnte. Weil ich die von

Breihenmeh nie, nie bekommen würde. Denn er hatte sie sich selbst gebaut, der Schuft. Ich stieg in den dicken Bus und fuhr über das Wasser in die Stadt, die nie schlief, um nach den Auslagen zu sehen, die nie schliefen.

★ ★ ★

In der 48sten Strasse bei Richie Friedman, da gab es das Geschäft. We Buy Guitars hieß die Bude. Das hatte mir der Platzgummerhans erzählt, unten im Roxy, das mit den alten Lampen und der Soulmusik, als ich noch Wodka trank hatte er mir das erzählt, was sich Gitarrespielende so erzählen, wo sie ihre Gitarren herhaben, wo die Menschen sind, die die Drähte reparieren und die Tremoloblöcke justieren und die Röhren in den Verstärkerkästen, die Techniker, die die Klangbonbons anmischten. Ich lief herum in der Alphabetstadt, hier wohnte Kai, der Architekt, er jobbte im Büro von Abraham. Die Luft in der Alphabetstadt war dick und süß, die Alphabetcitoyens kochten sie auf ihrem Asphalt, die dicke Luft, und ab und an fuhr ein Ethno durch die Avenue B, mit der Soulmucke im Tau, die Mucke floss auf den kochenden Asphalt und karamellisierte auf ihm, wie Honig auf einem Braten, und als sie hochzog an den Fenstern, nahm sie Shampooodor auf und das Parfum der Vorzimmer, und zerstob langsam zu diesem süßlichwarmen Alphabetstadtgeruch. Im Little Odessa, unten am Thompsonpark, traf ich Triebi, wir aßen warme Blinis und tranken Kannenkaffee. Und ich sagte, Triebi, ich muss zum Gitarrengeschäft! Um zehn treffen wir den Höller, sagte Triebi, den Klaus, er hat jetzt ein Loft oben am Dach, vom Dach aus sieht man das Empire. Um zehn sind wir dort, sagte Triebi, wir bringen ihm Bagel mit, habe ich versprochen, vier Stück, zwei für uns, zwei für ihn, die Marmelade hat er selber, sagt der Höllerklaus, selbergekochte. Catwoman, so heißt seine Ische, sie isst nur Selbergemachtes, nur Marillenmarmelade aus dem Zwischenseertal. Sie leckt sie aus einem kleinen Schüsselchen. Man muss es neben die Milch stellen. Aber ich muss in die 48ste, eine Gitarre kaufen, die alte langweilt mich, ich kenne sie zu gut, und die vor der alten langweilt mich auch. Alle langweilen sie mich, sie spannen mich nicht, sie sind mir zu nah. Nie habe ich mich nach ihnen gesehnt, sie sind mir zugelaufen, wie streunende Hunde. Die hellbraune SI, ich hatte sie um, als ich starb, am hohlen Zahn, am Eiterherd.

Ich brauche eine neue. Wie neu?, fragte Triebi. Nicht später als 76. Was ist 76? Ein Jahr ist das. Eine Gibson muss es sein, wie die von Page, eine Strat wie die von Hendrix, eine Explorer, wie die von Johnny Guitar Watson. Du bist anspruchsvoll, Andrea, sagte Triebi, wir werden in die 48ste gehen, aber nicht jetzt, jetzt gehen wir zum Höller, die Bagel bringen und Marillenmarmelade essen und das Empire bestaunen, vom Dach.

Zing machte es, denn bevor die Vergangenheit voranschreitet, überholt sie die Gegenwart, das ist das Elend von Boboville, das ständige Oszillieren zwischen Autismus und Zitat. Die Gegenwart ist eine Pest, wie ein Ausschlag wuchert sie auf den Erinnerungen, in der Pizzaninibar saß ich plötzlich, von der Gegenwart hingeschmissen, in der langen Avenue am Rande des steilen Ufers. In meinem DJ-Wägelchen lag das zweimal faschierte Beef, und Kirschblüten-Eau-de-Toilette. Martina rief an, sie betreibt die Leinwand im Museumsquartier, Martina rief an, als hätte sie erraten, dass ich im provençalischen Parfumladen war, und ich erzählte ihr, ich säße in der Steiluferavenue und hätte keine

Zeit. Das war gemein, aber noch gemeiner war, was ich ihr nannte als Grund, dass ich mir alles notieren müsse, für meinen Roman.

Glavinic hat angerufen, notierte ich in mein kleines kariertblättriges Moleskin-Buch. Es hat eine Klappe, die man hochkant öffnen kann, ein Mechanismus, wie ihn Peter Falk in seinen Notizbüchern hatte, denn daher kommt die Mode der hochkantöffnenden Notizbüchern, von den amerikanischen Memo-Books, wie immer sie auch wirklich hießen, man kannte sie aus den Columbofilmen, und jetzt waren sie Moleskine geworden und saugten die Zeilen auf, die aus meiner Montblanc flossen, auf die karierten Blätter. Ein Müllmann ging vorüber und leuchtete. Es war das unglaublichste Orange der Welt, sein Hosenorange strahlte heller als die Gesichter fußballgewinnender Holländer. Glavinic also hatte angerufen, nein, nicht angerufen, er hatte geantwortet, denn ich hatte ja ihn angerufen. Glavinic hob immer ab, wenn ich anrief, darin war er treu, er stünde im Fitnesszenter, sagte Galwanik. Was machte er da? Autoren sollen sich nicht stählen, sie sollen zerbrechlich sein und roh, wie Wachteleier. Mager und unhübsch, von mir aus richtig hässlich und abstoßend, wie Houellebecq. Was schreibst du, fragte Martina, als ich vor der Piazzanini-Bar saß. Ach, an Boboville schreib ich, sagte ich, und trinke Unterzuckergegengift, mit Eis, und esse Antipasto. Und wird es schön?, fragte Martina, nein, sagte ich, schön wird es nicht, es rinnt mir aus der Seele, von der Montblancspitze ins Moleskin und von dort in die silbernen Tasten und in das Fenster meines Apfelbuchs. Kommt die aperolgetränkte Boboschnepfe vor?, fragte Martina. Ganz sicher, rief es in mir, sie darf nicht fehlen, die weiße Frau, die nächtens durch Boboville huscht und ängstlichen Männern die Bierschädel abreißt und sie in die

Küche von der Nachtpizzeria rollen lässt, unbemerkt. Oder neben den Kebabstand legt, wie die Kugel nach dem Kegeln. Die aperolgetränkte Boboschnepfe kommt vor, keine Sorge, Martina, sie kommt vor, und der Stil, ach weißt du, der Stil, ich schreibe, wie es will in mir, eine Mischung aus Thomas Bernhard und Pippi Langstrumpf.

Und als ich heimschaukelte, mein DJ-Wägelchen hinter mir, kam ich am Zweithand-Platten-Laden vorbei. Harry Hassler war sein Besitzer, der Junge, der mir seinen ersten Samen geschenkt hatte, jetzt stand er hier drinnen, hinter Kisten voll King Crimson, Deep Purple, Pink Floyd und Black Sabbath. Und zog an der Kippe. Wartete auf Bobovillains, die ihre Expedit-Regale mit Sensational-Alex-Harvey-Gejeire verstellten, mit Roxy-Musik-Geschnatter oder mit Hagelgewittern von Emerson, Lake & Palmer. Das war die Rache der Gegenwart an Hasslers Vergangenheit, hätte er mir nicht falschen Samen gebracht, sondern echten, von mir aus in der Petrischale, dann hätte ihn das Schicksal davor verschont, sein Leben damit zu bestreiten, hinter Bananenkartons mit früher Musikspeichertechnologie zu lungern. Und er wieherte nicht mehr, Harry Hassler, dazu waren seine Lungen zu verklebt vom Teer aus den Kukluxklanzigaretten. Wenn er wiehern wollte, Harry Hassler, wenn er eine Alice-Cooper-Platte über den Tresen schob oder eine von Gary Glitter, dann kam tiefes Grollen aus seinen Bronchien, ein infernalisches Trompeten, direkt aus der Hölle.

Und dann kam ich am Haus von Triebis Großmutter vorbei, 104 war sie gerade geworden oder mehr, und sah das Graffito, von dem Triebi mir erzählt hatte. Ein amorphes Wesen, langgestreckt, mit kurzen Beinen und einem Wasserkopf, den Hintern hatte es rausgestreckt und seine Nackenhaare standen ihm zu Berge, der Schnellsprayer von Steilhangville hatte es hierher gesprüht, der Mund des Outline-Wesens biss in die Gegensprechanlage, das sollte der Witz sein an diesem Graffito. Aber dann war Triebi ausgerückt, mit seinen Farben und Pinseln, mein Triebi, der Maler, und hatte das nackte Wesen ausgemalt, hatte es psychedelisch beschuppt, mit rosa Tupfen auf grüner Haut und einem glänzenden Bürzel. Wie es den Graffitokollegen wohl gerissen haben mag, malte sich das Triebi aus, als er sein Monsterchen wiedergesehen hat, und erzählte, dass sich die Japaner vor dem Monster versammelten, um Hochzeitsbilder zu schießen, Touristenjapaner, frischverheiratete.

Und dann weiter unten, schon am anderen Ufer, schon fast beim Platanenplatz, gegenüber von meiner fenstrigen Bleibe, passierte ich die Kettenperückengasse, eine verschlafene Gasse am Ende der Chinesenstadt, die Sechzigerjahrmöbelverticker sind hier zugange, die Patisserieköche, die Taschendesigner und Lustige-Sachen-zum-Verschenken-Kaufleute. Und weil es Boboville ist, findet die Gasse immer wieder zu sich. Ein elendiglich faules Schlüsselgeschäft gibt es, eine satanisch riechende Putzerei, eine unbetretbare Kneipe, die ich den Friedhof des aufrechten Ganges nenne, einen Fleischhacker, der Marmelade verkauft, mit Pfefferoni versetzt, eine Zuckerbrotfiliale und einen Laden, der asiatische Throne führt, Jadeelefanten und Schalen aus Tigerkot. Hier irgendwo wohnt Grissemann, der Moderator, und ums Eck davon Stermann, sein Doppelconferencekumpan. Oder so. Und sicher auch noch anderes Ausdenkpersonal.

Dort, wo die Kettenperückengasse entspringt, aus der Margaritenstraße nämlich, dort steht ein zweistöckiges Haus aus dem Biedermeier. Hier starb in Nacht und Nebel der schwermütige Tondichter und Liederschreiber Franz Schubert. 1828, im Vormärz, an den Folgen einer

Lustkrankheit. Das Haus ist renoviert, aber verschlafen, es scheint, als läge der Fluch der Unbewohnbarkeit auf dem Gebäude. Nie, aber auch nimmernie hat hier irgendwer aus dem Fenster gesehen. Nicht, dass ich es erinnere. Weil es ein Museum ist, steht das Tor des Gemäuers offen. Es steht offen, aber niemand passiert es. Nicht ein einziger Japaner. Nicht ein einziger Koreaner, und auch der reisende Chinese ist gänzlich uninteressiert. Denn der Japaner, der Koreaner und der reisende Chinese, sie hören Mozart, den süßlichen Lebegott, keinesfalls jedoch Schubert, den kurzgesichtigen Depressivo. Die Bude ist tot. Mausetot. Bis auf neulich irgendwann.

Da kam dicke, fette Musik aus dem Haus. Aus dem rechten Fenster im ersten Stock. Richtig dicke, fette Musik. Nicht irgendwelche Musik. Und sie kam aus Schuberts Sterbesuite. In der Lautstärke des Summer of Love. Heiß war es, vierzig Grad hatte es, die Luft stand in dicken Schubern, die Kleider klebten an den Menschen. Und aus dem Sterbekabinett von Franz Schubert dröhnte Pink Floyd auf die Straße hinaus: *Shine On You Crazy Diamond.*

Die Gasse konnte was, kein Zweifel. Und heute konnte sie was Neues, die Kettenperückengasse, die Gasse, die sich immer neue Dinge ausdachte, um mich zu unterhalten. Gegenüber vom Schuberthaus, Hier starb Franz Schubert, meldete es, gegenüber vom Haus des verrückten Diamanten war eine andere Tafel erschienen. Sie musste neu sein, denn gewiss hätte ich sie sonst schon entdeckt. Hier wurde Erich Kleiber geboren, stand auf der Tafel zu lesen, der berühmte Dirigent. Der Vater von Carlos, noch berühmter. Kleibers also hatten hier gewohnt, jahrelang, gegenüber vom Sterbezimmer von Schubert, absichtlich, kein Zweifel, aber ohne zu wissen, dass irgendwann später, an einem vierziggradheißen

Sommernachmittag *Shine On You Crazy Diamond* aus dem Fenster wummern würde. In einer Lautstärke, die Napoleon wiedererweckt hätte.

Und während ich das dachte, entdeckte ich, dass die Wohnung der Kleibers auch offen stand, genau genommen standen die Fenster der Kleiberwohnung offen, ganz schwarz waren sie und noch schwärzer die Räume, die hinter ihnen lagen. Es hatte gebrannt, ganz stark gebrannt in der Kleiberwohnung. Und während ich darüber nachdachte, welche Musik die Brennenden beim Abbrennen wohl gehört hatten in der Kleiberwohnung, nachdachte, was das Waagebalkenpendant war zu Schuberts wahnsinnigem Diamanten, ob es Black Sabbath gewesen sein mochte oder Megadeth, und ob das Brennen einer Geburtswohnung dem Nichtbrennen eines Sterbezimmers entspräche, just in diesem Augenblick ging der Jazzgitarrist Wolfgang Muthspiel an mir vorüber, mit einem Pennymarktsack, und meine ganze Sorge sollte nun seiner Bleibe und der Koinzidenz seines Vorbeigehens gelten. Die Muthspielwohnung liegt, das weiß ich jetzt, denn ich ging ihm nach auf meinem schleppenden Weg in meine Bleibe, gegenüber vom Haus, in dem die Bobowohnungen gebaut werden. Von meinen französischen Atelierfenstern werde ich beobachten können, ob sich in Muthspiels Jazzbleibe Berichtenswertes zuträgt.

Die Erinnerung greift wieder nach mir, Andrea, schreit sie, um zehn müssen wir zum Höllerklaus, Uptown müssen wir, am Bagelgeschäft vorbei, die Zwischenseemarmelade bewundern und das neue Apartment im 13ten Stock, sie nennen ihn den 14ten, denn kein Haus hat einen 13ten, kein einziges.

Triebi und ich brachen also auf, rollten aus der ukrainischen Frühstücksbar um die Ecke in den Sanktmarxplatz und dann schritten wir, Häuserblock für Häuserblock fressend, dem Höllerklausapartment entgegen. Es ging leicht bergauf, Uptown eben, Boboville lag schon hinter uns, aber trotzdem war es nett hier und bunt, beim pakistanischen Trafikanten am Beginn vom Breitweg hatte ich Menthol-Spiritualetten gekauft. Ihre Schachtel war türkis, wie ja alle Mentholzigarettenpackungen im Grünen siedeln. Undenkbar, einer anderen als der mentholierten Sorte die Farbe grün zu geben, oder? Menthol war überhaupt nicht schnafte damals, als man noch schnafte sagte und Grüssikovski und Bisdannimansky und endkrass und fett und all die anderen Mittesprüche, Menthol war absolut out, die Zigarette für Spinner, für Helmut Schmidt, die Black Muslims und mich. Grüne Spiritualetten also zog ich mir rein, sie gaben mir das Gefühl, was Gutes für meine Lungen zu tun, rochen nach Almwiesen und dem Sommerwald und Ostseedüne und Gletschermilch.

Der Höllerklaus schneiderte Klamotten, Demi Coutoure alpinoise, er war ein großer Mann mit den ungelenken Bewegungen eines zu schnell gewachsenen Kindes. Wie der Höllerklaus eine Schere führen konnte oder ein Öhr treffen, war mir immer ein Rätsel geblieben, aber sein Lachen entwaffnete und nie saugte er Geschichten aus mir heraus wie die Friseure oder die Beineharzerinnen, er hatte Ehrfurcht vor der Stille und vor dem Grant, im Gegenteil, der Grant gefiel ihm, er war ja ein Landkind. In einem früheren Leben wäre der Höllerklaus Hafenwirt gewesen oder Senn, oder Leichenwäscher, oder, und das traf es vielleicht wirklich, fahrender Hutschenschleuderer. In diesem Leben schneiderte der Höllerklaus, und jetzt brauchte er Bagel, für die Zwischenseemarmelade aus Marillen, von der Mutter verkocht, oder der Muttersschwester, was weiß denn ich, oder

der Frau, die ihm das Knopflochnähen beigebracht hatte und die vierfache Lampassennaht.

Der Lift im Höllerklaushaus roch nach der billigen Bodenmilch, die die Putzmänner Uptown verwendeten. Die Putzmännermilch versiegelte das Linoleum in den Fluren und das Linoleum im Lift hier drin, manchmal war eine Kippe versiegelt, mit einer dünnen Milchschicht überzogen, Teil des Bodenbelags geworden. Der Lift hatte keinen 13ten Stockknopf, über dem 12ten stand direkt der 14te, ich hatte Zeit genug, einen Filzstift aus der Tasche zu ziehen und der Zwei in Zwölf ein Halbkringel an den Fuß zu hängen. 13. Jetzt gab es diesen Stock. Würde es uns Pech bringen? Ganz gewiss. Man spielt nicht mit den Ängsten der Leute.

Ringring, der Höllerklaus hatte ein weißes T-Shirt an und nur das, verklebte Augen und sein Glied war erigiert, wir hatten ihn aus dem Bett geholt. Es hatte einen kleinen Knick, das Höllerklausglied, wie ein Bumerang war es gebogen, war er eingeschlafen auf dem geknickten Glied oder war das so bei ihm? Habt ihr die Bagel mit?, fragte er. Klar, Klaus, die Bagel, jetzt bemerkte er sein Glied und lachte und bog in die Dusche. Das Apartment war klein, ein Räumchen bloß, vom Räumchen stieg man in ein riesiges Fenster, hinaus auf das Flachdach. Es war kühler hier oben im unglücklichen Stock, aber vielleicht war das Wetter ja sowieso anders hier in Uptaun, anders als in der Alphabetstadt. Höller kam aus der Dusche, klapperte mit drei Tellern, zog eine Zigarette aus meiner Schachtel, steckte sie in Brand und dann sagte er, während er hustete, Catwoman ist auf Mäusejagd. Catwoman, seine andere Hälfte. Triebi schnitt die Bagel entzwei, strich Butter darauf und fragte nach der Marmelade. Was wir heute vorhätten, fragte der Höllerklaus, aber er wollte es nicht wirklich von uns wissen, denn er hatte schon einen Plan, wir holen uns koschere Würstchen, sagte er, und grillen. Draußen am Dach.

Aber ich muss in die 48ste, sagte das Ich, nach der Gitarre sehen. Nach der Gitarre, fragte Klaus, was für eine Gitarre? Eine Gibson, sagte ich dann, wie die von Page, eine Strat, eine Explorer, eine Explorer mit ihrem mahagonihölzernen Ameisenbärkörper. Vorher müssen wir zu Katz's, sagte er, Katz's Kosheres Deli, koschere Würstchen, sagte er, holen wir uns dort, Send a salami to your boy in the army. Ich musste an Höllers Schwanz denken und fragte mich,

hatte das Bild der offenen Tür in den Gedankenprojektor geschoben, war er beschnitten oder nicht? Hatte man nicht sehen können, sagte meine innere Expertenkommission, erregt wie er war. Durften Unbeschnittene koschere Wurst essen, wen konnte man da fragen? Konnte man so was Woody fragen, Woody Allen, wusste der so was? Wieso fiel mir zu koscheren Würstchen Höllers Schwanz ein und zu Höllers Schwanz Woody Allen?

Der Höllerklaus hatte schon die fünfte Zigarette aus meiner Mentholschachtel genommen, er hatte sich eine Lederhose angezogen und die Bagel verdrückt und jetzt kramte er in den Kleidern am Boden nach Zahlenmetall. Katz's, fiel mir jetzt ein, Katz's Kosheres Deli, Katz's Delikatessen in der Haustenstraße, das hatte mein Bruder vor Kurzem gesucht, auf meinen Wunsch, um das T-Shirt zu bekommen, das mit dem Salami-Sager. Mein Bruder Petnik war in der Alphabetstraße herumgestolpert, der Artdirektor, nicht der Koch, denn der heißt Kai, und vor einem Braunsteinhaus in einen Orthodoxen gelaufen. Entschuldigen Sie, hatte mein Bruder Petnik gesagt, wo finde ich Katz's Kosheres Deli? What do you want?, hatte der Orthodoxe gesagt, Katz or Kosher?

Höller stand am Tresen in der Schlange. Drei Pfund koschere Wiener war sein Auftrag, selbst hatte er ihn sich gegeben, es war ja seine Idee gewesen, das Barbecue am Dach, draußen, vor seinem winzigen Penthaus im 14ten Stock. Frankfurter hießen sie hier, die Wiener, Frankfurter um 3.10. Triebi und ich hatten uns gesetzt. Knoblewurst wollte Triebi um 5.85, mit Brot und Sauerkraut, auf den Teller geschnetzelt wie die Stelzen, hinten im Mazzesinselbiergarten, koscher war der nicht. Aber das Bier war dort besser, mit Druckluft gezapft, tschechisches Budweiser, mit sahniger Haube. Nicht wie die Schauermolke hier, Pilsner Urquell, Urguel geschrieben. Die Zerwese, die sie hier aus dem Zapfhahn molken. Knockwurst, Geschoppte Leber und Lox. Dr. Brown's Sprudel, Dr. Brown's Wurzelbier, Rieben, Truthahnbraten, Kannenthunfisch, Harte Salami, Weiche Salami, Katz's Frankfurters, Zunge und Ei mit Brot und Eingelegtem, sollte ich es nehmen? 12.65 wollten sie dafür. Pastrami und Ei mit Brot und Eingelegtem gab's um einen billiger. Warum kostete Zunge 12.95, Triebi, warum, und Pastrami nur 11.95? Das Pastrami war dick und saftig, heiß brach es aus den beiden Brotscheiben, schwarze Bratenkruste fiel heraus, wie Bimsstein aus dem Vesuv. Und dann waren da die giftgrünen Gurken, giftgrün wie die Leuchtstoffröhrenrahmen, die das saftige Röhrenorange umrahmten vom Katz'sfrankfurterschild.

Der Höllerklaus stand noch immer am Tresen, er war in der Schlange vorgerückt, sämig glänzte der heiße Mazzoball, den wir für ihn bestellt hatten, trieb im tiefbraunklaren Suppenteich, Fettaugen saßen auf ihm, wie der Schweißtau auf einer levantinischen Bäckerstirn. Und langsam wurde er kalt. Von der Decke an Höllerklaus' Tresen hingen Lampen, die aussahen wie die Düsen der Saturn V. Mit Einsteingeschwindigkeit flossen Lichtkegel aus ihnen ins Katz. Und wieder musste ich an Höllerklaus' Aufmachständer denken und als ich die Saturnfünfdüsen sah, dachte ich, die Männer in Houston, die Kontrollettis der Saturnfünf, die mit den dicken Brillen, Wern Herr von Brauns Rechenschieberfritzen, waren sie geschlechtslos in so einem Augenblick? Was hatten sie gedacht, als sich der Riesenspargel in den Himmel gehoben hatte, hatten sie da Erektionen bekommen? War sowas geil? Und was mochte wohl Höller jetzt denken, am Tresen, beschienen von Katz's koscheren Saturnfünfdüsenlampen?

Zwischen den Düsen hingen Katz's seltsame Uhren, ihr Mittag war 10 und sie hatten nur einen Zeiger, sie hießen DETECTO, wie ihr Erfinder, Dr. Detecto, und sie hingen an Kaskaden aus Fleischerhaken. Ein Mechanismus in den Uhren lief in ein Gestänge aus, dieses in einen Bügel und an dem Bügel hing jeweils ein schwarzes Tablett. Rund und mit zollhohem Rand, wie die Teetabletts in den arabischen Cafés. Das waren die Waagen im Katz's. Wurstgravitometer, groß wie eine Pizza.

Und sie hatten ein Geheimnis, jetzt erst fiel es mir auf, auf einem Poster vom alten Katz, ein gewisser Max Ferguson hatte es gemalt, nach einem Foto, sehr akkurat, der alte Katz war darauf zu sehen, die Hände am Tresen, die riesige Brille im Gesicht. Das Katzbild hing an der Kassierloge. Auch in der Altkatzzeit hatte der Salamitresen Detectometer gehabt. Aber ihre Ziffern liefen gegen den Uhrzeigersinn. Warum taten sie das? Was war das wieder für Unfug? Ich stand auf und sah mir das Kassierlogenplakat genauer an. Ich hatte mich nicht getäuscht. Die Altkatzwaagen waren tatsächlich anders. Nein, nicht anders, sie liefen anders, liefen verkehrt. Nach der Mittagsnull kam bei ihnen die Neun. Dann Acht und Sieben, die Sechs, am Uhrengrund die Fünf. Warum hatte der alte Katz Detectowaagen, die gegen den Uhrzeiger liefen, und wieso war das jetzt anders? Hatten sich die Linksrechtssymmetristen beschwert? Die Uhrzeigersinnlobby? Die Gravitometerpolizei?

Das ist, sagte Triebi, weil die Zeiger verbunden sind. Und am Ziffernblatt, das zu den Wurstleuten zeigt, müssen die Zahlen andersrum laufen. Wieso hatte Triebi meine Gedanken gehört? Wieso hast du gehört, was ich dachte?, fragte ich Triebi. Ach, sagte Triebi, wenn alles so einfach wäre.

Der Boychnik am Höllerklaustresen trug ein weißes Papierschiffchen. Und ein schwarzes T-Shirt. Die Katz's-Fassade war darauf gedruckt, in Weiß, mitsamt dem gestapelten Katz'snamenschild. Katz's sagte es auf dem Wurstschnitter-T-Shirtschild. KATZ'S. Aber das stimmte nicht, das rote T am wirklichen, am hier draußen angebrachten, am real existierenden, am einzig gültigen

K
A
T
Z
'S

-Schild war abgefallen, und der S-Würfel fehlte überhaupt. Man sollte das korrigieren, dachte ich, entweder das große Katz'sschild draußen auf der Straße in Ordnung bringen oder, wenn das nicht ginge, weiß der Geier, warum sie da so schlampig waren, Katz und seine Boychniks, zumindest die

T-Shirts auf neuesten Stand bringen. Mit einem dicken Edding von mir aus. Ich könnte das machen. Es würde meine Nerven beruhigen.

musste es heißen, solange das Katz'sschild im Eimer war, KAZ, war denn das so schwer? Es begann in mir zu tourettieren.

Dabei mochte ich es, das Katz, weil es das gelbe Telefon hatte, rechts neben der Damentoilette. Ein stählernes Münztelefon, mit einem kanarienvogelgelben Hörer. Von hier konnte man gratis zu jedem anderen gelben Telefon in der Welt telefonieren. Die wenigsten wussten das, die Wachalowskibrüder müssen im Katz's gewesen sein an diesem Tag, just nun, als ich Triebi diese Geschichte erzählte, am Nebentisch müssen sie gesessen und Mazzoballsuppe gegessen haben. Und da haben sie sich die Sache mit den Telefonen ausgedacht, die beiden Bobos, die Telefonzellensache da, in ihren seltsamen Matrixfilmen.

Das zweite gelbe Telefon, so war ich hinter die Geschichte gekommen, hatte ich in Lviv gesehen, als ich *Blue Moon* dort drehte, im ersten Stock, am Gang vom Hotel George, wo wir wohnten, als wir drehten, es saß auf einem gestickten Deckchen, das gelbe Telefon, ich hob ab. Katz's Kosheres Deli, sagte jemand am anderen Ende der Leitung. Spooky, aber so war das gewesen. Aber was sollte dann das Schild bei den Salamis? Keine Verbindung mit irgendeinem anderen Geschäft, so stand es auf dem Schild in der Auslage, bekannt für das Beste. Das einzige Geschäft in Großboboville.

Die Salamis in der Auslage hingen in Zweierreihen, oben die harten, langen, unten, in Paaren, dickere, weichere. Oder war es umgekehrt? Nein, die harten waren die langen. Ich musste wieder an den Höllerklausschwanz denken. Katz's Salamis waren runzelig und fleischrot, sie hingen in einer Parade, gelb war Fleischerlyrik auf ihre schrumpeligen Darmhäute gedruckt, und das Katz'ssiegel, ein Wurstfächer, gekrönt vom Katz'slogo, und darüber, gerade und einfallslos wie ein Einbahnschild, das Wort Delikatessen.

Und dann war da dieser Brief, neben mir hing er, dort wo wir saßen, an der Holzpaneelwand, wellig und feucht war der Brief, unter Glas gepresst, an Isidor Tarowsky war er gerichtet, den Katz'smann fürs Grobe. Lieber Tarowski, sagten die Schreibmaschinlettern, Sie waren so gut an mich zu denken, menno was für Sülze, und deshalb lasse ich Sie wissen, wie froh mich Ihre Freundlichkeit macht. Danke, dass Sie an mich dachten, mit Ihrer Salami, Jim Brady hat sie uns überbracht, in Ihrem Namen. Ich achte diese Geste der Freundschaft, schrieb der Brief, Nancy begleitet mich, beim Schicken der besten Wünsche, Hochachtungsvoll Ronald.

Höllerklaus war endlich drangekommen, der Boychnik schoppte die Frankfurter in einen knatternden Sack. Höller trottete zu uns, an den Reaganbriefsitzplatz, und setzte sich hinter die Mazzoballsuppe. Schon am Löffel hatte er es erkannt. Kalt, schrie Höllerklaus nach dem Kellner, die Suppe ist kalt, wärmen, rasch! Wie ich das hasste, wenn man so mit dem Personal umging. Was konnten denn die dafür, dass die Frankfurterschlange so lang war, länger als die Isolierfähigkeit der Katz'ssuppenschüsseln.

Unser Kellner trug eine blasshellblaue Jacke, mit fünf seltsamen Buttons, waren es Kellnerderwochebuttons? Ein Hemd, zwei Kragenweiten zu groß, eine schwarze Fliege und eine Plastiklesebrille, die ihm vor der Brust baumelte. In der einen Jackentasche steckten sein Kellnerblock und ein Stift, in der anderen Büschel von Plastikbesteck, gescheitelt, zur einen Seite fielen die Messer, zur andern die Gabeln. Der Kellner trampte wie eine große Katze, ein Funkberater, dachte ich, er hat die Groove. Sein Kopf schwang von links nach rechts, etwa so wie Salt'n'Peppa das taten, im Rhythmus seiner Schritte, Katz's dünner Panther. Und dann sah ich das Schild, es drehte sich, rund war es, es hing an einer Schnur von der Decke, der Fahrtwind des Mazzoballsuppenkellners hatte es in Rotation versetzt:

Sagte das Schild. Senda Salami. Das war gut. Senda war ein gutes Wort. Schicka Salami. Sofort. Bestell sie mit dem gelben Telefon. Hart und lang wie die Saturnfünf, der Höllerklausschwanz und der Gitarrenhals der Explorergitarre. Oder weich und rund wie der kalte Mazzoball in der Höllerklaussuppe, die sie jetzt in den Suppentopf gossen, drinnen in Katz's Kosherer Küche, und neu einschenkten, mit einer kindergesichtgroßen Kelle.

Senda salami to your boy in the army, sagte es in mir, und je öfter es in mir sprach, desto schlimmer wurde die Pein, denn, und das war sie, die Pein, der Spruch hatte einen

Fehler. Einen schlimmen dazu. Send a Sa La Mi, ging der Reim, To Your Boy in the army. Der Reim hatte zwei Fehler. Menno! Zwei. Send a salami, das sollte sich wohl auf boy in the army reimen, schonschon, aber wohin dann mit dem to your? Ha? Sen Da Sa La Mi, okay, und dann Boj In Di Armi. Das ging. Vom Rhythmus ging es, von den Silben, Send a salami, boy in the army, aber so, wie sie es da in Gebrauch hatten, Katz und seine Dichter, so hatte es ein to your zuviel, das to your stolperte aus dem Rap, elendiglich und wiederholt. Je mehr es in mir dachte, desto schlimmer wurde es, ich stolperte durch Katz's koscheres Wursthaus, wie der Reim in mir, am Kellner vorbei, der die neue Höllerklaussuppe brachte, und es tourettierte in mir, es drehte durch. Send a salami, boy in the army, schrie es in mir. Send a salami, boy in the army, send a salami, boy in the army. Boyinthearmy, Boyinthearmy, es war ein R in Thearmy. Aber keines in der Salami. Ich lief rot an, meine Dämme barsten, es war kein R in Salami, es war falsch, falsch, falsch. Meine innere Stimme tourettierte sich wund, ich griff in Katz's Auslage, bekam eine Salami zu fassen, riss sie herunter, wankte zu den Wurstleuten und drosch mit ihr das Detectowaagenblech von den Haken.

Tourette wühlte in mir und dann schrie ich den Wurstschnitter an: Fickt euch doch mit dem falschen R.

Balabotishe, Ische, sagte der Boychnik freundlich, hak mir nicht in Tchainik arain, make a haimish Ponem! Höller und Triebi zogen mich nach draußen und fächelten mir Downtownasphaltluft ins Gesicht. Nikotinspiegelebbe löste Tourette in mir aus. Der Höllerklaus steckte mir eine Spiritualette an. Geht's?

Ich ging wieder rein in Katz's Delikatessen, suchte den Boychnik und entschuldigte mich. Verzeihen Sie, sagte ich zum Pastramijungen, ich leide an Tourette und ich muss ins Gitarrengeschäft. Ach, sagte der Boychnik und rückte seine schwarze Hornbrille zurecht, wir haben hier schon Schlimmeres erlebt. Schönes Barbecue, Madame, wünschte mir der Boychnik, das Brillenrücken war ein Tick. Sie sagen es, junger Herr, rief ich zurück und jetzt erst bemerkte ich, dass aus meiner Hand Zigarettenrauch stieg.

Kai der Architekt war vom Höllerklaus zum Grillmeister ausgerufen worden, er hatte ja auch den Barbecuealtar gemauert, in einer windstillen Ecke vom Höllerklausdach. Das Flachdach hier oben war mit Asphalt ausgegossen und jetzt fiel mir der Boden in Katz's ein, sechseckige kleine Fliesen, senfgelb, ich zählte sie nach, in meinem Erlebnisbildspeicher, jedes dreizehnte Sechseckfliesschen hatte wie einen Blütenkranz schwarze Flieschen um sich herum. Das Katz's hatte also einen senfgelben Rasen mit pastramikrustenschwarzen Blommensunen. Anders wusste ich das Muster nicht zu benennen. Jemand hatte sich etwas dabei gedacht. Immer denkt sich jemand etwas. Das ist das ganze Geheimnis von Boboville, es ist anonym durchdacht, bis in die letzte Lastwagenplanentasche. Kai der Architekt legte die koscheren Franks auf den Grill, es zischte und rauchte, der Höllerklaus trabte nach Bier, telefonierte mit Catwoman und war aufgewühlt vor Freude. Die Barbecueeuphorie rüttelte an ihm.

Am Filter einer Zigarette war der Aignerandi montiert. Es hieß, er sei der coolste Hund von überhaupt, er war Übersiedlungsagent, so nannten sich die freischaffenden Möbelpacker, ein 160-PS-Volvo-Penta-Außenbordmotor-Boot habe er, faselte der Höller, und damit glühe er den Fluss auf und ab. Stimmt das, fragte ich den Aignerandi, hast du ein 160-PS-Volvo-Penta-Außenbordmotor-Boot? Hab ich, sagte der Aignerandi und er gab sich Mühe, das Gesicht nicht zu verziehen, das hinter den dicken Frankfurterrauchschwaden aus dem Architektengrill verschwand. Der Aignerandi verzog die Augen zu Schlitzen und zog frische Luft aus seiner Kippe. Die hatte sich dort versteckt. Frische Alphabetstadtasphaltluft.

Triebi und ich lehnten an der Brüstung und sahen in die Tiefe. Wie hoch ist ein Stockwerk, fragte ich, wie viele Meter? Fünf? Drei, sagte Triebi, mehr nicht, fünf ist das nie. Fünf! Fünf ist mein Boot, Fünfmeterzehn, sagt der Aignerandi, Hundertsechzigpehess. Neinnein, sagte das Triebi, die Stockwerke. Die Stockwerke, ach so, die Stockwerke, naja. Müsste man messen.

Es trötete. Unten in der Höllerklausgasse, neununddreissig Meter unter uns, schlitterte ein Polizeiwagen um die Kurve, Blaublitzgewitter am Dach und Uiuiuiui im Elektrohorn.

Kai van der Hadschen legte koschere Käsekrainer auf den Grill. Es zischte, das Tröten wurde lauter, ein großer Feuerlöschzug bog in die Höllerklausgasse, 13 Stockwerke unter der Brüstung, an der wir hingen, wie zwei neugierige Kinder. Auch am anderen Ende der Höllerklausgasse waren Polizeiwagen vorgefahren. Wahnsinn, sagte ich zum Triebi, ein echter Notfall, vielleicht ein Mord? Ein zweites Tröten kam näher, ein zweites Löschzugkrokodil fuhr in die Gasse, echt spannend, ein Feuer, hier in der Gasse, was für ein Glück. Kannst du sehen, fragte ich das Triebi, wo es hier brennt? Jetzt bog sich auch der Höller über die Brüstung, sein Beck's in der Hand, sieben Feuerwehrwagen zählte er, es leuchte unten in der Gasse wie am Jahrmarkt, blaue Lichter, rote, gelbe. Und das rasselnde Brummen der dicken Diesel. Aber wo brennt es nur? Siehst du Flammen? Wo rennen die hin?

Und dann krachte es hinter uns. Eine stählerne Hacke drosch die Höllerklaustüre ein, zwei Außerirdische stampften durch Höllers Salon, dicke Kutten hatten sie an, Handschuhe und Atemgerät, ihre dachkrempigen Hüte standen ab, ihre Gesichter waren nass vor Schweiß. Wo ist das Feuer, schrie der eine. Die Gehirnwindungen des Höllerklaus zogen sich zusammen, ein Feuer? Hier? Aus der windstillen Ecke kam ein Zischen. Van der Hadschen hatte sein Bier über die Katzwürste geschüttet. Es roch süßlichhopfig, aus dem Grill dampfte es. Ist das das Feuer? Der Feuerwehrmann mit der Axt hatte den Grill entdeckt, sein Kopf lief zinnoberrot an, ist das das Scheißfeuer? Äh, dings, äh, das ist der Grill, sagte der Höllerklaus, das Barbecue, die Frankfurteresse. Der Axtmann zog seinen Helm vom Kopf, steckte die Axt in den Halfter und schmiss die Handschuhe auf den Asphalt. Wegen eines scheißverfickten Würstchengrills hetzen wir hier in den 14ten Stock hinauf? Ist das euer Ernst, Leute? Wegen eines gottverdammten, scheißverfickten Barbecues? Sorry, sagte der Höllerklaus, das Wetter war schön, kein Regen in Sicht, wir haben das schon tausendemale. Funkgeräterhabarber zerstob die Höllerklausrede. Ein verficktes Dachbarbecue. Einsatz beendet, Abmarsch. Die beiden Feuerkämpfer atmeten noch immer schwer. Ich fischte ein Beck's aus dem Wasserkübel, gab es dem Axtmann. Er drehte der Flasche den Hals um, wie er den Kronenkorken mit bloßen Händen abmachte, werde ich nie verstehen. Er stürzte die Flasche in den Hals, das Beck's rann in seine Kehle wie ein Gebirgsbach. Vom Grill zogen Rauschschwaden, die nach Hopfen rochen und nach verkohltem Schmelzkäse. Der Höllerklaus hatte auch dem anderen Feuerwehrmann ein Fläschchen gegeben. Macht das nie wieder, sagte der Axtmann, nie wieder. Nie wieder möchte ich wegen eines verfickten Würstchengrills in den 14ten Stock rennen. Ich hatte sagen wollen, aber der Lift! Ihr hättet doch den Lift nehmen können! Aber der

Gedanke gefror zu Eis und rutschte in einem Eiszapfen gegen meinen verschnürten Hals. Die Feuerwehrmänner hatten ihre Jacken geöffnet, sie waren muskulös und schön, dicke Kabel liefen aus ihren Kinnladen in die Schultern. Das Zinnober des Axtmanns hatte sich verflüchtigt. Oké, sagte der Axtmann, wir gehen jetzt. Verstehe, sagte der Höllerklaus, so long, viel Glück, fast hätten sie Highfive gegeben, sowas konnte der Klaus, er war ein Alphatier, die Hunde legten sich flach, wenn er lieg! sagte oder still! Manchmal brauchte er nur zu schauen und die Hunde waren brav. Es begann zu nieseln. Triebi und ich starrten in den Himmel, er war grau geworden und fahl, wie eine große Rakete aus Stein und Stahl stach das Empire hinter uns empor. Es lag zwei Straßen weiter Uptown. Und wegen des Solospargels hatte der Höllerklaus ja die Bude hier gemietet. Wegen der guten Aussicht, wie er sagte, und wegen des Dachs.

Es begann zu nieseln in meiner Erinnerung und ich sah auf die Uhr, und ich hob an zu sagen, ins Gitarrengeschäft muss ich doch, Triebi, zum Friedmannrichie, in die 48ste Straße, dann machte es Palüng. Es macht immer Palüng, wenn ich nicht kann, es ist das Begleitsignal meines Nichtkönnens, der Ton zur Unpässlichkeit, der Klingelton des unbeantwortbaren Augenblicks. Aber woher wissen sie das, woher wissen die Palüngmacher mit ihren flitzeschnellen SMSschreibefingern, dass ich gerade nicht kann? Dass ich gerade in Gedanken bin, in andere Stadtteile verheddert, in andere Gedankennester verstrickt. Heidi List hatte Palüng gemacht, der kleine Herr List, so ging der Text, kam gerade, 49 cm und 3.70 schwer, auf dem Kuhfell in unserem Wohnzimmer zur Welt. Es freuen sich Herr Maurer, Frau List und Mitzi der Hund. Höllerklaus hatte angefangen mit dem Kindermachen, hatte zwei Söhne ins Rennen geschickt, gezeugt mit der Anwaltstochter aus dem Villenviertel. Ins Kindermachen kommen die Bobos alle irgendwann, sie machen es heimlich, und gewissenhaft, gesellen sich in Paaren und ziehen beieinander ein. Erst sitzen sie heimlich beieinander im ägyptischen Lokal, in der Rohkostbar, im Turbokoreaner, reiben die Freitagtaschen aneinander, dann die Nasen und dann huschen sie auf das Bobosofa und legen sich flach und konjugieren die Keimzellen. Zwei Sachen machen die Bobovillains heimlich, Kindermachen und Autofahren. Die Liste der kindermachenden Bobovillains ist ebenso lang

wie die der autofahrenden, auch wenn sie Alleinstehen vortäuschen in der Lounge und Räder pilotieren. Alle haben sie Kinder und alle haben sie Wagen. Auch bei der anderen Heidi war das so, plötzlich war der Säugling da, wie aus dem Nichts. Und der große Familienvolvo, der arkane.

Bei den Heidis und Ninas, Julias und Karinas merkt man das Schwangerwerden daran, dass sie nicht mehr so gerne telefonieren. Es gibt einen Zusammenhang zwischen Schwangerschaft und Telefonie. Schwangere telefonieren nicht, sie schwängern dahin, legen das Ei und dann schicken sie ein SMS. Palüng hatte es schon neulich gemacht, Heidi hat jetzt einen Buben. Und wenn Glavinic mir ein SMS schickt, oder Kehlmann ihm, dann sind das vermutlich auch Geburten. Siebenseitensindgeschriebengeburten, wasweißich, oder wenn die Lesung in Bobograd steht.

Palüng macht es, und der Tsunami meiner Unzulänglichkeiten rauscht heran. SMS, schon das Wort ist eine Qual, Short Message System. Warum schicken einander sprachalerte Menschen Buchstabensuppe? Und wenn sie das tun, warum auch mir? Kurzmitteilung müsste es heißen, KM, aber dazu hatten die Handyphoniefritzen in den Glaspalästen an der Peripherie weder den Mut noch die Idee, stattdessen nannten sie es SMS, Essemess, was noch feiger ist, Essemm-System, denn SM dazu zu sagen, Short Message, hatten sie sich nicht getraut, ich wette darauf. SM, SM, SM, das Kürzel hätte den Siebenten Himmel im Handyphonieausdenkepalast nie verlassen.

Aber das ist es wohl, das Kurznachrichtensystem, das SM-System, ein Sadomasosystem. Die Peitsche der Telefonie. Ich kann diese Peitsche nicht bedienen, das Handy, das ich um den Hals trage. Vier Stück davon habe ich, identische, falls eines den Geist aufgibt, habe ich sofort Ersatz, vom Handy aus Klavierlack und Aluminium, vom Bobovillainhandy der Saison 04, heute ist es schon Retro, so schnell geht das. Das Bobovillehandy aus Klavierlack und Aluminium, eine Pest ist es, drauf zu tippen, egal wie der Vorgang auch heißt, ich kann das nicht, ich bin synaptisch nicht in der Lage, Daumenklavier zu spielen, ich stottere auf dem Handy, mit dem Zeigefinger, wie die alten Damen im Supermarkt, wenn sie die Kernlosetraubenkennzahl eintippen in die Selbstbedienungswaage.

Die Worte gerinnen zu Brei, wenn ich kurzmitteile, sie pappen zu Salat, kleben aneinander, rutschen auf das Display, formen Worte wie Gpbungpd und darp, dap und bbaw und da und gpt! Was hätte es heißen sollen, die elende Grütze? Gratuliere, dass das Baby da ist! Ist denn das so schwer? Das kann man abschicken: Gratuliere, dass das Baby da ist! Ich sollte den Text einspeichern, wie: Bin in Sitzung oder: Rufe zurück. Gratuliere, dass das Baby schon da ist. Schöner Wagen, singt, könnte ich auch zum Stehsatz machen oder: Kuhle Karre, Neid.

Wieso kann ich es nicht schreiben? Wieso kann ich Gratuliere, dass das Baby da ist, nicht schreiben, wieso kommt Gpbungpd darp dap bbaw da gpt dabei raus? Weil das T9 ausgeschaltet ist, kann es die kleine Andrea nicht schreiben. Ganz einfach, sagt Glavinic mit seinem Blueberry mit der Maschinschreibtastatur, da gibt es ein T9. Weiß ich, Glawischnick, das T9, es ist nicht eingeschaltet, und weißt du warum? Warum ist das T9 nicht eingeschaltet? Ha? Willst du es wissen? Weil mich das T9 rasend macht, weil es ein Pestprogramm ist, eine Banditenapplikation, ein Schauerskript. Hitler kann es buchstabieren und Himmler und Schäferhund. Aber bei Daseinsmatrize versagt es, bei Hungerödem, bei Tatsachenhürde und Oxymoron. Das sind die Worte, die es mir tippen soll, das elende Tehneun. Wer sind die Verbrecher, nenn sie mir, Glawinisch, die ein Handylexikon programmiert haben, das Nazi buchstabieren kann und NSDAP, Heil und Gestapo, Auschwitz, ja, Auschwitz, Sachsenhausen und Vergasung? Muss das Klavierlackaluhandylexikon für den Bobovillain das können? Daseinsmatrize soll es können und Hungerödem, Tatsachenhürde und Oxymoron!

Der SMSNSdAP-Kurzmitteilungsmarkt. Das ist der Markt, sage ich dir, Glawinig, das ist der Markt. Die Glatzenhandyphonie und die Nazimobilfunkerei. So ist es, sagt Glawinis in mir, er spricht auch zu mir, wenn er nicht da ist, er ist mir Zuhandengekommen, hat ein dramaturgisches Eigenleben entwickelt, das kommt von der elenden Drehbuchschreiberei, da zieht man sich diesen Defekt zu, den Drehbuchschreiber-denken-sich-Figuren-aus-die-wie-Freunde-reden-Defekt. So ist es, sagt Glavinic. Daseinsmatrize, Hungerödem, Tatsachenhürde, Oxymoron. Schon recht spezielle Sachen, du musst das verstehen. Dann schalte es aus, das T9, wenn's das nicht kann. Hab ich doch, Glawischnitsch, hab's ausgeschaltet, denn Daseinsmatrize, Hungerödem, Tatsachenhürde, Oxymoron, das ist nicht das einzige, was das Klavierlackhandy nicht versteht. Auch vor Zwiebel und Hackfleisch geht es ins Knie, vor Sardelle und Olivenöl, Koriander und Kümmel, und wenn es ans Eingemachte geht, wenn ich im Nachrichtengedärm wühle, Glawischnic, wenn ich mit den Handybetreiberfritzen telefonieren muss oder simsen, den Tarif neu scheiteln oder sonst was in der Art, wenn Worte gefragt sind wie Funkloch und Handyrechnung, was ist dann, Klaviernic, was ist dann? Dann rinnt Lorem ipsum ins Display, dolor sit amet, consectetuer adipiscing elit. Elendes Klavierlacktelefon, ich hätte dich vom Höllerklausdach in die Tiefe werfen sollen, ein Blaulicht damit leckschießen oder eine Delle hageln in den Axtmannhelm.

Aber es half nichts, ich konnte der einen Heidi nicht zum neuen Buben gratulieren und der anderen nicht zur Kuhfellgeburt. Yep hätte ich schreiben können, Yep habe ich dem Tehneun beigebracht, yep, ein rechtwinkeliges Dreieck, 937. Neundreisieben, yep, shorter geht eine message nicht, so meine ich. Yep geht oft. Yepzeit ist oft, oft genug. Aber eines kann man nicht yeppen. Eine Geburt kann man damit nicht bejubeln, das war das Unglück, mit dem diese Unterbrechung begann, yep ist kein Hosanna für das zweite Kind oder für Mitzis neuen Spielkameraden.

Dabei hatte ich ja ein ganz anderes Problem, ich stand auf der Dachterrasse, es nieselte schon, die koscheren Käsekrainer und Katz's leckere Franks zerfielen zu Briketts und meine Kleidung hatte den Geruch von geräuchertem Bier angenommen. Ein Duft aus der Hölle. Ich muss ins Gitarrengeschäft, sagte ich zum Triebi, in die 48ste Straße, sagte ich jaulend, zu Richie Friedmann, will mir die Nase plattdrücken an der Friedmannauslage, dort wo die Auslage Nikotinflecken hat von den vielen Gitarristen, die hier eine Camel geraucht haben, beim Naseplattdrücken und beim Sehnen, beim Gedanken an 59erpaulas, mit Tulpenmechaniken und abgegriffenen Fünfzigerjahrehälsen, beim Schausehnen nach getunten Bassmans und gehotroddeten Tweeds, kaskadierten Plexis und AC30s, 54ergoldtops mit Seifenriegeltonabnehmern, Sunburststrats und welchen in Fiestarot, blonden 335ern, Black Beauties mit Bigsbys. Der Gitarrenhimmel hing hier hinter den Scheiben, unaussprechliche Geheimgeräte, Wunderhölzer, Zauberbretter. Melody-Makers hingen hier, Juniors und Customs, Firebirds, Reverse Firebirds, treuherzige Teles und schnittige Mustangs. Und fliegende Vs.

Und jede von ihnen hatte sich die Musik gemerkt, die auf ihr gespielt wurde, das Holz dieser Gitarren hatte ein Gedächtnis, das war Teil ihrer Magie, es erinnerte sich an Joe Walsh und Randy Garcia, Dickie Betts und Leslie West. Und das Gedächtnis der Töne in diesen Geigen glühte durch die Scheibe, vor der ich, bittesehr, jetzt stehen wollte. Schaudern bekommen und Gänsehaut, Sehnsucht und das Gefühl immensen Verlangens.

Stattdessen stand ich hier im Midtownregen, starrte in den Empirehimmel, grau und triste war er, und roch nach verbrutzeltem Hopfen. Wenigstens die Feuerwehrleute waren den Abend wert gewesen. Höller trabte aus seiner Bobovilledachkemenate, die Arme voll grauem Gummi. Höller hatte Kleidung für jeden Zweck. Unser Zweck hier war Fortgehen im Regen. Bodenlange Gummimäntel trug der Höllerklaus heraus, mit einem stolzen Grinsen, schwer waren sie wie die Bleischürzen bei den Zahnärzten, die mir den Vorderzahn aus dem Hirn gezogen hatten, damals, als ich gestorben war.

Van der Hadschen, der Höllerklaus, Triebi und ich schlugen uns die Planen um und standen im warmen Regen wie Spaghettiwesterncharaktere. Jetzt passten die Räucherhopfenschwaden, die mir aus dem Dekolleté dampften. Sexy war das nicht, aber richtig war es, diese Spaghettiwesterngummimäntel anzuhaben. Es goss immer mehr, meine Mentholzigarette war ausgegangen, erst hatte es gezischt, dann hatten sich Tropfen in den Zigarettenkörper gesaugt, bis er schwer geworden war und prall und dann abgebrochen, das Mentholzigarettenpapier entzweigerissen und zu Boden gesegelt war wie die Salami, die ich im Katz's aus dem Wurstvorhang gerissen hatte. Können wir zu Richies Geschäft gehen, sagte ich jetzt wieder. Aber sicher, sagte der Hundeführer, wo ist der Spaß, in der 48sten Straße? We Buy Guitars, sagte ich wieder, gehen wir zu Fuß? Aber sicher, sagte der Höllerklaus, die Mäntel sind dicht, kommt nichts durch, bestes Gummi, Catwoman hat sie gekauft, in der Gummizentrale, wo sie ihre Catwomankorsagen vulkanisieren lässt. Wieso ist Catwoman nicht da?, fragte es aus mir. Catwoman ist auf der Pirsch, sagte der Höllerklaus, muss Mäuse fangen, vielleicht kommt sie in der irischen Bar vorbei, wo ihre Schüssel steht, sagte der Höllerklaus, vielleicht kommt sie vorbei, wenn sie eine Maus apportiert hat, sie zu Tode gespielt hat, dann ist sie gewiss durstig, erklärte der Klaus, dann könnten wir sie sehen, dann wird sie schnurren. Und das Gitarrengeschäft? Aber sicher. 15 Straßen von hier, ein Regenspaziergang, ein Gummimanteltrip, ein Klacks.

Boboville, wenn es nass wird, ähnelt einem Bienenstock, in den ein Honigferner Essig geschüttet hat. Die Bobovillains, wenn sie nass werden, schwirren herum und krabbeln nach Shelter. Wenn sie fluchen könnten, oder beten, würden sie derb werden oder spiritual, aber das können sie nicht, denn die Bobovillains fluchen nicht und wenn sie beten, dann heimlich oder adressiert an die Welterwärmungsbehörde, den zentralen Grünrat des Planeten oder den Fairtradepotala. Und nass werden die Bobovillains, weil sie Hüte nur wegen der Mode tragen und nicht wegen des Wetters, denn wenn der Nil vom Himmel stürzt, nehmen die Bobovillains ihre Schattendeckel ab und ziehen die Köpfe in den Kragen. Ein Schirm, da sei die Geschmackspolizei davor!

So war es auch an diesem Höllerklausgrillabendausklang, der Regen stürzte in Bächen aus den Dachrinnen und rann in die schnellschreitenden Stadtkinder. In eine Videothek gehen oder in die nächste Bar, niemals! Man könnte gesehen werden oder sich fremd fühlen. Bobopolitisch ist der Regen ein Ausnahmezustand, ein Angriff, eine Schlacht. Eine Mitteilung vom Planeten. Lieber als den Wolkenbruch

hat der Bobo den bedeckten Himmel, er liebt die Mattheit des Lichts, das Indirekte, das Beleuchtungsgleichgewicht.

So war es, als wir in unseren grauen Gummimänteln die Sechste Avenue hinaufliefen, um mich glücklich zu machen, um mein Gitarrengeschäft zu besuchen. Weit waren wir nicht gekommen, ein, zwei Häuserblocks vielleicht, als der Höllerklaus unter einem Vordach stehen blieb, wie die anderen Hutlosen, und ohne mit uns Konferenz zu halten im Marmorportal zu diesem Vordach verschwand. Die Idee ist die, sagte der Höllerklaus, jetzt schon in der Lobby, wir fahren dem Regen entgegen und schaun uns das Ganze von oben an. Borgen uns ein Fernglas und schaun den Ameisen beim Herumrennen zu.

Der Höllerklaus hatte sich schon ein Ticket gelöst, ließ sich durchsuchen von einem dicken Securisten mit Schweißflecken unterm Arm. Im Lift standen wir bald in einer kleeblattförmigen Pfütze, die von den Tropfenbächen kam, die aus unseren Gummimänteln liefen. Man könnte, so schlug ich vor, ein kleines Papierschiffchen bauen, dazu reichte die Zeit, es in der Kleeblattpfütze vom Stapel laufen lassen und in seinem kleinen Asowschen Liftmeer in den 86sten Stock bringen.

Du, sagte Triebi, du faltest das Schiff. Das war mir zu viel. Anstiften und arbeiten, das war mir um eines zu viel. Edison hat seine Glühbirnen auch nicht selbst geblasen, sagte ich. Und dann sagte ich, weil es mir einfiel, wusstet ihr, und zeigte auf den Leuchtknopf zum 79sten Stock, dass hier ins 79ste Stockwerk mal ein Flugzeug hineingerast ist? 1945, sagte ich, ins 79ste Stockwerk, ein B-25-Bomber, zwei Motoren hatte er, und ein Feuer brach aus. Vierzehn Personen fanden den Tod, nur eine nicht, eine Frau in einem Aufzug. Betty Lou Oliver, sie war Aufzugmamsell, und sie hatte frei an diesem Tag, der Höllerklaus lachte, wie wir, und dann war das Flugzeug explodiert und hatte Bettylouoliver, im 80sten, versengt. Erstehilfeleute hatten sie versorgt und in einen sicheren Lift gebracht, um nach unten zu fahren, wo die Rettungsautos schon warteten. Aber was niemand wusste, war das: Ein Triebwerk samt Propellern und Fahrwerk hatte sich in genau diesen Liftschacht geschraubt und die Kabel beschädigt. War es dieser Lift?, fragte ich den Liftjungen, war das hier Bettys Kabine? Es war. Ein kleines Messingschild hinter dem Liftjungenhals fing mit 1945 an und in der nächsten Zeile mit Bett. Und was war mit der Frau?, fragte der Höllerklaus, du erzählst uns hier Gabba, junge Freundin. Betty Lou Oliver ist die Frau mit dem Rekordabsturz. 75 Stockwerke fiel ihre Kabine. Und dann? Und dann liefen die Helfer dreihundert Meter hinunter und fanden die Kabine in einem Haufen aus Ziegeln, Kabeln und Stahl. Und die Frau? Hatte beide Beine gebrochen und das Kreuz. Aber sie hatte überlebt und nach acht Monaten war sie wieder gesund. Paling machte Bettys Liftkabine, und wir stiegen aus unserer Pfütze.

★ ★ ★

Oben war es deutlich kälter, die Winde stiegen von unten empor, die Tropfen hier fielen nicht vom Himmel, sie kamen wie Gischt von unten, aus der Stadt. Die Terrasse des Empire war elegant. Um es den Selbstmördern schwer zu machen und ihre Lebenszeit ein wenig zu verlängern, hatten die Empirebetreiber ein Gitter eingezogen, einen Lebensmüdenzaun. Auf Schiffen gibt es das nicht, fiel mir ein, Kreuzfahrtdampfer haben keine solchen Gitter. Das kommt daher, dass Bobos nicht auf Kreuzfahrt gehen. Nicht wegen der tropischen Orte, die man da sähe. Eher wegen der schlechten Musik und weil Pensionistenreisen nicht cool sind. Die Sache wird sich in fünfzehn Jahren ändern. Aber jetzt hatten wir damals, es goss von schräg unten und Mäntel hatten wir an.

Unten in der Stadt konnte man Boboville sehen und Bobopol und das Boboais, Bobograd und Bobovilleneuf. Man erkannte die Bobostädte daran, dass die Menschen keine Schirme trugen.

In der Ecke unserer Selbstmörderverhinderungsterrasse, die nach Süden wies, stand eine junge Frau, sie trug eine Lastwagenplanentasche, mit dem Riemen quer über der Brust, der einzige Ort, an dem sie trocken geblieben war, war unter der Lastwagenplanentasche, denn richtig, die junge Frau hatte keinen Schirm dabei. Ich steckte mir eine Spiritualette an und suchte in den Gummimanteltaschen nach Streichhölzern. Mein kleiner Rucksack hing nass am Rücken. Da war mein Zippo drin und das konnte gewiss Feuer geben, mitten im Regen, aber das wollte ich nicht, ich wollte jetzt meinen Rucksack nicht runternehmen. Ein guter Ort, um nach Feuer zu fragen, sagte die junge Frau. Ein guter Ort, um nach einer Siguarette zu fragen, gab ich zurück. Siguarett, sagte ich, es fiel mir gerade ein. Wie klein die Ameisen da unten sind.

Ob ich das Santo Spirito kenne, fragte mich die junge Frau und blies eine Rauchwolke in die Gischt. Aber sicher, sagte ich, das ist der Club, wo sie in Stadionlautstärke Mozart hören. Ich mag Mozart nicht, sagte ich, und ich muss ins Gitarrengeschäft. Das heißt, ich mag Mozart schon, aber ich mag den Ton der Geigen nicht, wenn sie von Mozart sind, sie schmerzen in meinen Ohren. Mozartmusik schmerzt meine Ohren, es liegt an den Tonhöhen, die Mozart gerne schrieb. Was hast du noch für Probleme?, fragte die Frau. Ich kann Briefe nicht öffnen, ich fürchte mich vor Klopfen an der Türe und weißes Papier macht mich wahnsinnig. Wir gehen dennoch ins Santo Spirito, deine Mozartangst ist mir egal. Gut sagte ich, aber dann muss ich ins Gitarrengeschäft. Whatever, sagte die Frau, sie hatte schwarzes Haar, es klebte in dicken Strähnen in ihrem Gesicht. Und was mache ich mit Triebi, mit dem Höllerklaus, mit Kai dem Architekten? Schick sie ins Kino, sagte die Frau.

Das Santo Spirito musste man durch eine enge Pforte betreten, sie führte in einen engen Keller, er war trocken, denn er lag in einem Teil von Boboville, der nicht auf einer Wasserader lag. Aus den Lautsprechern schmetterte die Holimolimesse von Bach. Der nassen Frau wurde ein frisches Geschirrtuch gereicht, sie rubbelte ihre schwarzen Haare damit und dann bestellte sie heiße Suppe. Rindsuppe. Der kleine, kauzige Mann, der die Höhle hier führte, verschwand mit der Taschenfrau in der Küche. Man konnte die beiden plätschern hören, dann schreien, dann lachen, und dann kamen die beiden wieder aus der Kutschine. Sechs Stunden muss die Suppe köcheln und in der siebten muss sie ruh'n. Und nun ist die achte Stunde und Zeit. Der kleine, kauzige Mann mit der Schubertbrille stellte zwei dampfende weiße Schüsseln mit tiefbrauner Consommé vor uns auf. Nach dieser Suppe, sagte er zur trocknenden Frau, werden deine Freundin und du jede andere Suppe vergessen. Was macht deine Freundin?, fragte er Schwarzkopf, wie heißt sie? Sie heißt Greta, log Schwarzkopf, und was sie macht, sagt sie selbst.

Ich jage die Wahrheit und sammle die Lüge, sagte ich, ich bin Ethnologin, log ich. Lovisa Gustafsson, sagte ich. Greta für dich und ich habe Angst. Der Kellergnom wieselte hinter dem Tresen hervor, riss mir den Gummimantel von den Schultern und warf ihn in eine Ecke. Zu nassen Hüten. Die Suppe wird munden, sagte der Gnom. Und das tat sie. Zu Bachs Holimolimesse, den trocknenden Bobovilleregen im Genick, habe ich die beste Suppe der Welt gegessen.

Wie heißt du?, fragte ich Schwarzkopf. Das weiß niemand, gab sie zurück, du darfst mich nennen, wie du willst. Olga nenne ich dich, sagte ich zu ihr. Wieso das? Olga nannte dich der Gnom, als du in der Küche mit ihm warst und gealbert hast. Olga sah jetzt aus wie Anna Netrebko, nur besser, verwegener, nicht so sängerisch, und auch Lachgas Villazón klebte nicht an ihr.

Olga also fischte einen Zigarettenspitz aus ihrer Planentasche und steckte eine Casablanca vorne rein.

Es sieht affig aus, sagte ich, affig, in einen Zigarettenspitz gehört eine Siguarette aus der Schweiz. Siguarett sagte ich, Siguarett, mir gefiel das Wort. MaryLong solltest du verheizen oder wenn du es stark willst, dänische Prince. Chesterfield gehen und Players Number Six, sagte ich. Es sind keine normalen Casablanca, sagte Olga. Es ist Afghane darin. In den Zigaretten, die sie im Le Kat Ferrat geraucht haben, in Juan-les-Pins an der Côte, weißt du, da war auch Afghane drin. Im Kat war auch Kit in den Kippen. Sie gab mir eine Kat. Ich konnte sehen, dass sie selbergemacht waren, sehr regelmäßig gestopft, von jemandem, der das konnte, und schön verklebt. Polm, Baktrischer Riegel, wenn du einen ganzen zu Gesicht bekommst, sagte sie, denk an mich, er sieht aus wie Sachertorte. So sei der ja entstanden, sagte Olga, der elende Kuchen. Die Erzherzöge und Prinzen mit dem Geld und den Mätressen und dem Lusthunger waren berühmt gewesen für ihren Afghanenkonsum, und als Gag, auch wenn sie dazu wohl anders gesagt haben, hatte ihnen die Hotelküche eines Tages eine fette baktrische Schokoladentorte gebacken. Ein Riesencookie, wenn du so willst. Lass dir mal eine Sachertorte kommen, dunkelbraun und fett mit glänzender Kruste, sagte Olga, und wenn du einmal bei den Oberen Zweitausend eingeladen bist, bei den Leuten mit richtig Asche im Herd, dann sieh dir Afghanischen Polm an. Polm aus Masar-e-Scharif, von den Bergen über dem Grab von Vetter Ali.

Jetzt erinnerte ich den schwarzen Talg, den Zladjan, ich habe seinen Futon, in seine Planers rieb. Der Afghane von Zladjan, ein dicker Ziegel, Players stärkte er damit, hatte ausgesehen wie die Torten hinter der Oper.

Olga zog an ihrer Kat, ihre Augen sangen, du kommst heute mit mir, sagte sie, wir werden die Nacht miteinander verbringen. Rufe uns eine Taxe, sagte Olga zum Gnom.

Der Gnom warf seine schütteren Locken ins Genick und stellte sich in den Durchgang zwischen Schank und Küche. Er wischte seine dicken Hände in die Schürze und stellte sich in seinen abgelaufenen Budapestern auf die Zehen, um den Wandapparat zu erreichen. Eine große Frau kam dazwischen, offenbar sein Dschinn (seine Dschinnijah?), sie trug eine Schürze. Ein Taxi für Greta und die wilde Olga, schrie der Gnom, um zu erklären. Ein Taxi für wen? Der Gnom entwand der großen Frau den Hörer, klingelte an der Gabel und drehte erneut am Zahlenrad. Einen Wagen, schrie der Gnom nun in den Hörer, einen Wagen will ich.

Olga hatte ihren Rotwein gestürzt, dann meinen, vier Zehner auf den Tresen geklebt, den Gnom auf die Wange geküsst und meinen Gummimantel von den Hüten gefischt. Wir gehen, sagte Olga, ihre Stimme schnitt durch das Brandenburgische Konzert wie Maurers Messer durch die Tomaten. Wir gingen. Der Gnom sah uns nach wie ein gichtiger Krabbenfischer, der im Hafen bleiben muss, wenn die Kutter im Morgengrauen ins Meer laufen.

Wir bestiegen den Mercedes, er hatte speckige Plüschsitze und roch nach Patchouli, der Fahrer, ein Orientale, hatte das Armaturenbrett mit goldenen Plastikarabesken beklebt. Olga schnaubte die Adresse ihrer Bleibe. Andrea, sagte sie, und hielt meine Hand, als wären wir Liebende, ich werde dich berühren. Ich werde dich berühren, wie du noch nie berührt worden bist.

Der Orientale fuhr durch das regennasse Boboville, über den Fluss, über die großen Boulevards. Er war still, der Orientale, war es ein Ägypter, ein Syrer, ein Baktrier? Er schien uns gut zu verstehen, denn sein Blick stach aus dem Rückspiegel, den hatte er, gleich als wir eingestiegen waren, so gedreht, dass er uns beobachten konnte. In einer schmalen Gasse, links ein Fußballdevotionaliengeschäft, rechts das Lokal, das nur Britpop spielte, kommandierte Olga mit ihrem langsam rappenden Tenor und jener Lautstärke, die Betrunkene haben, die den inneren Geräuschpegel nicht mehr kontrollieren: Hier. Nun. Hier! Rein! Fahren! Ja! Halt. Olga zog einen Zehner aus ihrer Jeansarschbacke und ließ ihn auf den Nebenfahrersitz segeln.

Sie zog mich aus dem Wagen, durch ein altes Tor in einen Hof. Links gingen wir, ebenerdig, in ein Loft. Olga tanzte in ihrer Küche, schlug den Eiskasten auf, schleuderte Pellegrino heraus und schüttete zwei große Tumbler voll. Den Rest goss sie sich in den Nacken.

Die Wohnung hier musste einmal eine Werkstatt gewesen sein, hinter der Küche lag ein lang gestreckter Raum, die Farbe der Wände konnte ich nicht erkennen, das Licht der Kerzen, die Olga anzündete, tauchten ihre Höhle in ein fahles gelbes Licht. Am Ende des Tempels stand, wie ein Altar, ihr Bett.

Sprich jetzt nicht, sagte Olga. Sie warf mich rücklings aufs Bett und zog mir die Hose aus. Auch sie stieg aus den
Röhren. Schließe die Augen, sagte sie und setzte sich auf meine Mitte. Ihre Knie drückten in meine Seiten. Es knisterte, als sie ihren schwarzen Pullover auszog, eine Brise kam auf und zog über uns, als der Kaschmir neben dem Futon aufkam. Olgas Brüste waren klein, aber schön, klein und stolz, wie die Früchte einer Prinzessin.

Ich roch Metall. Olga schnitt mein Oberteil entzwei, von unten, mit raschen Scherenschlägen, wie welke Blüten fiel es von mir. Sie legte die geschlossenen Schenkel der Schere an meine Kehle, kalt waren sie, kalt wie Eis. Du musst keine Angst haben, kleine Greta vom Dach der Welt. Deine Freunde sind gerade im Kino, süß sahen sie aus, aber sie sind Männer. Männer interessieren mich nicht. Sie sind penetrant. Sie wollen dich durchbohren. Olga hielt die Scherenschenkel an meine linke Schläfe. Sie waren noch immer kalt, mein Blut pochte. Jetzt hielt Olga die Schere an meine andere Schläfe. Streck deine Zunge aus, sagte sie. Ich streckte meine Zunge aus. Vertraue mir, sagte sie und legte die Augen der Schere auf meine Zunge. Schmecke, sagte sie, wie metallen sie schmeckt. Olga kreiste mit ihrer Zunge auf der meinen, erst durchs eine Scherenöhr, dann durchs andere.

Und dann drückte sie das Scherenöhr wie einen Ring auf meine linke Brustwarze. Spürst du, kleine Greta vom Dach der Welt, wie warm die Schere schon ist? Ihre Zunge spielte mit meiner Perle. Sie wird immer wärmer, flüsterte sie, sie wird heiß. Ich konnte ihren Schweiß riechen, er roch nach Myrrhe und grünem Tee, nach Verbena und Eisen.

Ein warmer Ring umfasste meine andere Brust. Olga nahm meine Brustwarze zwischen ihre Vorderzähne, gerade so fest, dass es zu schmerzen begann. Seltsame Blitze durchzuckten mich. Du vertraust mir, sagte Olga, ich spüre es, ich spüre, dass du mir vertraust. Ich hörte die Kerzen flackern, ich hörte, wie die Stadt ihren Atem anhielt. Ich hörte, wie der Gnom in der Heiligengeistküche die Musik abstellte und die Suppe vom Herd zog, ich hörte, wie der Orientale im Taxi an der Kreuzung seinen Schwanz aus der Hose holte und masturbierte und ich hörte, wie meine Freunde auf der Toilette vom Kino standen und sich Gitarrengeschäftpuder in die Nasen rieben.

Olga drückte mir die Schere in die Hand. Sie war heiß, als wäre sie gerade aus der Esse gezogen worden. Du vertraust mir. Jetzt vertraue ich dir, kleine Greta vom Dach der Welt, wo die Gischt fliegt und die Menschen ganz klein sind. Meine Augenlider waren gelähmt, ich wollte sie nicht geschlossen halten, Lichtblitze flackerten vor mir und Entladungen zuckten durch meinen Leib. Olgas Hände waren Schiffe, die meine See befuhren, sie peitschten durch die Wellen wie Kirkes Kähne. Blitze entluden sich aus einem unsichtbaren Orkan, mein Herz schlug sich wund, jagte das Blut durch meinen Körper, mein Atem raste. Funken schlugen aus Olgas Fingerspitzen, die Schere in meiner Hand glühte. Immer neue Gerüche stoben in mich, Ylang-Ylang, Jasmin, die süßliche Säuernis faulender Zitronen. Cassis, Cumarin,

Keton, es roch nach dem opiumölgetränkten Korinaholz der Explorer, nach dem süßlichmatten Geruch heiß gewordener Lötstellen, nach dem handwarmen Karamell, das uns als Kindern entgegenschlug, wenn wir ein Stollwerck aus dem öligen Papier gewickelt hatten. Und dann schlug der Blitz in mich ein, ein Blitz, wie keiner je zuvor, langsam, wie in Zeitlupe kroch er durch mich, wirbelte in meine Scham, schlug dort Feuer und dann verzweigte sich der Blitz, wurde lichtschnell, schlug mir die Augen aus dem Kopf, brannte mir die Ohren durch und raste mein Rückgrat hinauf, vom Beckengrund wie ein Lauffeuer, eine Feuerwalze, eine Stichflamme aus tausendfältigen Zungen. Die Schlange raste meine Fasern empor und entlud sich in einem zuckenden Farbrausch.

Die Schere, die ich umklammert hatte, während die Lust mich durchschlug, war an der Schraubentaille geschmolzen. Meine Hand hatte die Schere in vier Teile zerbrochen. Zwei Öhre und zwei Schenkel. Es roch nach angesengtem Stoff.

Meinen Bruder wirst du treffen, sagte Olga dann, ich sehe das kommen, er wird zu dir passen. Er wird tanzen und brennen. Sie stieg von mir, öffnete die Türe zum Hof, kühle Luft, sie roch nach Moder und nassem Stein, stieg in die Werkstatt, in der mich Olga gerade geschmiedet hatte. Langsam gewann ich das Augenlicht wieder. Die Schmiedin hatte sich einen Morgenmantel übergeworfen. Lass uns schlafen, sagte sie.

Als ich aufstand und nach Hause ging, schlief die Schmiedin noch. Ich küsste ihre Stirne.

Der Regensturm hatte die Stadt durchgespült. Am Hugo-Wiener-Platz, dort, wo mich die tauben Beine zum Haus mit meiner Bleibe gebracht hatten, kratzten die Müllmänner. Zwei waren es, ein schlanker Mechanoider und ein fauler, ich hieß ihn den Denker, er ging zum kleinen Laubkraftwagen, den sie an der Gehsteigkante abgestellt hatten, um Kippen zu holen, und wenn er die Kippen in den Mund gesteckt hatte, ging er wieder zurück, um das Feuerzeug zu holen, es war seine Art zu arbeiten, ein ewiges Vor und Zurück, es kam mir vertraut vor, wie er das vermied, was er vorhatte, die Art, das Leben abzuspulen, war der meinen nah, im Schnelllauf zurück, die falsche Stelle finden, sich an der falschen Stelle festhören und das Lied vergessen, das man gesucht hatte. So geht es mir mit der Erinnerung an Boboville. Meine Erinnerung ist ein kleiner, fauler Müllmann, den man hieß, die Reste der Erlebnisse zusammenzukehren, und der daran scheitert. Denn es gibt immer einen Punkt vor dem Zusammenkehren, einen Punkt vor der Bewertung des Geschehenen, das Geschehende selbst, das sich wie eine wilde Furie, wie ein Regensturm seinen Weg durch die Gegenwart schlägt und das sich nicht greifen lässt. Nie ist der Sturm fertig, er ruht nur und bläst träge oder hält die Wimpel an und trocknet die Gegend und schläft ein wenig auf den durchgesessenen Pölstern des Zeitensofas. Nie ist er fertig, der Regensturm des Geschehenden, nur selten werden seine Tropfen dünner, verhallt sein Prasseln.

Da schoben sie also und kehrten, die beiden Müllmänner, orange waren sie beide, wie holländische Fußballer, ein Mechaniker und ein Denker, sie schoben einander das braune Zeug zu, das die Platanen abgeworfen hatten, Samen oder Schalenmehl, es erinnerte mich an die kleinen Hügelketten aus Strandlurch, die das Meer aufschüttet in der Nacht. Der Ozean, in dem ich die Nacht verbracht hatte, hatte mich zu Erlebnislurch verfilzt und an den Stadtstrand gespült, ich konnte das Heute nicht vom Gestern unterscheiden, die Erinnerung nicht vom Geschehen. Der Zeitenlauf war mir durcheinander gekommen, ich hielt Gedachtes für gesagt, Morgiges für erlebt, den Plan für die Geschichte. Die Perlenkette der Erlebnisse war gerissen und wurde gerade zusammengekehrt. Boboville, die Bestie unter den Städten, war hierin besonders grausam, sie verschluckte Geschichten, bevor sie geschahen, und andere, Ungeschehenseinwollende, dehnte sie zu Ewigkeiten. Jede Sekunde nach Mitternacht war in Gefahr, sich zu verstolpern, das war der Fluch der Arbeit an der Nacht.

Boboville hatte Therapieterrassen für Menschen mit Zeitlöchern in den Erlebnisjacken. Frühstück gab es dort ab zehn, man hielt das für früh, Ethnoessen war beliebt, georgische Khinkali oder Khatschap'uri stopfte man in sich hinein, oder türkisches Geschnetzel, elende Salate, die nach Wasser schmeckten und falschem Balsamico, alles, um den Unterzucker zu löschen oder das Krachen der Leber. Öffentliches Frühstücken in Boboville war denen vorbehalten, die die Öffentlichkeit der vergangenen Nacht noch nicht in die Akten geworfen hatten. Sonnenbrillen braucht es dazu, um die dicken Augen zu verbergen, hässliche Gestelle, die nur auf Marcello Mastroianni je gut ausgesehen haben oder auf Anouk Aimée, aber nie wieder auf jemand anderem.

Um zehn, so spät war es geworden, hatte mein Bäcker noch offen. Mein Bäcker. Er trug ein mehlstaubiges Unterhemd und eine mehlstaubige Bermuda, sprang aus dem heißen Keller in den Laden herauf. Es war nicht das Springen eilfertiger Haster, es war ein schwebendes Springen, ein Flug. Mein Bäcker war ein Krieger, über seine Muskeln spannte sich die Haut alter Hippies, ein ledriges Braunrot, wie das der Bäuche von Füchsen. Es konnte nicht von den Öfen kommen, meinte ich, aus den Öfen kommt trockene Hitze, kein Licht, Hitze kann doch Haut nicht bräunen, Sonne macht das. Ich dachte an die Bäcker meiner Kindheit, sie waren allesamt bleiche Gestalten gewesen, blutleer und teigig, sonnenfern. Sie schufteten in der Unterwelt, in den heißen Kellern, wo die Mauern dick waren und die Fenster klein. Woher hatte mein Bäcker diese Bräune, hatte er künstliche Sonnen in seinen Kellerlampen? Schlief er im Park, wenn er ruhte, am Strand? Von zwölf bis sechs, in der sengenden Glut?

Mein Bäcker hatte LSD-farbige Haare, von Mehl gestärkt, sie liefen in ein armdickes Haartau aus, das filzig und fest an seinem Rücken hing, wie ein Keulengriff. Ein Stirnband verbarg seinen Haaransatz, es war feuerrot. Nun war es zehn, spät für den Bäcker, er war schon müde, und sprach nicht mehr, aber mochte es Mitternacht sein, zwei oder drei, dann dampfte es aus dem Hippiekeller und staubte, dann gelang sie, die Sprache, dem Hippiebäck. Durchs offene Bäckerfenster reichte er dann Milch und Weißbrot, Marmelade und Käse. Und verschwand wieder, für Minuten, in den Bäckerkellern, um Brötchen in die Vulkane zu schieben. Eine kleine Oase der Unversperrtheit, die mehlstaubige Bäckerei schräg gegenüber von meinem französischen Atelierfenster.

Welche Farbe hat LSD, fragte ich den Bäcker. Ich frage das jetzt mal so aus dem Bauch raus, es ist schon spät am Morgen, ich möchte mir die Antwort aufs Brötchen tun. Welche Farbe hat C20H25N3O? *Lucy in the Sky*, sagte der Bäcker mit einer Langsamkeit, die mich an den Wurm in den Mezkalflaschen erinnerte, mit Diamanten. Lucy ist rosa mit rotierenden Spinellen und Spiralen aus Turmalin. In der Mitte des Himmels wabern amethystfarbene Blitze und grellazurne Saphire. Aus dem musivischen Pflaster aus Carrara und Basalt können Büschel aus singenden Türkisen wachsen. Sie zeigen sich nicht immer, denn sie sind scheu. Zehzwanzig Hafünfundzwanzig Enndrei Oh, LSD, die blauen Bäckeraugen leuchteten wie das Meer in einem Atoll.

Das hier, der Bäcker bohrte seinen Finger in ein Säckchen mit Traubenzucker, ist C6H12O6. Das nehmen die Läufer, wenn sie nach den Endorphinen hecheln. Um Lucy zu sehen, muss man nicht in den Endorphinen laufen. Um Lucy im Himmel zu sehen, mit Diamanten, muss man nur Mutterkorn aus dem Mehl holen. Das hat Albert Hofmann von uns gelernt. Und dann stieg er in den Bus. Das Mountain Girl, Carolyn Adams, weißt du, sie wurde dann Jerry Garcias Alte, sie war die Fahrerin vom *Further.* Der bemalte Bus von den Merry Pranksters. Der Hippiebus. Der einzige, der echte. Hier vorne, er deutete nach draußen, am Hugo-Wiener-Platz, in der Verlängerung von wo die Friseure ihren Salon haben, da war die Haltestelle vom *Further.* Glaub mir. So war das. Ein Ticket nach Haight-Ashbury kostete nicht die Welt. Einen Tag Arbeit, junge Frau, mehr nicht. Einen Tag Arbeit für einen Monat mit dem *Further.*

Am Steuer vom *Further* saß Carolyn. Und warum war sie das, warum war Carolyn die Fahrerin? Sie war eine Bäckerstochter aus Poughkeepsie, Newboboyork. Du bist zu jung, sagte der Bäcker und schaufelte Semmeln, nicht viel zu jung, aber sieben Jahre zu jung. Sieben Jahre älter, und du wärst mit uns gekommen, mit dem *Further* gefahren. Nach Esseff. Hinter die große rote Brücke, an den Strand, wo dich der Ozean holt. Alle waren sie Bäckerkinder, der ganze Hippieadel. Mutterkornkinder, Lucys Diamantenbrut. Jerry Garcia von den Grateful Dead, Paul Kantner von Jefferson Airplane und Maya Gegeris, sie wohnte in 908 Steiner. Alles Kinder von Bäckern, zu Hochmittag gezeugt, in der Sonne. Sonnenkinder, Bäckerkinder.

Du kennst 908 Steiner, hinten in Ashbury-Haight, das Haus, das sie das Hippiehaus nannten, das psychedelische, es war das Urhaus, das Erste, das Haus, nach dem alle anderen kamen. Wenn du vor ihm standest, das rechte Bein angewinkelt, auf der ansteigenden Straße, dann brauchtest du kein Bäcker mehr zu sein, kein Learypulver einschneiden, kein Mutterkorn aus den Spelzen reiben, wenn du vor 908 standest, mit dem kurzen Bein, dann hattest du den Regenbogen vor dir. Den Sturmbogen. Das waren nicht die Friseurfahnenfarben, die du dann sahst, die Sechsfaltregenbogenfarben, nein, das waren die echten Farben, die Mutterkornsturmbogenfarben, auf 908 sahst du die Gleichzeitigkeit aller Farben. Man sagte, wenn der *Further* stehen-

blieb und Maya ausspuckte, Obacht, sagte man, geh da nicht raus mit Maya, sie kann es ertragen, aber du, wenn du was eingeschnitten hast, geh da nur nüchtern raus, klar, aber nicht auf Weed, nicht auf Acid, nicht auf Tiefes oder auf Schnelles. Geh raus, wie die Bäckermutter dich geboren hat, steh da mit dem kurzen Bein, und der Regensturmbogen wird sich auftun. Maya hat es angemalt, das Neunhundertacht. Als sie da gewohnt hat mit den anderen. Eines Tages, die Sonne stand an Mittag, hatte Maya ihr Pippi-Langstrumpf-Buch aufgeschlagen, die Seite mit der Villa Villekulla, einen Joint hat sie geraucht. Im Radio lief eine Sendung mit alten Songs, und als Judy Garland zu singen begann, *Somewhere Over the Rainbow,* ist eine Träne aus Mayas drittem Auge getropft, vielfarbig war sie wie keine Träne zuvor. Da ist Maya aufgestanden, ist ins Farbengeschäft gegangen und hat Gelb gekauft und Blau und Rot und Grün und Orange. Und hat 908 angemalt, wie noch nie ein Haus angemalt wurde. In den Farben jenseits des Regenbogens.

Seltsam war das, ich stand da, der Bäcker schaufelte Semmeln und sprach zu mir, aber sein Mund bewegte sich nicht. Er sah mir zu, wie ich ihm zuhörte, aber sein Mund bewegte sich nicht. Die Geschichten kamen aus seinen Augen, hellblau-azur-türkise Seen, und ich schwamm auf einer melonenfleischfarbenen Luftmatratze darin und lauschte. Die Sekunde war verstrichen und ein Satz fiel aus mir heraus. Wann geht der *Further*, fragte ich. Der *Further* fährt nicht mehr, sagte der Bäcker. Die Fahrerin ist zu lange vor 908 gestanden. Ich nahm meine zwei Semmeln. Grüße mir Jerry, sagte ich. Mach ich, sagte der Bäcker und tauchte in den Hades ab.

Der Sommer hat die Stadt hinter Boboville in die Zähne bekommen. Die Städtereisenden taumeln durch die Straßen. Sie geben sich Mühe, wie Hierlebende zu wirken, aber es gelingt ihnen nicht, sie gehen zu langsam. Niemand, der die Stadt bewohnt, geht in dieser Geschwindigkeit. Vielleicht die Betrunkenen. Die Lahmen, auf ihren Passagen durch die Unterstadt. Die Betrunkenen und die Städtebereiser, sie sind die beiden Menschenschläge ohne Orientierung, den einen ist sie abhanden gekommen, die anderen sind ganz ohne sie hierher gekommen. Mit dem Städteflug. Die einen haben Bierdosen in der Hand, die anderen Städtebereiserlektüre. Elende Schmöker, die zappelig gebunden sind, unaufschlagbar, auf zu dickem Papier gedruckt, auf Hochglanzpapier, das wohl den Städteflugunfall aushielte, sicher aber den Platzregen. Denn wenn es platzregnet, halten sich die Städtebereiser den Stadtrundgangschmöker über den Kopf. Als Dach. Das haben die Stadtschmökerherausgeber 1976 auf einer Konferenz in Lissabon so beschlossen. Jackentaschenformat, haben sie gesagt, ist das eine und tropfensicheres Papier das andere. Beim Inhalt können wir fahrlässig sein, haben die Großmeister der Stadtschmökerherausgabe vereinbart, aber eines muss ein Herumtaumelleitfaden können, in die Herrenjackentasche muss er passen und als Dach muss er taugen. Die Stadtschmökerautoren, allesamt Bobovillains, sie leben davon, dass sie eine Handvoll Lokale, Osterias, Bodegas, Kneipen und Wirtshäuser zum Abschuss freigeben und in den Städtebereiserschmökern als Geheimtipp verbraten. Niemals hat ein Bobovillain eine wirklich kewle Einkehr in einen Bereiserschmöker hineingeschrieben. Keinen schnaften Club, keine taugliche Abhänge, keine knuspi Chille. In den Städtebereiserschmökern werden die suboptimalen Viertel hochgebürstet, die Museumsmeilen auf fanta getuned und überhaupt viel Fortgehspam geheadlined. Die Lingo in den Städtebereiserschmökern ist volle Kanne Country aus dem neunzehnten Jahrhundert. Aus Hass auf das Papier, auf dem ihre Texte gedruckt werden, erfinden die Lingotexter grausame Ausdrücke. Sie erzählen den Städtebereisern von vibrierenden Künstlervierteln, empfehlen den Besuch unverfälschter Arbeiterkneipen und für das Viertel typischer Märkte, sei es unten am Hafen, vor den Eingängen der großen Bahnhöfe oder in den Tiefen der Ethnoborgos. Elender Ausfluss klebt in den Städtebereiserschmökern, Lüge und Trug. Die Städtebereiser taumeln durch die Stadt und mischen sich unter das Volk. In einem der großen Missverständnisse unserer Zeit halten sie ihresgleichen, wenn sie denn nicht ihre Heimatsprache sprechen, für einheimisch. Dass die Städteschmökerleser sich nach Boboville verirren, ist unwahrscheinlich. Dafür haben die Bobovillains gesorgt. Die Frühstückclubs, in denen sie mit ihren Aluminium-Macs sitzen und Städteschmökertexte schreiben, stehen nicht in den Büchern, an denen sie schreiben. Niemals.

Heute bin ich durch die Taumelnden gestolpert. Zwischen den großen Hotels an der fetten Zentralavenue hat sich Nespresso eingemietet. Nespresso, die die farbigen Tiegel macht, die meinesgleichen in die Espressomaschine stopft. Der Kaffee ist gut, wenn er aus der Dampfmaschine tropft, nicht schlechter als der Kaffee in den italienischen Cafés, das hat Nestlé schon hingekriegt. Und auch der Clooneymann ist ein erfreulicher Anblick. Aber wie haben sich die Kaffeekartuschenleute das mit den Namen vorgestellt? Warum heißen die Nespressokartuschen Arpeggio, Roma, Intenso, Livanto, Capriccio, Volluto, Cosi, Vivalto, Lungo, Finezzo? Weil das so italienisch klingt. Hör mal, was hältst du davon, mailte mir Su, die Werbefriederike, es war vor zwei Jahren oder so, wir denken uns grade Kaffeesorten aus. Müssen italienisch klingen, die Namen. So will das der Kunde. Und kein Anglosachsenschweinekram darf dabei sein. Nicht Cocco, Asso, Priccho. Und auch auf Deutsch müssen die unverfänglich sein, die Namen, schrieb Su, sie hatte Stirnfransen, die in der Mitte ihrer Pupille endeten, so genau waren sie getrimmt, dass man die Tageszeit am Pupillenstand ihrer Fransen messen konnte, denn Su schnitt ihre Fransen täglich um acht. Gacco geht nicht und auch nicht Ficchio. Oke, mailte ich, hab verstanden, ich denk mal nach und forsche.

Nimm doch Tassimetro[1], mailte ich flugs, die kurze Tasse, Su, auch knusper fände ich Sottopassaggio[2], zwischendurch, wie der Bolognese sagt, alles italienische Kaffeeausdrücke, Su, weißt du, Maledetto[3], kleiner Schwarzer, oder Latticello[4], der Süße. Incidente[5] wäre auch ein Kampägnchen wert, der Heiße, wann habt ihr die Präsentation? Strutto[6], was hältst du davon, der Kurze, oder Frattazzo[7], der Aufgeweckte! Pannolino[8], Milchkaffee, Potassio[9], der Bernsteinfarbene, Zanzaro[10], der Gesang, Tassolungo[11], der Verlängerte, Purgante[12], der kleine Braune. Su hielt Konferenz mit Jule, mailte Lena, simste Nina und dann rief sie Zita an und dann war Funkstille. Zita ist Italienerin. Und die lachte sich Äste.

Frattazzo, der Aufgeweckte, presste sich in meine orangefarbene Tasse, sie war zu hoch für die Nespressomaschine,

[1] Taxometer, [2] Unterführung, [3] verdammt, [4] Buttermilch, [5] Unfall, [6] Schmalz, [7] Putzkelle, [8] Windel, [9] Kalium, [10] Moskito, [11] langer Dachs, [12] Abführmittel

sie war in Mode geraten, bevor die Nespressomaschinen den Markt erobert hatten, warum können sie sich nicht abstimmen, die Monopolisten, warum zwangen sie mich, meine Tasse schief unter den Nespressohahn zu stellen?

Im Fernsehapparat lief heute nicht die Fußballeuropameisterschaft. Fernsehen, mein Aquarium, es macht mehr Lärm als die Fischkiste, aber es erzählt bessere Geschichten. Das Märchen von Poughkeepsie zum Beispiel. Klaus Nüchtern sitzt dort, mein Lesefreund, er arbeitet beim *Falter*, dem Kartoffeldruckblatt, und wenn er dort an Texten schnitzt

oder in Poughkeepsie sitzt, in modisch bedruckten T-Shirts und saftigen Sätzen, dann stolpert er durch die Bobovilleinsel, weil er dort wohnt, gleich ums Eck vom Bonbongeschäft. Gleich ums Eck von meinem Bonbongeschäft. Sie lesen in Poughkeepsie, ausgesuchte Leute, Autoren, Schriftsteller, Textzersetzer, Sprachverdichter, Geschichtenschieber, Erzähljäger, Recherchepoeten. Ausgesucht von den Literaturbobovillains, die, so will es das Ritual, in einem Halbkreis zu Gericht sitzen, nach der Lesung in den Texten wühlen und sie auf den Hängeleinen ihrer Urteile nach Flecken durchsuchen. Ich legte mich aufs Sofa, hatte das Geschichtenaquarium quer vor meinem Gesicht und ließ die Erzählsäfte der Wettleser in meine Ohren laufen. Wie machen die anderen das, wollte ich wissen, wie gelingt es ihnen, die Gedankenwüsten in Gärten zu verwandeln, Wege darin anzulegen und Abenteuer in ihnen zu stellen. Und da war ich schon eingeschlafen, der Wortebrei hatte mein Bewusstsein erstickt.

Die schlimmste Folter ist das Einschlafen vor dem Geschichtenfischebecken. Das Ohr, so erzählen die Gehirnauskenner, schläft nicht ein, es hat keine Muskeln, die gelähmt werden können, es hört immerfort weiter. So war es da ja auch gewesen, als ich damals, als mein Futon noch beim

Erstbesitzer stand, verboten viele Cookies in mich geschaufelt hatte. Mein Geburtstag war es gewesen, Zladjan, der kroatische Prinz, hatte Sachercookies gebacken.

So war das gewesen, als mein Geist den Körper aufgegeben hatte und gelähmt war von der Überdosis in den Kekes. Zing hatte es gemacht, nach dem siebten Keke, mein Gehirn war so schwer geworden wie ein Magnetmeteor und hatte den Rest meines Kopfes zum Erdmittelpunkt gezogen. Ein Bett war dazwischengekommen. Der Futon. Und da hatte ich gelegen, regungslos, kalt wie eine Makrele, und hatte nur aus Gehör bestanden.

Und jetzt hatte mich das Verdauen des Büffelmozzarellas aus der Gourmet-Passage, die Segelplanen aus Prosciutto und Wildschweinsalami auf das Fernsehlager gestreckt und mit nichts zurückgelassen als meinem Gehör. Der Lesewettbewerb in der Provinzstadt, weit im Süden, weit weg von jedem Bobovillemetropolismus, hatte sich in einen Gehörtraum verwandelt. Schlimmer als das willenlose Hören des Provinzlesewettbewerbs ist es nur, auf der Menümusik einer DVD einzuschlafen. Die Endlosschleife ist der Torquemada unter den Schlaftorturen. Klaus Nüchtern saß in meiner Fischkiste und sein Textkandidat, eine Frau, die aussah wie Francesca Habsburg-Thyssen mit schwarzgefärbtem Haar. Sie trug ein elegantes Kleines Schwarzes, die Hände hatte sie in die Enden ihrer langen Ärmel gekrallt, und sie trug schwarze Spangenschuhe. Und sie war groß. Nüchtern liebt die große, denkende Frau. Daran ist nichts Verwerfliches, es sei denn, die große Nüchternfrau und Nüchtern selbst sprängen durch mein Traumgehirn. Und das taten sie. Sie sprangen durch meinen Traum. Auf einer Bühne. Nüchtern hatte die Kritikmachete in der Hand und jagte die Spangenfrau. Lobte ihren Stil, die Unaufgeregtheit ihrer

Prätention, das Vatermutterkindgedicht. Nüchtern war angezogen wie ein evangelischer Religionslehrer, trug ein graues T-Shirt und eine schwarze Anzugjacke. So darf man sich im Fernsehen zeigen, wenn es denn unbedingt sein muss, auch in einem Traum, selbst wenn es mein eigener wäre. Nüchtern sprang also in meinem Traumgehirn, anders als sein Aufzug war es das, was mich irritierte, über eine Bühne und jagte die Spangenschuhfrau mit dem Francescahabsburggesicht durch die Kulissen. Ich sah mir die Farce aus der Gasse an, so hatte ich Intimität am Theater gelernt. Beim Ausdergassezusehen.

Plötzlich stand Nüchtern hinter mir, wie er dahingekommen war, weiß der Klabautermann. Nüchtern feixte, stieß mich auf die Bühne, machte mich zur Mitarbeiterin seines Schauspiels. Er hieß mich den Spangenschuhfrauentext zu loben, gerade ich, hieß er mich, gerade ich wäre berufen, Zeugnis abzulegen über das Nichtscheitern eines Textes, ich, seine Lesefreundin, gestählt in vielen Dutzenden gemeinsamer Auftritte in der Provinz. Ja, aber sicher ja, schrie es in mir in meinem Traum, hat beredt gelesen, die Spangendame, das Gesicht so schneewittchenhaft weiß, so habsburgisch ihr Vortrag, so schön ihre Sprache. Das gefiel dem Nüchtern in mir, er sprang herum, freute sich und jubilierte und bekam die Gesichtsfarbe, die frisches Bier in ihm hervorruft.

Mein Lesefreund. So nenne ich ihn, weil wir oft gemeinsam gebucht werden, um zu lesen in der Provinz, er, Nüchtern, die Fernsehfresse, Juror in Poughkeepsie, wo sie um die Wette lesen, und ich, die Vagantin aus Boboville. Die Fragentante, die Nespressomaschinenmaria, die Friseurfürchterin, die Explorergralsuchende. Die Frau, die am Zahn sterben sollte, die Brennende.

★ ★ ★

Jenseits von Boboville, in Poughkeepsie, auf dem Land, sehnt man sich nach Boboville. Diese Sehnsucht ist eine Mischung aus Wehmut, Schwärmen und Hass. Dort, wo die Landschaft in Feldern liegt, sehnt man sich nach Bobovillains, die Boboville beschimpfen.

Das Bobovillebefleckungsgelüst ist die Schwester der Phantasie, aus Poughkeepsie ein Boboville zu machen. Man müsse nur, so denken die Poughkeepsieleute, möglichst viel von dem, was Boboville ausmacht, auch in Poughkeepsie erzeugen. Sie malen also ihre Wirtshäuser und Kneipen in bunten Farben an, schnitzen maurische Arabesken in die Paneele, hängen die Decken voll mit maghrebinischen Lustern und setzen seltsame Gerichte auf die Speisekarten. Aber so geht das nicht, sagen sich die Poughkeepsievillains dann, und Selbsthass stürzt aus ihren Augen, aus Poughkeepsie wird nie ein Boboville. Den Doktor zum Bett zu rufen, macht aus dem Bett kein Spital. Denn, so weit lassen sie ihre Gedanken von der Leine, Boboville ist nicht Boboville wegen der Leute aus der Stadt, au contraire, Boboville ist Boboville wegen der Leute vom Land.

Trotzdem rufen sie in der Kartoffeldruckgazette an, die Leute aus Poughkeepsie, und dann buchen sie uns, Klaus Nüchtern und mich. Manchmal buchen sie Nüchtern allein. Und manchmal buchen sie Rubinowitz. Rubinowitz, den sie für den idealen Bobovillain halten, denn Rubinowitz hat sich selbst geschnitzt. Mit der Lasche einer Pepsidose hat er sich aus Provinzholz selbst geschnitzt, mit fahler Haut bemalt, eine Krankenkassenbrille aufgesetzt, gefischt aus dem Müll hinter dem Krankenhaus, und dann hat er sich mit Kugelschreiber einen neuen Namen tätowiert: Tex Rubinowitz.

Tex ist deswegen so bobovillesk, weil Tex aus Poughkeepsie kommt. Aus einem der Poughkeepsies, aus dem

Poughkeepsie oben in der Heide, wo Lachs und Hase einander Gutenacht sagen. Wenn sie Tex Poughkeepsowitz buchen, können die Literaturveranstalter in Poughkeepsie sicher gehen, ihresgleichen zu bekommen, ihresgleichen in Vollendung, den zum Bobovillain aufgebürsteten Poughkeepsiejungen. Das funktioniert mit Nüchtern und mir nicht. Denn uns hat die Stadt geschnitzt. Das Land sagt uns nichts. Es hat unsere Kindheiten mit uns verbracht, das Land, aber es hat uns nicht ausgespieen. Es riecht und es ruft, aber es reizt uns nicht. Aufs Land fahren wir nur der Geschichten wegen. Wir sind keine Zeugen, wir können nicht am Ohr gezogen werden. Wir sind Täter aus der Stadt, unser Bobovillehass ist Reflexion, nicht Projektion. So läuft der Deal, und er macht die Poughkeepsieleute traurig. Wenn sie uns buchen beim Kartoffeldruckblatt, bei der Bobovillegazette. Dann setzen wir uns in den Speisewagen, Klaus Nüchtern und ich, er liest ein Buch, ich ein Gitarrenheft, und wenn das richtige Poughkeepsie seinen Bahnsteig anlegt, rutschen wir ins Land hinaus.

Die Bahnsteige sind leer, wer will schon hierher, winters bläst der Wind, sommers hämmert die Sonne vom Himmel und verbrennt die Gedanken. In jedem Fall muss der Poughkeepsiemann gefunden werden. Unser Mann, der Mann der uns gerufen hat. Der Besteller. Er trägt unser Geld in der Tasche, die Schlüssel fürs Zimmer und das Lachen, mit dem er uns die Schritte ölen kann. Der Poughkeepsiemann, jedes Poughkeepsie hat einen, er leitet den Autorenkeller, die Jazzscheune, das Alternativkino, die Offbobovillebühne. Der Poughkeepsiemann trägt speckige Hosen, farbenfrohen Schuh und die Haare in Bruce-Springsteen-Façon. In seiner Lederjacke stecken zwei Kuverts, Geld für Nüchtern und Geld für mich. Das ist der ganze Deal. Der Zwölfstundendeal.

Der Poughkeepsiemann hat ein Auto. Immer. In Poughkeepsie haben alle Autos. Ohne Auto bist du tot in Poughkeepsie. Der Poughkeepsiemann wartet auf uns in der Halle vom Bahnhof. Wenn das Poughkeepsie keinen Bahnhof hat, dann steht er vor dem Gatter, das den Bahnhof begrenzt. Der Poughkeepsiemann lacht, wenn er uns sieht, Nüchtern und mich, und Nüchtern und ich lachen zurück, es ist ein doppeltes Grinsen, unseres ist der Triumph, für heute der gesellschaftliche Höhepunkt zu sein, für den Poughkeepsiemann ist es der Triumph, ebendies eingefädelt zu haben. Mit einem Anruf beim Kartoffeldruckblatt, mit dem Loseisen des Lesegelds. Mit dem Drucken des Flyers.

Im Auto des Poughkeepsiemanns ist Unordnung. Nie sind wir, weder Nüchtern noch ich, und auch von Tex ist es nicht bekannt, je in ein aufgeräumtes Auto gestiegen. Die Poughkeepsiemänner würden ihre Wägen, wären sie sauber und aufgeräumt, für uns extra in Unordnung bringen. Um es uns gemütlich zu machen, um unser Bild von Poughkeepsie zu nähren, um Stoff für unsere Geschichten zu werden. Im Poughkeepsiemobil, meist ist es rot, von Straßenstaub bedeckt, sitzt Nüchtern gerne vorne, mit den Beinen im Kulturvereinspapier, in Kinderspielzeug und Heimwerkerbedarf. Nüchtern kann damit umgehen, denn hätte Nüchtern einen Wagen, würde er ihn auch so dekorieren. Dort, wo ich einsteige, wenn es für dort, wo ich einsteige, eine eigene Türe gibt und ich nicht dort einsteigen muss, wo Nüchtern später sitzen wird, gibt es immer einen Kindersitz. Poughkeepsiekulturniks haben immer Kinder im Kindersitzalter. Wenn sie keine eigenen haben, lachen sie sich eine alleinerziehende Mutter an. Man lebt heute im Patchwork, so lesen sie es.

Mit dem rotstaubigen Poughkeepsiemobil fährt uns der Poughkeepsiemann erstmal an die Stätte unseres Wirkens.

Nie fährt uns der Poughkeepsiemann ins Hotel, wo wir uns frisch machen könnten. Frischmachen, das fürchtet der Poughkeepsiemann. Er hat schlechte Erfahrungen gemacht mit dem Frischmachen der Bobovillains. Sie machen sich frisch, indem sie das Ohr auf den Polster werfen und eine Runde schlafen. Das fürchtet der Poughkeepsiemann, denn aus dem Landluftschlaf gibt es kein Erwecken, nicht nach Bier. Nicht nach einem einsam am Poughkeepsiehotelbalkon gepafften Giuseppe. Wir sollen ja lesen und dem Kulturverein zur Ehre gereichen, Nüchtern und ich, manchmal ist es Tex, die Botschafter des Kartoffeldruckblattes, die Gernegelesenen, die Kolumnisten aus Boboville.

Der Poughkeepsiemann führt uns also direkt vom Bahnhof in den Vereinslesestall, an die Stätte unseres Wirkens. Ein Tisch, ein Glas Wasser, ein Mikrophon. Alles steht bereit. Für Nüchtern die Flaschen Bier, ohne die er nicht liest, so steht es in seinem Rider. Sollte ich nicht auch einen Rider haben? Sollte in meinem Rider nicht drinstehen, unter welchen Umständen ich nicht läse? Ja, denkt es in mir, wann immer Nüchtern Bier hingestellt wird, dann geschieht es, weil es in seinem Rider steht. Bier für Nüchtern, sonst liest er nicht, so steht es im Rider. Warum habe ich keinen Rider?

Lese nur auf weißgedeckten Tischen, könnte ich mir ausbedingen. Trinke nur Pellegrino. Es muss gekühlt sein, ungeöffnet, in Einliterflaschen abgefüllt. Das Trinkglas darf nicht bedruckt sein. Könnte ich mir ausbedingen. An der Bar dürfen keine Flyer liegen. Könnte ich mir ausbedingen. Die Toilette muss mit Acqua di Parma parfümiert sein. Eine *Le Monde* muss aufliegen. Nicht älter als 12 Stunden. Der Macchiato muss mit laktosefreier Milch gefleckt werden. Ich werde so einen Rider verfassen. So denkt es in mir, wenn Nüchtern sein zweites Bier kappt. Dann ist er willenlos, und willenlos heißt, dass er als Erster liest. Wenn Nüchtern als Erster liest, lese ich als Letzte. Völlig egal, welches Programm wir entworfen haben, völlig egal, welche Texte wir geben, wenn Nüchtern sein zweites Bier gestürzt hat, ist er willenlos und ich lese nach ihm.

Das mache ich, weil ich eine Rampensau bin. Im Showbusiness, und das ist unser Geschäft, ist nicht der erste Applaus der wichtigste, im Showbusiness ist der letzte Applaus der wichtigste. Der letzte Applaus ist der einzige Applaus, er muss mit einem Kracher ausgelöst werden, mit dem besten Text, mit dem allerbesten Text, dem Text mit der besten Pointe, der finalen Pointe, der Pointe des Abends. Alle Pointen lässt sie vergessen, alle. Um die Pointe des Abends zu sein, muss sie die letzte Pointe sein, gut aufgebaut, gut gesetzt, kurz verzögert, und dann muss sie die Poughkeepsieleute mit dem überraschen, was sie insgeheim erwarten, das ist das ganze Geheimnis der Pointe, das ist das ganze Geheimnis des Showbusiness. Regel Nummer eins, du darfst nicht langweilen. Regel Nummer zwei, die letzte Pointe muss die beste sein. So lesen wir, Klaus und ich, wenn wir in Poughkeepsie sind, Klaus trinkt Bier, Klaus beginnt, Andrea trinkt Wasser und macht die Pointe.

★ ★ ★

So dachte ich, als ich zum Interview ging, es war zehn vor elf. Ein dickes Amazonaspaket war angekommen, in der Früh. Lennhoff Posner Binders *Lexikon der Freimaurer*, Dickmann Johnny Hillands *Chicken-Pickin'-Guitar-Licks*-Video und das Taschen-Buch mit den chinesischen Propaganda-Postern. Ich habe es schon. Am Palisandertischchen liegt es, neben dem Sofa. Es geschieht jetzt öfter, dass ich Bücher ein zweites Mal kaufe. Es geschieht immer öfter, dass ich Bücher zwei Mal lese. Sorgen werde ich mir machen, wenn ich Bücher zweimal schreibe. Gibt es Medikamente gegen das Zweimalschreiben von Büchern? Ich sollte mich jetzt schon damit eindecken. Und jemanden beauftragen, mir die Medikamente in den Nespresso zu schütten, wenn er merkt, dass ich mit dem Zweitschrieb eines Buches beginne.

Ich ging also zum Interview. Frisch geduscht, Puder im Gesicht, das die Wangenröte der Aufregung abdecken sollte. Auf das weiße Puder, es macht mich bleich wie eine Leiche, hatte ich Rouge gestaubt. Mit dem teuren Pinsel, den ich in Zürich gekauft habe, damals im Regen, als mich Pathé im Storchen untergebracht hatte, bei der Schweizpremiere meines letzten Films. Die Aufregung, das ganze Gespachtel, kommt von der Angst, im Fernsehen schlecht auszusehen. Dabei könnte ich mir diese Aufregung sparen. Ich sehe im Fernsehen immer schlecht aus. Ich sollte nur Radiointerviews zulassen. Ich sollte die Greta in mir öfter ans Telefon lassen. Greta hätte kein Interview gegeben.

Ich ging also zum Interview, mein DJ-Wägelchen im Schlepp, darin meinen Alumac, den Schal aus dem Dixième, aus dem Geschäft, das ich immer mit dem Antoine-et-Lili am Quai de Valmy verwechsle. Der Schal ist orange, aus Seide, indisch, mit ein paar Webstreifen aus Nichtorange, einem gewitterhimmelblauen und einem kanarienvogelgelben. Ein ganz und gar unregelmäßiger Schal, orientalisch und grell, aber elegant. Die Eleganz des Schals aus dem Fast-Antoine-et-Lili-Geschäft im Dixième brauche ich, um mich von der Fernsehangst abzulenken. Dabei ist die Angst völlig unberechtigt, man kann nicht Angst vor etwas haben, das schon eingetreten ist. Wenn ich also Angst vor dem Im-Fernsehenschlecht-Aussehen habe, so ist das emotionaler Unfug, denn ich sehe im Fernsehen schlecht aus. Immer. Ich habe keine Fernsehfresse. Nüchtern hat eine Fernsehfresse. Nüchtern sieht im Fernsehen interessant aus.

Die Fernsehleute waren schon da, im Rüdigerhof, wo ich hinging, um das Interview zu geben, die Dame, mit der ich telefoniert hatte, die Dame vom Kulturmontag und ihre zwei Kameramänner. Kulturmontagdamen, dachte ich, als ich sie sah, haben immer zwei Kameraleute dabei. Das könnte man irgendwann mal schreiben, dachte ich, Kulturmontagdamen haben immer zwei Kameraleute dabei.

Im Rüdigerhof, erzählte ich, sitzen Maurer und solche Leute, und denken sich ihre Shows aus. Viel los hier, im Rüdigerhof, schwafelte ich, Stermann und Grissemann, schwafelte ich, die Ausdenkgroßmeister, hier sitzen sie, wenn sie denken, hier im Rüdigerhof. Weil man hier so gut formulieren kann, weil hier neben dem Wasser, hier neben dem Kanal, hier im Fünften, weil man hier gut denken kann, parallelsitzend zum Wasser. Hier habe ich meinen letzten Film geschrieben, nicht den ganzen, die Dialoge, schwafelte ich, mit Hader, schwafelte ich, mit Hader saß ich hier, sechs Wochen. Geschrieben. Ausgedacht. Der Schal sieht gut aus, sagte der Kameramann. Sehr schön, dachte ich mir doch, dass euch der gefällt, dachte ich. Ja der Schal, immer ein Bringer, sagte ich. Lenkt ab. Was wollen wir besprechen, fragte ich. Erotik, Pornographie, wie Sie das machen, wie das geht, sagte die Kulturmontagssusanne. Verstehe, sagte ich, hoffentlich sehe ich nicht scheiße aus, dachte es in mir. Das Rouge leuchtete. Greta Garbo würde das hier nicht machen.

Gibt es Pornographie ohne Geschlechtsteile? Aber selbstverständlich, sagte ich, politische Pornographie kommt ohne Geschlechtsteile aus. Darf man im Fernsehen die Wahrheit übers Fernsehen sagen? Ist die Wahrheit, selbst wenn sie niemand versteht, öffentlich geäußert, schon Pornographie? So dachte es in mir, als ich mein gepudertes Gesicht in die Kamera hielt und geschraubte Sätze sagte. Prophet, dachte es in mir, vielleicht machst du es richtig, vielleicht hattest du keine Fernsehfresse, vielleicht darf man dich deswegen nicht abbilden. Vielleicht soll man kein Bild machen lassen von sich selbst. Gibt es heute noch Tabus, das war die Frage gewesen. Aber sicher, hatte ich gesagt. Mohammed, hatte ich gesagt. Tabu. Ich will nicht auf die Todesliste kommen, da war ich schon, dachte ich, bei Dr. Czingler, der aussah wie Mengele.

Als ich Mengele dachte, ging ein älterer Herr durchs Bild, er trug einen roten Sisalteppich auf der Schulter, zusammengerollt. Gutentag, sagte der Herr, er hatte weißes Haar, er erinnerte mich an jemanden. Larry David? Georg Kreisler? Sir Karl Popper? Weiße Haare, wer war der Sisalteppichmann?

Der Kameramann hatte die Kamera verlassen und stand jetzt mit der Rüdigerhofwirtin beim Sisalteppichmann. Was machen die da, fragte die Kulturmontagdame. Teppich aussuchen, sagte der zweite Kameramann. Hier, für die halbe Treppe. Aber die Zwischenschnitte! Gleich, sagte der erste Kameramann. Der hier ist ideal, sagte die Rüdigerhofwirtin. Er sieht zu neu aus, sagte der Kameramann. Welcher jetzt?, fragte ich. Was macht ihr da?, fragte die Kulturmontagdame. Welchen Teppich findest du besser?, fragte der Kameramann. Das Schicksal hatte mir den Sisalteppichmann geschickt. Den roten, sagte die Kulturmontagdame. Ja schon, sagte der Kameramann. Wunderbar, dachte es in mir, das Rüdigerhof denkt sich mittlerweile selbst die Szenen aus. Ganz ohne fremde Ausdenker. Vielleicht, dachte es in mir, sitzen Maurer und Stermann, Grissemann und Hader nur deswegen hier, weil sie sich hier Szenen ausdenken lassen, vom Lokal selbst. Vielleicht schicken sie heimlich Assistenten, die nur notieren, ununterbrochen die Szenen notieren, die sich das Rüdigerhof ausdenkt. Das dachte ich mir, als ich dem Rüdigerhof dabei zusah, wie es den Sisalteppichmann erfand und den Kameramann und seinen Assistenten und die fassungslose Kulturmontagdame. Bitte mich schönzuschneiden im Beitrag, hatte ich gesagt. So gut ich kann, hatte die Kulturmontagdame gesagt. Montag kommt der Beitrag, sagte sie, in Kultur am Montag. Fein, sagte ich, sehe ich immer, weiß nur nie, wie die Sendung heißt. Stimmt, sagte die Kulturmontagdame, uns geht es auch so.

Verzeihen Sie, sagte ich jetzt zum Sisalteppichmann, darf ich Sie etwas fragen? Gerne, sagte er und drehte sich zu mir. Darf ich Sie fragen, ob Sie Krausz heißen? Ja ich heiße, sagte der Teppichmann. Dann sind Sie der Vater von Danny? Guten Tag, sagte ich, Andrea Maria, ich mache Filme mit ihm, Filme mit Ihrem Sohn. Sehr gut, sagte der Sisalteppichmann, Alexander Krausz mein Name, welchen Film? *Crazy Day* heißt der Film, sagte ich, er spielt in Bagdad, Danny ist mein Produzent, Danny, Ihr Sohn. Ich bringe den Teppich, sagte der Sisalmann, 1000mal Tische und Stühle heißt mein Geschäft, sagte er. Weiß ich, sagte ich, freut mich, sagte ich, die Welt ist klein.

★ ★ ★

Crazy Day, ich sollte an Crazy Day schreiben, dachte ich mir, als ich mein DJ-Wägelchen Richtung Bleibe zog. Ich sollte an *Crazy Day* schreiben, nicht an *Boboville*. Und nie wieder im Fernsehen sprechen. Ein großes Schild sollte ich mir malen, Andrea, sollte ich mir malen, sprich nicht mit dem Fernsehen. Gezeichnet Greta. Gezeichnet Greta Garbo. In 250-Punkt-Schrift sollte ich mir das malen. Rot auf Weiß. Aber du bist ja gar nicht oft im Fernsehen, sagte ich mir dann, stimmt, ich bin nicht oft im Fernsehen, aber wenn ich es bin, sehe ich furchtbar aus.

Die Sonne knallte vom Himmel wie ein großer, böser Vorschlaghammer, knallte mir auf den Scheitel und tat mir weh. Wie können sich die Leute in die Sonne legen, wenn es so schmerzt, fragte es in mir. Wie schaffen sie es, den Schmerz zu lieben, den die Sonne auf der Haut macht, dieses böse Brennen? Warum lieben sie das, warum ziehen sie in die Sonne, was haben sie, das ich nicht habe?

Das Zeitungsgeschäft hatte beide Türen geöffnet. Das macht das Zeitungsgeschäft nur in Notfällen. Wenn es besonders heiß ist. Und das war es, es war besonders heiß. Die kleine Straße warf keine Schatten. Ob sie das neue Gitarrenheft schon haben, fragte ich mich und spähte in die Tiefe des schattigen Ladens. Nein, haben sie nicht, sagte es in mir, sie haben das alte Gitarrenheft, sie haben das Heft, das du schon gestern gesehen hast, als du durch die noch einflügelige Türe nach dem Gitarrenheft gesehen hast, als es noch nicht so heiß war, als das Zeitschriftengeschäft noch nicht sperrangelweit offen stand. Warum, fragte ich mich, sehne ich mich nach dem Neuerscheinen des Gitarrenhefts, wieso bricht das Sehnen schon drei Tage nach dem Neuerscheinen des Gitarrenhefts aus, noch bevor du das Gitarrenheft zu Ende studiert hast, noch bevor du dir ein Urteil gebildet hast über alle darin beschriebenen Gitarren? Weil die Explorer darin sein könnte, sagte es in mir.

Aber du hast sie schon, sagte es in mir. Stimmt, ich habe sie schon, aber mein Herz weiß das nicht, und das Buch weiß es nicht, mein Herz besteht aus Sehnen, es schlägt für die Liebe, das Herz, es will nicht besitzen, es will nicht verfügen, es will sehnen, das Herz. Das ist seine Funktion, das Sehnen, darin kennt es sich aus. Könnte man das schreiben, fragte es in mir, als ich mein DJ-Wägelchen zog, die kleine Straße hinauf Richtung Bleibe. Nein, das kannst du nicht schreiben, es ist Kitsch, elender Kitsch, Sehnen, Herz, Liebe, wer will das lesen? Klar will man das lesen, Liebe ist elementar, sagte es in mir, aber Liebe will man nicht lesen, nicht das Wort, nicht das Wort Sehnen, alles schlechte Worte, wären sie gut, gäbe es Songs darüber. Gibt es, die Songs, sagte es in mir. *Vodoo Chile* ist Liebe, *Purple Haze* ist Liebe, *Izabella* ist Liebe. Es tat weh, während ich an Hendrix dachte, die Sonne tat mir weh. Jimi Hendrix. Mein Glenn Gould.

In Boboville hält sich die Theorie, dass alle, die in den 70er Jahren aufwuchsen, sich nur zwischen den Beatles und den Stones entscheiden durften. Die kiffenden Schwiegersöhne aus Liverpool hätten, so ging die Theorie, ganz deutlich den konservativen Pubertierenden jener Zeit gehört, die rollenden Heroinisten um Mick und Keith hingegen dem Industrieproletariat.

Diese Theorie ist grundfalsch, weil sie nämlich nicht berücksichtigt, dass ein wuschelköpfiger Hippie aus Seattle derweil Musik aus einem anderen Universum machte. Noch dazu mit links. Und dass es auch im Protoboboville möglich war, sich jenseits aller Musik-Benimmregeln für einen wirklichen Helden zu entscheiden. Einen Helden des Gefühls. Was hatte die kleine Straße hier, dass sie unentwegt musikalischen Diskurs in mir auslöste. Kein einziges Gitarrengeschäft lag hier, nicht einmal in ihrer Nähe gab es eines. Nicht einmal in der Nähe ihrer Nähe. Die Gegend war gitarrengeschäftmäßig verwaist. Und trotzdem war es hier gewesen, nur für mich, für mich allein, wo das Solo von *Shine On Your Crazy Diamond* durch die Hitzewand geschnitten hatte, wo der Gitarrist Muthspiel an mir vorbeigegangen war und wo es jetzt an Jimi Hendrix dachte in mir.

Vielleicht haben sie Espressotassen im Bananas, sagte ich mir, während ich mein DJ-Wägelchen zog, im Bananas,

dem Laden mit den Palisandermöbeln, vielleicht dicke. Dicke Espressotassen wie in der Triestiner Bar. Dicke Espressotassen wie damals in Bologna, dicke Espressotassen wie in Rom, gegenüber vom Büro meines italienischen Verleihers.

Der Palisanderladen hatte geschlossen. In letzter Zeit hatte es nicht so groß palisandriert hier drin, ein Schub Seventiesmöbel war eingetroffen, weißes Plastik, gebogenes Chrom. Und schon hatte er geschlossen, der Mann mit der Sixtiesbrille. Neue Seventiesmöbel bunkern. Seventiesmöbel sind nicht mein Ding. Das sollte er wissen. Mein Sesseldealer. Dänisches Palisandertum, das ist mein Ding. Mit der dänischen Palisanderei habe ich die Bleibe vollgestopft. In dänischen Palisandermöbeln bin ich aufgewachsen, darin fühle ich mich wohl. Meine Augen durchleuchteten den Raum, wenig Palisandermöbel, auch heute. Gebeizter Ahorn. Neinneinnein. Und dicke Espressotassen hatte er auch nicht. Irgendwer musste Boboville nach dicken Espressotassen durchsiebt haben. Nespressomaschinennovizen, eindeutig. Die Nespressowelle hatte Bobovilles Espressotassennester geräumt. Vor der Nespressowelle schäumten die Bobovilleläden vor Espressotassen. Dicke Espressotassen, ganz wie ich sie jetzt suchte, dicke Tassen wie die im Café gegenüber von

Valerio de Paolis, in der Marianna Dionigi, überall konnte man sie früher haben. Aber jetzt? Jetzt war alles leergekauft. Ganz Boboville war espressotassenleer. Kein Gitarrenheft, kein dänischer Palisandersessel, keine dicke Espressotasse. Der Tag war im Eimer, und die Sonne schrie.

★ ★ ★

Oily Nutrishio, ihre Lösung für spießiges Haar. Das Fernsehen sagte schöne Sätze. Das kann es, das Fernsehen, schöne Sätze drechseln, unglaubliche. Kaum höre ich nicht hin, wenn ich weile in der Bleibe, sagt das Fernsehen schöne Sätze. Meine Fernbedienung, darin ist sie wohl wie andere, war leise geworden. Oily Nutrishio, ihre Lösung für spießiges Haar, warum kam ich nicht weiter? Warum zappte das Mistding nicht? Wie auch immer es heißen mochte, was da vorne beim Fernbedienungsauge entwellte, der Infrarotstrahl, die Kanaländerwelle, der Magnetimpuls, das Einstellsignal, wie auch immer es heißen mochte, es war leise geworden, so leise, so schwach, dass ich lange drücken musste, damit sich am Apparat was tat, ein Kanalwechsel zum Beispiel.

Ich drückte 2, nichts tat sich. Der Kanal mit der öden Sendung, er blieb. Ich drückte noch einmal, drückte 2, fester, denn fester, so denkt sich das mein Gehirn, ist lauter, lauter muss ich drücken, damit die Fernsehkiste den Strahl da hört, den Strahl, der da vorne rauswellt, bei der Kanaländertorpedoluke. Aber es kam nicht 2, es kam 22, das italienische Fernsehen. Das Berlusconifernsehen, das Gegenteil von Nachrichten, das Vorrichten, das Ausrichten, das Huldigungsfernsehen, das Staatsgejuble, das Berlusconiaquarium. Berlusconi sah unmöglich aus mit seinen neuen Haaren, schwarz waren sie, mit dem Ansatz an der Abrisskante der Stirn. Ein unmöglicher Haaransatz, zu schwarz, zu verpflanzt, Berlusconis Haaransatz, das Pendant zu den Schlauchbootlippen. Als er sein Piratentuch noch trug, dachte ich, hat er wenigstens nach dem ausgesehen, was er war, ein Medienfriseur, ein Friseur wie die Friseure überall, die, wenn sie fortgehen, sich ein Piratentuch über die Glatze binden, die hutlose Bande.

Es gibt auch ein Gutes am Stolpern in den italienischen Kanal, das italienische Sprechen, das lohnt. Wenn die Luft vor meinem französischen Atelierfenster steht, wenn sie gebacken wird von der grausamen Sonne, der Saharasonne, dieser Bestie, dann passt es, das Italienischhören. Dann spare ich den Ausflug. Im italienischen Ferienquartier würde ich auch im Schatten sitzen, die Kühle der Nacht erwarten und Rai Uno sehen. Amerikanischen Halbwüchsigen dabei zusehen, wie sie lippensynchron Italienisch sprechen, amerikanischen Problemen italienische Dialoge geben, zu Westcoastmusik an kalifornischen Sorgen laborieren.

Ich war gerade aus dem Bad gekommen, als Rai Uno losging, durch mein zappeliges Gedrücke, ich hatte gerade eine neue Angst entdeckt, drinnen im Bad. Die Angst, beim Gitarrenheftlesen in der Badewanne zu ertrinken, die Angst, dass der Arm, der Gitarrenheftlesearm, einschlafen könnte, ganz und gar einschlafen, taub werden und ich während des Ertaubens des Gitarrenheftlesearms auf dem Badeöl ausrutschen könnte, auf dem Jasminbadeöl aus dem Schnickschnackgeschäft, wo sie Plastikluster verkaufen, kubanischen Pop, Küchenvorhänge aus bunten Schlüsselanhängern und anderen Bobovilletand. Ich könnte, dachte ich und prüfte mit dem Fußballen die Rutschigkeit der

Badewannenschulter, wenn mir die Gitarrenlesehand tatsächlich einmal einschlafen sollte, ganz und gar ertauben, und wenn das Jasminbadeöl ungünstig verteilt wäre, mit Kulminationen an den Badewannenschultern, unglücklich in die Wanne rutschen. Ich könnte. Sowas habe ich schon gesehen. Ganze Thriller werden darum gebaut, dass die Freundin des Helden, durch Bosheit oder Unverstand gelähmt, in der Villenbadewanne ertrinkt. Während der Held der Freundin unten in der Küche Carpaccio anrichtet, Balsamiconebel auf die Löwenzahnspitzen sprüht und ohne Wissen der Vorgänge im Badezimmer seelenruhig in die Schale mit den Pinienkernen langt.

Angst stiegt in mir auf, Angst wie damals, als ich an den See fliegen sollte, wo man mich lesen ließ auf einem Seeschiff, eine erfreuliche Bande von Architektenbobovillains, die es sich im Seepoughkeepsie gemütlich gemacht hatte. Ich war, so hatte ich von meiner vorletzten Angst überhaupt erfahren, neben dem Propeller zu sitzen gekommen, denn ans Seepoughkeepsie fliegen nur kleine Maschinen, Propellermaschinen. Ihr Geräusch ist super, ich mag es gern, das sonore Brummen, der Klang aus den Fliegerfilmen von Howard Hawks. Der Klang ist gut, aber der Propeller ist böse. Böse, wenn er, eine Gitarrenheftbreite neben meinem Kopf, getrennt nur durch die Plexiglasscheibe, mit messerscharfen Propellerspitzen an mir vorüberwirbelt. Ich müsse sofort umgesetzt werden, gab ich der Stewardess der Poughkeepsie-Seefluglinie bekannt, entweder stürbe ich jetzt, vor Angst, oder später, wenn ein Vogel in den Mahlstrom der Propeller geriete, wenn es den Propeller zerrisse und die Fliehkraft seine Spitzen durch die Plexiglasscheiben schleuderte und mich zur ersten Toten machte. Immerhin. Den Absturz würde ich nicht mehr erleben. So war ich in die erste Klasse

der Poughkeepsie-Sea-Airline geraten, es ist noch nicht so lange her, die vorletzte Angst, die in mir war, die Propellerangst. In der ersten Klasse war es genauso eng wie hinten gewesen, nur saß hier niemand. Wenn es den Mann, der zuerst neben mir gesessen hatte, auf der anderen Seite des Ganges, neben dem anderen Propeller, wenn es ihn im Falle des Propellerflügeldefekts zerrisse, mitsamt der Kabinenwand, dann wäre es mir hier vorne, wo ich jetzt saß, zumindest möglich, einen echten Absturz zu verfolgen. Aber unmöglich, sich dabei etwas zu notieren. Vielleicht Sätze wie: Schauderhaft.
 Und trotzdem ein Erlebnis.

So dachte es in mir, als ich den Badewannenrand prüfte, mit dem Fußballen seine Rutschigkeit maß. Keine Stewardess war nun hier, den Eventualitäten, dem Eintreten meiner Befürchtungen zu begegnen. Mich umzusetzen in eine Badewanne erster Klasse, mit Rutschschutz an den Schultern und handaufweckenden Magazinen. Die Angst war größer hier, in der Einsamkeit meiner Badewanne. Richtige böse Paranoia stieg in mir hoch. Ich tauchte meinen Kopf unter Wasser, hielt die Luft an und dachte, noch bist du nicht tot, tot bist du ja nur, wenn du jetzt atmest. Jetzt zu atmen, wäre das Ende. Die Gitarrenhefthaltehand müsste eingeschlafen sein und die Badewannenschulter ölrutschig, durch Unbill des Oberflächenzufalls. Jetzt atmen unter dem Eintreffen dieser Konstellation, das wär's gewesen.

Unter Wasser waren die Gedanken anders, das hatte ich schon als Kind entdeckt, wann immer ich Luft angehalten hatte, um im Hallenbad zu tauchen. Meine Panik bezog sich ja nicht auf das kontrollierte Untergetauchtsein, sie bezog sich auf den Untauch, das aquatische Pendant zum Unfall, auf das Ungewollte, den Ernstfall. Früher, als ich ein Teenager war, mit Harry Hassler verkehrte, der mir Samen brachte und Gitarrengeschichten für mich erfand, hatte ich herausgefunden, dass das Untergetauchtsein keine Panik erzeugte, wenn ich es selbst herbeiführte. Minutenlang konnte ich unter Wasser sein, am Grund des Beckens liegen, in den Himmel starren, den Unterwasserhimmel, das hellblaue Leuchten der Wasseroberfläche. Konnte den Beckengrund nach Münzen durchsuchen, nach goldenen Kettchen und Talismanen und Schlüsseln aller Art.

Aber jetzt, hier, in der Badewanne, das Wasser getränkt mit Jasminbadeöl, jetzt war das anders. Es lag also nicht am Wasser, es lag an der Enge. Die Enge war es. Ich tauchte mit dem Kopf noch mal unter und ertränkte die Angst, indem ich mit ihr spielte. Vielleicht sollte ich das beim nächsten Poughkeepsie-Seeflug so machen, mir einen Sitzplatz neben dem Propeller reservieren lassen. Der Che hatte das so gemacht, der hatte begonnen, Zigarren zu rauchen, weil sie sein Asthma linderten.

Unter Wasser war Ruhe, das Heulen der tieffliegenden Touristenflugzeuge war weg, die Straßengeräusche, das singende Jaulen der Banditen, die im Haus neben dem Haus mit meiner Bleibe Parketten schliffen und Badewannen installierten, billige Einbauküchen verlegten und einander in südslawischen Dialekten anschrien. Und dann, als das Wasser die Luft aus meinen Trommelfellen gedrückt hatte, hörte ich den Nachbarn unter mir. Er hatte Mörderschwermetall in Heavy Rotation. Wo hörte er das, woher kam die Shredderei? Aus seinem Bad? Hatte er eine Schwermetallanlage im Bad stehen, statt der Waschmaschine? Hatte er einen Unterwasser-iPod? Und wie war das, wenn ich Jimi Hendrix hörte oder Frank Zappa, Johnny Guitar Watson oder Roy Ayler. Ging es ihm da wie mir, wenn er in der Wanne lag? Lag er in der Wanne mit Angst, wie ich, tauchte er dann unter, um die

Angst zu ertränken, und hörte er dann, wie ich Jimi Hendrix hörte oder selber spielte, auf dem Boogie? Und für welche Art von Mucke hielt er das dann? Für Britpop? Oldschool? Hippierock?

Oder stieg Nachbarsmusik immer ein Stockwerk höher und es wäre nicht der Shredder, der mich hörte, sondern die Frau mit den Partyfreunden? Und würde sie Jimi Hendrix überhaupt erkennen, wenn sie unter Wasser wäre? Würde sie *Voodoo Chile* erkennen, *Crosstown Traffic* und *Red House?* Oder würde sie, ähnlich wie es mir ging mit dem Shredder

unter mir, Ogott, sagen, was für Musik, die mit dem DJ-Wägelchen unter mir, elende Seventiesmucke, was die da hört, läuft das im Bad?

★ ★ ★

Vor dem französischen Atelierfenster krallte sich der Himmel zusammen und faltete ein Gewitter. Wieder hatte ich nichts geschrieben, ich hatte ein Interview gegeben, in der Badewanne Shred gehört, aber ich hatte nichts geschrieben, nichts gearbeitet, nichts war mir eingefallen, au contraire, ich hatte einem Café dabei zugesehen, wie es sich Geschichten ausdachte. Aber woher kam das Schuldgefühl, nichts gearbeitet zu haben? Warum musste ich mich, die ich meine eigene Herrin bin, zu ständigem Arbeiten antreiben? Weil die Arbeit der Fluch von Boboville ist, dachte es in mir, weil die Arbeit vom Land kommt, wie die Bobovillains, und weil die Arbeit nicht die Arbeit selbst ist, sondern die Arbeit am Schuldgefühl. Die Arbeit am Schuldgefühl ist der große Fluch von Boboville, abgedient durch das Nichtschlafene, das Rastlose, die Phantasiepermanenz, die Gedankenständigkeit. Boboville ist die Stadt in den Städten, die Fleißaufgabe der Metropole, die Verdorfung der Avantgarde. Überall lauern Bonbongeschäfte, locken und lachen, schaukeln die Schaulust auf, sind originell und oblik, und belügen uns mit ihrer Einzigartigkeit. Dabei sind sie nicht einzigartig, sie sind nur vielfältig. Ihre Originalität ist Tand, Abfall der Geschichte, Mist von mechanischen Kühen.

Warum zerrte das Schuldgefühl nicht an Harry Hassler? Weil er kein Bobovillain ist. Weil er dem grässlichen Fluch nicht erlegen ist, weil er rein ist und frei, im mechanischen Zeitalter zuhause, derb in der Lüge, roh im Betrug. Wenn er den Hebel seiner Maschine umlegt, wenn er das Band anhält, wenn er seinen Mechanikusarm ins Räderwerk hält, dann steht die Maschine, dann ist Hassler stark. Aber er sitzt doch im Plattenladen, dachte ich dann, und dealt mit Musik, neben der großen Avenue, mittendrin. Welche Maschine hält er an? Die innere Maschine, sagte ich dann. Er ist Arbeiter am Rad. Er begreift das Rad. Wenn er es anhält, steht es still. Und ich, frage ich dann? Wo ist mein Rad? Du hast kein Rad, sagte ich mir dann, du bist die Maschine, jemand anderer treibt dich an. Aber ich bin meine Herrin, sage ich dann, wenn ich müde bin, lege ich mich hin, wenn ich munter werde, denkt es in mir. Ich fülle die Gedanken in Gläser, vielfältig in der Form. Denn ich bin die Maschine und nicht das Rad. Bin die Maschinenmaria, der Apparat.

Warum konnte mir das nicht jemand zu Ende denken, Franz Schuh vielleicht oder Sloterdijk? Maurers Schachspieler oder einer der Friseure? Vielleicht hatten sie offene Gehirnwindungen unter ihren Piratenmützen, Gehirne so groß und klug, dass sie sich die Schädelkappen hatten wegschleifen lassen, um Platz zu machen für zusätzliche Hirnwindungen. Vielleicht war die Fadheit der Friseure, damals bei Triebi, als es Fischfinger gab und Kartoffeln, vielleicht war die Fadheit der Friseure nicht Fadheit ihres Geistes, vielleicht waren sie nur gelangweilt von mir, eingeschläfert von der Einfältigkeit meiner Gedanken, der Monotonie meines Gesprächs, vielleicht ging es ihnen wie den Hochbegabten in der Schule, die faul in den Bänken liegen, wenn sie, angeödet von der Dummheit ihrer Kommilitonen und Lehrer, das Gespräch verweigern, ungefordert in Depression verfallen und, die Torfköpfigkeit der anderen in sich selbst multiplizierend, komatös werden. Vielleicht war ich, die Antifriseurin, das Furchtbare gewesen, die Torquemadleine der Fischfingerkonversation, hatte die Friseure gequält, allein durch meine bröselige Präsenz, vielleicht, vielleicht. Mir begannen die Friseure leid zu tun, Berlusconi hatte das ausgelöst, sein Haaransatz, das Schwarzgefärbte seines Haars, die Sehnsucht nach der Richtigkeit, die Männersehnsucht nach dem vollen Haar, der Fluch des Methusalem. Es begann in mir zu verstehen. Ich zog einen Ristretto aus der Machina. Streute schulheftdick Zucker auf die Crema. Unterzucker. So einfach war das. Unterzucker warf mich aufs Lager, verbog meine Gedanken, ließ mich Unfertigdenkbares denken, dunkle Gemütsregionen bewandern.

Was war mit dem Gewitter? Warum donnerte es nicht? Was war da los? War das Wetter jetzt endgültig im Arsch? Palüng hatte es gemacht. Ein Kind, rief es in mir, ein neues Kind wurde gemacht!

Zeit vergangen! Sorry. Gib Zeichen wenn hören möglich. Küsschen Michael. Zeit vergangen, ja, richtig, Zeit verging immer, außer jemand nagelte die Zeiger an oder goss Honig in den Uhrensand. Das machten sie bisweilen, die Kollegen in der Schicksalswerkstätte. Sie bastelten am Zeitfluss. Seit Jahren verging die Zeit schneller. Mehr Dinge passierten parallel, ich rief also Synox an, Küsschen Michael, hatte er geschrieben, drüben im Paralleluniversum. Sein Raumzeitschiff ankerte gerade in den Bobovillegärten, hinten auf der Zwischeninsel, auf der Bobovilleinsel. Es war laut um ihn, als er abhob. Ein Kind?, fragte ich. Viele Kinder, schrie Synox, verzeih, ich bin betrunken. Wo bist du?, fragte ich, alle fragen das. Wobistdu ist das neue Hallihallo. Wobistdu, im Bobovillegarten, beim Filmarchivspitz, sie eröffnen die Saison. Sehr schön haben sie es gemacht, die Leinwand steht schön, viel Aufmerksamkeit, Filmarchiv, Filme, betrunken, muss bleiben, noch, ja, Archiv, Filme, Stadt, Signal jetzt schlecht. Ist Hurch herum? Hurch? Hurch herum, er wird doch was sagen, Hurch, Hans Hurch. Verstehe nur Hurch, genau, Hurch, Hans Hurch, wird er reden? Sehe ihn nicht. Er wird wohl reden.

Hans Hurch hatte das Reden bei den Katholiken gelernt, deswegen sprach er auch wie ein Pfarrer. Hurch, Bobovilleurgestein, in die Stadt gekommen, als Boboville noch aus drei Stühlen bestand und einem Regal.

Hurch darf bei mir alles, dachte es in mir, pfäffisch reden, einen Mullahbart tragen und existenzielles Schwarz, Hurch darf bei mir alles, denn er hat meinen Film gezeigt. Auf dem dicken Festival, meinen ersten Film, nie hätte ich darauf gehofft, aber er hatte es getan. Meinen Film gezeigt, ohne mich zu kennen, ohne Freundschaft oder Liebe, weil er den Film gesehen hatte. Auf dem Rad hatte er gesessen, in Locarno. Habe den Film gesehen, hatte er wackelig gesagt, der Schweiß war in Strömen aus seiner schwarzen Kluft gelaufen, werde ihn zeigen. Den Film. Deswegen darf Hurch alles. Wenn Hurch mal in der Patsche sitzt, werde ich kommen, die Hand reichen und Hurch aus der Patsche ziehen. Hat mir geholfen, Hurch darf alles, werde ich dann sagen,

Mullahbart hin, schwarze Kluft her, Hurch darf das, pfäffisch reden und in Rätseln, Freunde nicht mögen, ungerecht sein. Hurch darf. Er sah aus wie ein spanischer Grande, den zwei Zeitmaschinen in der Mangel gehabt hatten, eine hatte den Hurghe-Duque aus Medina-Sidonia gebeamt, aus der ältesten Stadt Europas, mitten aufs Land, in ein kleines Poughkeepsie, wo sie Käse reifen lassen und Cinematophilie. Eine zweite Zeitmaschine hatte Hurch als einen der ersten aus dem Käsepoughkeepsie ins Protoboboville expediert. Protobobovillains wie Hurch tragen ihr Leben lang Schwarz. Am

Schwarz ihrer Couture ist Sartre schuld. Und Camus. Hurch darf schon deswegen alles, weil ich die Schwarztragenden schätze. Als Atheisten sind sie mir lieber, ich gebe es zu, aber Hurch darf alles, darf auch pfäffisch sein und den Katholiken in sich schüren. Sogar das Kloster ließe ich ihm durchgehen, er darf alles. Schwarzgekleidet, mit dukalem Bart, das Kino im Herzen, hat er, Hurch, Boboville erbaut. Nicht alleine, gewiss, und keine einzige Farbe hat er angerührt. Für die Farbe haben mein Bäcker gesorgt und die kitrauchenden Bauerntöchter, die Bergaufschuhe vertrieben und Kristalle auflegten und John McLaughlin auf ihren Plattenteller legten und mit dem *Further* nach Haight-Ashbury pendelten.

Hurch hatte sich noch nicht gezeigt, am Bobovillegartenspitz, aber auch das durfte er, Hurch durfte alles.

Verzeih, sagte Synox dann, ich vertippte mich. Ja, weiß ich, gab ich zurück. Starte jetzt, hast du mir geschrieben, Schlafstätte vorbereitet. Ventilator läuft. Ich bekomme die Kindermache-SMS jetzt schon vorab. Du stehst gleich daneben, im Telefon. Weiß ich, Synox, dachte ich mir. Hurch geht grad vorbei, sagte er dann, und wenn ich betrunken bin, tippe ich falsch, tippe daneben und sende an dich. Weiß ich, weiß ich, sagte ich. Wie sie hieß, fragte ich nicht.

Wie hieß sie, hach, Aissa, Adelind? Ada, Alije, Akosua, Amber? Anya, Ala? Wen hatte er tippen wollen statt Andrea, statt mir? Alina, Anabelle, Annalisa, Amal?

Aminata, Adisa, Arefa, Alrun? Hieß sie Anica, Annkatrin, Aziza, Aylin? Andelka, Ajse, Anina, Albine?

War die Schlafstatt gerichtet für Annalena, Arielle, Annett? Lief der Propeller für Anouschka oder Aglaia gar? Was klang wie Andrea, was war es nur? Anaïs, Angrit, Annelott, ich warf Google an und suchte und fand Ayfer, Aurora, Afra, Arlette – Astrid, Atidze, Assunta, Aslí.

Die Liste wuchs, wurde lang und länger, all die Frauen mit A sprangen mich an, Akile, die das Löffelgeschäft betrieb, gegenüber vom chinesischen Lackmöbeluniversum, Aziza, die turkmenische Pianistin, Albertina, die Schiele gebleicht hatte, Amanda, so hatte unser Familiendalmatiner geheißen, Archie hieß der vom Matrosen, Dalmatiner hatten schwarze Punkte auf weißem Fell und unmögliche Vornamen mit A. Amadea hieß die Tupfenhündin meiner Schwester, sie war so krank, als sie ein Welpe war, dünn wie der Tod. Aber wir stifteten Geld, meine Geschwister und ich, meine Mutter, mein Vater, sie war so dünn, Amadea, hauchte das Leben aus, aber das Geld und die Spritzen machten sie gesund, Amadea, den Hund mit dem doofen Namen. Aber war Alfreda besser? Wer hieß so? Aferdita mal nicht, die hatte es besser getroffen, jobbte in der Werbeagentur, mit Ariane, der Tochter vom Dramaturgen, blond war sie, ein Hippiekind. Wie Ayguel.

Ein schwedischer Krimi lief in der Kiste. Vor dem Frost, vor dem First, vor dem Forst, eine Wallanderverfilmung, meine Augen sehen schlecht, wenn das Licht düster ist, was stand in der Fernsehzeitung? Was war das für ein Mistblatt? Benützt nur von Alten und Fehlsichtigen, war sie so klein gedruckt wie die Verträge bei den Butterfahrten. Wie hieß die Schauspielerin, die ich da sah, sie sah aus wie die Dänin in *Crazy Day*, wie Kristina, die ich mir ausgedacht hatte, so sah sie aus. Ich griff nach meinem Moleskine, dem Crazydaymoleskine, dem Filmnotizbuch, hielt das Kleingedruckte unter die Schreibtischlampe und entzifferte Säll. Ström. Sällström. Johanna, aufschreiben, schnell, sagte es in mir, nichts ist wichtiger jetzt, du musst ihren Namen einfangen, ins schwarze Buch schreiben, in das Crazydaymoleskine, jetzt. Kristina musst du schreiben, befahl es in mir, Kristina ist gefunden. Sie heißt Johanna. Eine Schwedin, Johanna Sällström. Schnell, bevor du es vergisst, es ist wichtiger als der Unterzucker, wichtiger als das Espressoverlangen, wichtiger als aufs Klo zu gehen, Johanna Sällström, schreib es auf! Ich googelte. Ich wollte ihren Namen aus dem Netz holen, wollte ihn richtig geschrieben wissen, denn schlimmer, als Johanna Sällström nicht aufzuschreiben, war es, sie zu verlieren, Johanna Sällström falsch zu schreiben. Söllström zu schreiben oder Söderström, Sundström oder Sjöström. Sie zu verlieren, bevor sie gefunden war. Johanna Sällström, diktierte ich den Silbertasten des Alumacs, dem Tubalkain meiner Gedankenesse. Sällström heißt sie, merke dir das, sie wird deine Kristina sein, in *Crazy Day*. Die junge Fotografin, die du dir ausgedacht hast, die angstlose, die du nach Bagdad geschrieben hast, ins Herz des Feuersturms. Kristina, die ihren Geliebten verloren hat in Sarajewo, von einem Sniper erschossen, sie hat diesen Blick in den Augen, den Kuss des Todes, so schriebst du es ins Script. Man würde ihn ihr glauben, den Todeskussblick, in meinem Film *Crazy Day*, der in Bagdad spielt, am Tag, als die Amerikaner kommen, von Danny produziert, in Israel würden wir drehen. Danny, der Sohn vom Sisalteppichmann. Sie hatte den Kuss des Todes in ihrem Blick. Die Frau, die Kristina sein würde.

Johanna Sällström googelte ich, und dann kam die Liste. Und ganz oben stand: Johanna Sällström was found dead shortly before midnight on February 13, 2007, in her home in Malmö. The cause of her death was suicide.

Tot. Johanna Sällström, geb. Johanna Maria Ellinor Berglund, war eine schwedische Theater- und Filmschauspielerin. War.

Wieso schon wieder, wieso war sie tot, ganz einfach tot, meine Kristina, abgehauen, bevor ich mit ihr arbeiten konnte? Wieso schon wieder? Wieso schon wieder? Weil ich auch für Ulrich Mühe eine Rolle geschrieben habe. In dem anderen Film, der in mir arbeitet, in dem Film von der Speisewagenentführung. Wir hatten schon Kontakt gehabt mit Mühes Agentur. Warum waren sie tot? Mühe. Sällström. Sollte ich keine Rollen schreiben für Lebende? Figuren ohne Gesichter schreiben, um das Leben von Schauspielern nicht zu gefährden? Hurch würde eine Geschichte dazu wissen, von Buñuel oder von Almodóvar, sie würde von Gestorbenen handeln, Hurchs Geschichte von toten Idealbesetzungen.

Sie starb im Alter von 32 Jahren, erzählte die Selbstschreibenzyklopädie, Ende 2004 hatte sie mit ihrer damals dreijährigen Tochter und ihrem jüngeren Bruder auf Koh Lanta in Thailand die Tsunami-Katastrophe überlebt. Überlebt. Überlebt. Überlebt. Sie hatte das wirkliche Ertrinken überlebt, nicht den ausgedachten Badezimmerunfall meines Unterzuckervormittags. Nach der Rückkehr in ihr Heimatland, las ich mir vor, habe die alleinerziehende Mutter Psychohilfe in Anspruch genommen. Hilfe, gut! Ich habe immer geglaubt, dass ich sterben werde, wenn ich um die dreißig bin. Oh nein, warum sagte sie so etwas! So etwas sagt man nicht. Man wird hundert. Zumindest hat man das vor. Greta hat sich auch nicht mit dreißig aus dem Staub gemacht. Im Herbst 2006 spielte Sällström in Ystad am Theater, in Tschechows *Möwe*. Sagte die Hälfte der geplanten Aufführungen ab, begab sich in die Hände der Shrinks. Aber die Hände taugten nicht. An einem 13. starb sie, war sie tot.

Es war mir egal, wen Synox zur ventilierten Nächtigung geladen hatte, es war so egal. Mir fiel ein, dass seine Töchter, wenn sie seinen Apparat abhoben, beim Namen

Andrea immer in Ehrfucht erstarrten. Es war ganz einfach, es gab eine andere Andrea. Ich war nicht die einzige in Synoxens Anrufliste. Aber immerhin, ich war die, der er SMS schickte, wenn er betrunken war.

Wie tragisch. Ich war eine zweite Andrea und meine Schauspielerin war tot.

★ ★ ★

Dein Schuldgefühl, sagte Triebi, als ich ihn anrief, das DJ-Wägelchen im Schlepp, darin Lammkoteletts und Pfefferonigarben, ich weiß, woher es kommt. Saftigen Knoblauch zog ich, geschnitten in Feldern neben den ungarischen Atomkraftwerken, Ringlotten, so weich wie Mascarpone, und Nektarinen, tennisballgroß und hart wie Rubine. Mein Schuldgefühl, sagte Triebi, als ich klagte, den Einkauf im Schlepp, sei protestantisch, kein Zweifel. Es käme aus meiner protestantischen Seele. Wieso das? Deine Mutter, sagte Triebi, Schwedin. Sie ist Schwedin, sagte Triebi, Schwedin. An alles hatte ich gedacht, hatte mir jegliche bürgerliche Existenz ausgetrieben, hatte Gott getötet und die Ketten der

Nonnen zu Füllhalterfedern geschmiedet, aber daran hatte ich nicht gedacht, nicht an das Protestantische in mir. Triebi lachte, wie die Jesuiten lachen, wenn sie den verirrten Seelen Rosenkränze um den Hals schnüren. Ich muss immerzu arbeiten, schrie ich Triebi an. Das ist das Protestantische in dir, schrie Triebi zurück, Gott in dir ist tot, haha kleine Greta, aber Luther lebt, er muss immerzu schreiben, bemüßigen, mahnen, vollbringen, schöpfen, bewerten, tun. Der Protestantismus, wie wahr! Lag unbemerkt in der Ecke, von den Weihrauchschwaden vernebelt, wucherte in mir und trieb das Fließband an.

Glavinic ging es da anders, er setzte sich zum Inder, wenn er schreiben sollte, schrieb aber nicht, setzte sich Scharfgaben aus, sprach mit dem inneren Buddha und trank sich froh, sprang über die eigenen Schatten und war bei sich. Aber mich, die Maschinenmaria, den Einkauf im Schlepp, trieb das Schuldgefühl an und hieß mich, aus Muße Arbeit zu machen.

Die schöne Lampe, auch sie hatte ich im Schlepp, ein Arbeitsfund, beim Chromlampenmann war sie gestanden, schwarz der Hut, groß wie ein Kindersombrero, mit chromstählernem Arm, der den Hut schwenkte, wenn man das wollte, wie lange hatte ich gesucht. Anna Jeller hatte so eine, in ihrem Buchladen im Ville, aber die war von Ikea und so was kam nicht in Frage. Ich wollte die echte, aus den 30er Jahren und die gab es hier, beim Chromlampenmann. Aber war es die echte? Gab es hier überhaupt irgendetwas Echtes, war nicht Boboville das Unechte per se? Die Emanation der Erscheinung, die Imitation jedweden Originals? Die Entwurzelung, die Entkörperung, der Avatar der Realität? So war es, Eiertomaten aus der Slowakei, Pfefferoni aus Rumänien, Knoblauch aus Montenegro und Jerk aus der Karibik.

Jerk, die Sauce, die hatte ich im chinesischen Supermarkt gefunden. Neben dem Safran aus dem Iran, neben dem koreanischen Umami und dem geräucherten Paprikapulver aus Katalonien. Allerlei Unchinesisches stand hier rum. Aber Jerk hatte ich zum ersten Mal gesehen, eine vierkantige Flasche, wie die Cajun-Saucen, die ich nicht mochte, weil sie so essigsauer waren, Jerk war neu hier, braun. Mit einem knallroten Verschluss.

Ich dachte an Harry Hassler und dass er mir wohl Jerk gebracht hätte, im Präservativ, damals ins Bad, wenn es wel-

ches gegeben hätte. Wenn es Jerk gegeben hätte, im SPAR neben dem Bad. Jerk, als ich es kostete, schmeckte brillant, um Klavierkonzerte besser als die xanthangummistabilisierte Cayennepfeffersauce aus der Bessemer Road. Das Delta hatte auch sie nie gesehen. Sie war auf der A1 nach Docksville gefahren, in Google konnte man dazu allerlei erfahren, wenn man Kaskadensuche betrieb.

Jerk war also mein Ding, ich erfand die Eventualität, Harry Hasslers Plattenladen zu besuchen, eine King-Crimson-Platte zu fischen oder eine von Neu! und ihm, ohne dass er es merkte, eine fangfrische Jerkflasche aus dem Chinesensupermarkt in den Laden zu stellen. Und dann fragte ich mich, ob er, wenn er sie fände, wohl an das Schwimmbad dächte. Und an den Samen. Und wenn ich es je aufschriebe, ob es dann nicht Flashmobs auslösen würde, von meinem eitlen Beispiel angeheizt, die Harry Hasslers Plattenladen in Boboville aufsuchen würden, um Jerkflaschen der Firma Encona zu hinterlassen, Präservative und eine Badehaube mit Mittelstreifen. Meine Denke kam in Fahrt, jemand würde vom Dauerflashmob in seinem Blog berichten, dieser Jemand, oder auch eine Sie, würde es selbst getan haben, vielleicht sogar im falschen Plattenladen, beim falschen Harry

Hassler, im falschen Boboville. Eine weltweite Bewegung der Jerkflaschendepositeure würde entstehen, Diskussionen über die Reinheit des Rituals, über die Frage, welche Präservativmarke es sein müsse und ob die Badehaube zwingend sei, sowas sei so schwer zu bekommen. Mein Gedankengewitter hatte sich entladen und die Protestantismusdebatte ein paar Nachdenkorte flussabwärts an Land geschwemmt, ich würde später darüber nachdenken und über Maßnahmen zu meiner Gesundung. Ich wusste inzwischen, woher es kam, von der Mutter meines Vaters, ihr Vater war Protestant, Theodor Gelpke, ein Deutscher vom Welfen-Land.

Anna Jeller, in ihrem Laden stand ich nun, sie trank eine Zigarette, vor der Ladentür. Wenn sie rauchte, paffte sie nicht, sie trank den Rauch wie andere Gin. Mein Buch klebte in der Auslage. Oh, mein Buch, sagte ich mir. Ja, unglaublich, sagte die Jeller, es verkauft sich noch immer.

Truman Capote lag im Laden, griffbereit, dick, stark wie ein Scheit, ein Band mit Reportagen: *Wenn die Hunde bellen.* Auf der Toilette daheim brach ich ihn auf, ergriff Partei für das Papier, den Druck, den Satz. Das konnten die Amerikaner, Bobovilleliteratur anrichten, schmackhaft dazu. Truman Capote schrieb empörend gut. Das heißt, er schrieb ja nicht selbst, das Buch war übersetzt, aber selbst im Abglanz pulsierte seine Groove, die Kunst seines Schreibespiels, die Schönheit seiner Phrase. Warum war Capote so viel besser als ich, warum war er noch in der Übersetzung besser, treffsicherer, blumiger, pointierter als ich, die kleine Greta vom Dach der Welt? Was schrieb er über Gide? *Dort saß er dann und trank in kleinen Schlucken aus der Flasche mit dem frischen Meerwasser, ein regungsloser Mandarin, gehüllt in ein schwarzes Wollcape, auf dem Haupt den breitkrempigen Fedora, der sein strenges, schwefelgelbes Gesicht verdüsterte,*

Il Veccio, wie der Greis bei den örtlichen Ragazzi hieß. Warum gelang es ihm? Weil er Truman Capote war. Würde er abfärben auf mich? Und müsste man gute Schreibe wie diese, um sie nicht zu entwürdigen, vom Klo verbannen, so wie ich es hielt, die Capote am Klo las, sich zwingen, es nur am Sofa zu tun, nicht mal im Bus? Anna Jeller sagte nichts, als ich ihr den Capote aushändigte und das Buch über Latein, und die zwei Devaudehs, aus der Süddeutschenserie über die Filmgöttinnen, Demys *Lola*, so sagte man das, Demys *Lola* mit Anouk Aimée und Fords *Quiet Man*, Rita Hayworth war hier der Zünder.

Anna Jeller sagte nichts, sagte nie: Oho, oder: Dass Sie das lesen. Wir waren rituell per Sie: Dass Sie das lesen! Hunderte Male hätten wir einander das Duwort an die Jacke schmieren können, aber es war nie geschehen, ich hielt es inzwischen für ein wertvolles Ritual, in der Bobovillebuchhandlung per Sie zu sein. Glavinic hatte hier drin nichts verloren, sagte er, obwohl er ums Eck wohnte, verirrte er sich nie hier rein, er sprach von einem Spiel, das er nicht spielen wolle. Wie gehe denn das Spiel, fragte ich Glavinic, als wir beim Inder saßen, der in seinem Buch beschrieben war und den Buddhismus in ihm am Brennen hielt.

Das Spiel geht ganz einfach und es ist grausam und würdelos: Ich lege dein Buch nicht auf, und du kaufst trotzdem bei mir. Richtig, sagte ich, Glavinic, so hat sie es mit mir auch gemacht, Anna Jeller. Es ist rattig, sagte Glavinic, stimmt, aber es ist ein Spiel, und es kann gewonnen werden. Eineinhalb Jahre hatte ich bei Jeller Bücher gekauft, sicher jede Woche drei, vier, nie war mein Kolumnenband im Laden gelegen. Es ist mir egal, dachte ich mir, ganz einfach egal. Eineinhalbjahrelang war mein Buch nicht bei Jeller gelegen. Glavinic war gelegen, Nüchtern, Tex, Truman Capote. Eineinhalbjahre hindurch ging das Spiel, zweihundertbücherlang. Und dann eines Tages zeigte das Nilometer auf A. Die Jellerische stand in der Türe, trank Nikotin und flüsterte mich an. Ob sie mich wohl stören dürfe. Ich hatte das Spiel gewonnen. Mein Erklärband lag prominent, gerade erschienen, neben der marxistischen Literatur, in bester Umgebung, im Zehnerstapel, im Boboville-Zwischenhimmel. Ich wolle es doch signieren. Gerne, flüsterte ich, aber es wird Ihnen nicht gefallen. Lieber Peter Handke, schrieb ich in mein Buch, verzeih, dass ich zu Deiner Lesung nicht kommen konnte, aber Du kamst zu meiner, auf Dich ist Verlass! Sei umarmt, alter Serbe, von Deiner Maschinenmaria Dusl.

Jellers Laden lag auf einer Wasserader, wie alle Läden in Boboville, mit der gewissen Ausnahme des Santo Spirito, aber das war kein Laden, sondern eine Disco für Leute, die Elektromusik verabscheuten und das Tanzen hassten. Jellers Laden erinnerte an die Wohnzimmer der Camusleser. An den Wänden zogen sich Regale bis zur Decke, darin stand der Literaturkanon, gelesen, aber vergessen, er stand da und staubte, für den Fall, dass jemand nach Proust fragen sollte oder nach Kafka, Platonow oder Orwell. In der Mitte des Raums, mitten im Nebel, der aus dem feuchten Keller unter dem Jellerladen stieg, dauerte ein abendmahllanger Tisch, auf dem war der Pop aufgestellt, mit den Buchrücken nach oben. Noam Chomsky, Susan Sontag, die postmarxistische Trauerliteratur, die Bestsellerei, und dann die Bücher für Leute, denen man Bücher schenkt und nicht Liebe und schließlich die Hauptwerke der Bobovillains, alle Nasen lang krochen sie vorbei, um die Höhe ihres Stapels zu notieren. Und jetzt ich. Protestantisch war das, zutiefst. Kein Wunder, dass der Glavinicbuddhist seine Begabungen nicht darauf verschwendete, Buchstapel abzumessen.

★ ★ ★

Die Regierung war zerbrochen. Ich war aufgestanden, hatte mir die Filme der Nacht aus den Augen gerieben, war zur Nespressomaschine getaumelt und hatte eine Ristrettokartusche gezündet. Währenddessen, während ich im Unterzucker den neuen Tag aufs Gleis stellte, war die Regierung zerbrochen. Es reicht, hatte der Kanzleraspirant in der Sondersendung gesagt, pathetisch, als hätte er es vor dem Spiegel geübt, sein Lachen stach aus dem Filzgesicht, das Fernsehen zeigte den Glanz in seinen Augen, das Leuchten seiner Hoffnung. Paring, paring, das Kartoffeldruckblatt rief an, die Bobovillegazette, die Zeitung mit meiner Kolumne. Die Regierung ist zerbrochen, sagt der Kartoffeldruckkollege, soeben, der Kanzleraspirant hat es gerade verkündet, spooky, wie er aussieht, seine Augen leuchten. Weiß ich, sagte ich, weiß alles, nichts ist mir fremd. Es reicht, hat er gesagt. Paring paring, die Nachrichtenagentur. Was ich zum Zerbrechen der Regierung sage, wollten sie wissen. Warum von mir? Was hieße das für die Kultur, was für den Film, was für mich?

Montage sind meine Sache nicht, es sind schlechte Tage, die Montage sind die Hunde unter den Tagen, sie bellen und beißen, erniedrigen sich, ziehen an den Leinen, japsen nach Aufmerksamkeit. Ich mag die Montage nicht. Ich mag die Freitage. Ich mag den Ausklang, die Ruhe, das Zerfallen. Konnte die Regierung nicht an einem Freitag zerfallen? Den Staat ins Wochenende schicken, die Poughkeepsies in die Kirchen, die Villains in den Zweitwohnsitz, die Bobos auf die Piste? Aber das sagte ich nicht. Ich stammelte Unverwertbares, Stehsatz, Unsinn.

Geben Sie mir zehn Minuten, holte ich Luft, ich muss überlegen. Ich hustete, ich war nervös. Rufen Sie Kreihsl an, sagte ich, Spielmann oder Ruzowitzky. Das tun wir, sagte der

Nachrichtenmann, aber wir wollen was von Ihnen, ja genau. Es muss nicht viel sein, deswegen rufen wir an, ein Satz zur Lage, was auch immer es ist, vielleicht wollen Sie es uns mailen? Der Nachrichtenmann buchstabierte seine Adresse. Er sagte Ätt zum @, das war oké. Ich zuckte, wenn jemand nicht Ätt sagte zum @, wenn er Klammeraffe sagte oder Brezel, Dingskringel oder Strudel. Marsupilamischwanz würde ich dann sagen, wenn sie nach meiner Adresse fragten, Andrepunkt Mariapunkt Dusl Marsupilamischwanz Tschimehlpunkt Komm. Das würde meine Rache an der Affenklammer sein. Marsupilamischwanz. Tschimehlpunkt Komm.

Das Kartoffeldruckblatt wollte ein Cover. Die Regierung ist zerbrochen, sagten sie, heute, der Kanzleraspirant hat es verkündet. Ich weiß, sagte ich. Es ist Montag. Der Exekutor kommt immer an einem Montag. Der Montag ist der Hund unter den Tagen. Kannst du eine Mülltonne zeichnen, mit Wahlschlitz, palingte es aus dem Kartoffeldruckchefbüro.

Thurnher sprach mit mir, Bobovilles Chefkommentator, ich konnte seine Stimme hören, am Tisch hinter den Bergen von Feuilleton. Eine Mülltonne, sagte Thurnher. Eine Mülltonne ist gut, sagte ich, so stelle ich mir das vor: Ein Brett, sagte ich, wie das Brett von den Basketballkörben, sagte ich. Ein Brett? Ein Basketballkorbbrett, sagte ich, wie das Brett hinter den Basketballkörben. Und statt des Basketballkorbes hängt dort eine Wahlurne. Auch für Thurnher war es Montag. Ein Basketballkorbbrett sagte ich, mit einer Wahlurne statt des Korbs. Und statt eines Balls fliegt Zerknülltes. Wahlzettelknöllchen. Nicht eine Knolle, viele! Viel zerknülltes Papier. Hinter dem Feuilletonstapel dachte es. Gesprengte Ketten, sagte es hinter dem Feuilletonstapel. Gesprengte Ketten, sagte Thurnher in den Hörer. Ein Mann wie im Zirkus, sagte Armin Thurnher, ein Zirkusmann, du kennst doch das Bild, ein starker Mann, der die Ketten sprengt.

Ja, Armin, ja!

Montag. Zirkus. Starker Mann.

Es war alles zu viel.

Ich zündete den Boogie.

Schreib deine Kolumne, sagt es in mir, deine Fragentantenkolumne, deinen montäglichen Frühstücksaufsatz, dein hundtäglich Brot. Und dann zeichne den Kartoffeldruckblattleuten den Kettenmann. Einen schönen Kettenmann zeichne ihnen, fest, muskulär, ohne Gesicht, Ketten um seinen Leib, den Brustkorb gespannt. Und dann lass ihn Blut in die Muskeln pumpen. Und die Ketten sprengen.

Gleich, sagte das andere Ich, gleich arbeite ich. Bestieg den *Further*, den Buntbus, setzte mich hin, ergab mich der Reise und dann zündete ich den Boogie. Den Mesa-Boogie, die dicke Kiste, die Stimme der Glut. Der Montag brach über mir zusammen, die Regierung zerfiel, und ich? Malte ich den Kettenmann, schickte Zitate? Nein. Ich zündete den Boogie. Den Röhrenverstärker, das Biest, die Stimme des sprechenden Holzes.

Den Boogie hatte mir der Kalifornier gebaut, Randall, der Schmied von den Grateful Dead, mit dem *Further* war ich gekommen, nach Millvalleypoughkeepsie, 39 Jahre dauerte die Fahrt. Der Schmied hatte den Fender Princeton von Barry Melton getuned, Barry Melton von Country Joe and the Fish. Hatte gelötet und geschraubt und den ersten Boogie in die Auslage gestellt, oben in Mill Valley, in dem ehemaligen Chinesenladen, jenseits der Roten Brücke, jenseits von Bayboville. Santana, als er noch Haare hatte, 1969, und schön war, elegant wie ein mexikanischer Faun, war gekommen, von seinem Bruder Jorge gerufen, der war an der Auslage vorbeigegangen, hatte den Princeton gesehen, gehört. Carlos war gekommen, hatte seine kirschrote SG angesteckt und hatte *Soul Sacrifice* gespielt. Und die Gehsteige hatten sich aufgeworfen, angehoben von der Erschütterung, die das Erdbeben der Boogietöne in Wellen aus dem Laden schickte. Und auf den Wellen tanzten die Leute aus der Bay, aus Haight-Ashbury und 908 Steiner. Shit man. That little thing really boogies, schrie Santana den Randalenschmied an. So war das gewesen, als Carlos den ersten Boogie gezündet hatte. Und die Boogiebrandgesänge, auf den sprechenden Hölzern von Santana gesungen, kamen auf unsere Plattenteller, und als ich *Samba Pa Ti* das erste Mal gehört hatte, auf dem kleinen Koffergerät unseres Drummers, da hatte er mich fünf Meter nach hinten geworfen, der Ton, der unglaublich singende Ton, böser und schöner als alles, was ich je zuvor gehört hatte. So einen Ton will ich haben, sagte ich, schrie ich, so einen Ton, so ein Singen. Und dann stieg ich in den *Further*, den Bus der Busse, um nach Millvalleypoughkeepsie zu fahren, ins Prune Music, oben hinter der Roten Brücke, um den singenden Boogie zu holen, den Ton ohne Namen, das Unaussprechliche, das Allerheiligste unter den Stimmen.

Und jetzt zündete ich den Boogie. Meinen Boogie. Die große schwarze Kiste, legte die Schalter um, schickte Strom ins System, um in den Röhren die Glut zu entfachen, um den Randalenschmiedboogie zu zünden. Der Montag war gerettet. Die Regierung war zerbrochen, aber der Boogie entfacht.

Was bedeutet das Scheitern der Regierung für die Kultur des Landes?, hatte der Nachrichtenmann gefragt. Was bedeutet es für die Kultur?, sprach ich im Echo. Ich mochte

Gusenbauer, sagte ich, Alfred. Wegen seiner Lippen. Traf ihn drei Mal, wegen seiner Lippen. Und jetzt habe ich den Boogie gezündet! Wenn die Welt unterginge, wenn andere noch schnell ein Haus bauten oder einen Baum pflanzten oder einen Kinderwagen kauften, was würde ich tun, die kleine Greta vom Dach der Welt? Ich würde den Boogie zünden und *Samba Pa Ti* spielen, auf dem sprechenden Holz. Wie der Mariachimann aus Woodstock.

Vor dem Haus neben dem Haus mit meiner Bleibe hatten sie die Straße aufgerissen, gestern schon, holten braune

Erde aus dem Untergrund. Wasserwerke sagte das Schild auf der fahrbaren Hütte, sie war gelb und lang, sie hatte zierliche Räder. Die Wasserwerke, was hatten sie vor im Haus, neben dem Haus mit meiner Bleibe, in das die Bobos ziehen würden, in einem Schwall, irgendwann bald, vielleicht noch in diesem Sommer, vielleicht noch im Interregnum, die Bobos mit ihren Zitronengrastöpfen, den Jamie-Oliver-Mörsern, mit ihren iPods und den dänischen Palisanderstühlen. Dicke Wasserleitungen hieß man die Wasserwerke legen, dieser Tage, für Patchworkfamilien und für Lebensabschnittskonjugierte. Sie würden viel Wasser brauchen, wenn sie mal eingezogen wären, für die Lebendkräuterplantage, das Lavendelbad, den Spaghettitopf.

Während ich den Boogie zünden würde, am letzten Tag, wenn die Welt unterginge, wenn es zu Ende ginge, würden die Bobovillains noch ausrücken, um weichen Parmesan zu kaufen, frischen, wie sie ihn nannten, im Delikatessenladen ums Eck, würden den Spaghettitopf zum Dampfen bringen und Kaiser Chiefs ins Zehdehfach legen. Oder Arcade Fire. Oder Franz Ferdinand oder The Strokes. Und wie die alle hießen, die Sachen, zu denen man Nudeln wärmte, wenn die Welt unterging, wenn es mal so weit wäre. Wenn die Neocons Armageddon nachspielten. Wenn man Bäumchen pflanzen sollte, draußen vor der Bunkertür, oder ein Kindchen zeugen unter dem laubenden Kirschbaum. Aber ich war eine elende Lügnerin, ich würde es auch tun. Schnell noch grüne Spaghetti wickeln und Sugo Bolognese aus der italienischen Dose in die Pfanne rühren, geschärft mit frisch gehackten Chilis, verschifft in einem Schuss Öl aus virgingepressten Oliven. Aber jetzt, jetzt ging die Welt noch nicht unter, es reicht, hatte der Kanzleraspirant mit dem Filzgesicht gesagt, die Sehnsucht in den feuchten Augen, und die Maschinenmaria musste ein Cover malen. Aber was sollte es werden, was hatten sie entschieden hinter den Feuilletonstapeln, am anderen Ende der Leitung, im Chefbureau der Kartoffeldruckgazette. Würde ich den Kettenmann malen, die Wahlurne aus dem Müll? Nichts davon. Den Aspiranten würde ich malen, den Anzettler, den Regierungszerbrecher, den Pougkeepsiemann, der nun Kanzler werden wollte, Chef. Oberster Nudelkoch.

Um zehn fiel mir der Stift aus der Hand. Wenn der Kandidat mir vors Gesicht liefe je, ich würde ihn ohrfeigen mit Worten, Sie haben meinen Montag zerstört, Filzgesicht, damals am Siebten Siebten, als es Ihnen reichte. Was für ein elender Satz. Und hätte es nicht ein Freitag sein können, Aspirant?

Ein Satz genügt.

★ ★ ★

Wenn nichts mehr geht, genügt ein Satz. Wenn die Depression an mir zieht, wenn mich die Phantasielosigkeit auf das Sofa knallt, wenn ich den Zapper drücke und die Arbeitslosensendungen aus dem Sendekanister lasse, dann geht nichts mehr, dann steht die Maschinchenmaria, dann rostet sie. Dann prasselt die Depression wie ein böser Regen auf mich ein. Mein Schreiben an diesem inneren Regentag: Ein Satz genügt. Wenn kein anderer Satz aus mir kommt, dann dieser: Ein Satz genügt.

Es gibt keine endogene Depression, sagen die Ärzte unter meinen Freunden in der Architekturbesinnungsgruppe. Es gibt nur anlassbezogene Trauer. Der Satz. Es war der Satz. Es reicht, hatte das Filzgesicht gesagt. Ein Satz genügt, hatte die Maschinenmaria geantwortet.

In der Architekturbesinnungsgruppe fühlte ich mich wohl, es ist die Gruppe für Leute, die in Gruppen leiden. Die Architekturbesinnungsgruppe. Mein inneres Bonbongeschäft.

Dabei hatte ich schon alles erlebt. Jedweden Esomist. Die Selbsterfahrungsgruppe, in die ich mit meinem Freund Peter gepilgert war, wo zwei Krankenschwestern Guru spielten und gegen Geld Tränen auslösten und Erweckungsgefühle. Die Pfingstkirchenleute, zu denen mich Judy gebracht hatte, meine Internet-Freundin aus South Dakota. Elende Phantasten, die sich vor pfiffigen Predigern erniedrigten und im Endorphinrausch die Wände hochkrabbelten, lallend. Sogar bei den Pfadfindern war ich gewesen, als Backfisch, in einer schmutzigen Hinterhofwohnung. Wegen der Knoten war ich gekommen, und um zu lernen, wie man in der Wildnis Feuer macht und Brücken baut, Leguane brät und Fährten liest. Wegen der Knoten war ich gekommen, und wegen der Leguankoteletts, aber es gab nur hochverdünnten Himbeersaft, Kartoffelchips und den fauligen Geruch, den die nassen Hemdachseln des falben Pfadfinderführers verströmten.

Es reicht, hatte ich dann gesagt, adieu, selbst als ich nicht mehr an ihn glaubte, den Weltenfriseur, adieu, es reicht. Es reicht, ich gehe. Für immer. Jetzt. War ich deshalb traurig? Traurig, weil das Filzgesicht die Regierung hochgeblasen hatte? Mit meinem Satz?

Die Architekturbesinnungsgruppe tagte im kurdischen Lokal. Am Abhang von Boboville tagte sie, das Taxi hatte mich hingebracht, ich war zu spät. Aber es war die beste Taxifahrt, die ich erinnere. Der Wagen, ein Mercedes, war offen gestanden, als ich ihn am Taxistandplatz enterte, ein christlicher Orientale war mein Chauffeur, dass er Christ war, konstruierte ich aus dem silbernen Kruzifix, das am Rückspiegel hing. Die Sonne stand tief, sie begann schon zu rosten, warm war ihr Licht. Milde war die Luft, die ins Taxi blies. Beim Taxifahren war ich immer ganz Greta, nie fraß das Schuldgefühl an mir, nie an der Taxifahrt, sie war kein Luxus, sondern ein Geschäft. Vier Scheiben standen offen und das Dach dazu. Ein Boot war der Wagen, salzig die Fahrt.

Das kurdische Lokal hatte Geschichte. Vor seiner Kurdischkeit war es ein Grieche gewesen, davor der Braune Hirsch, wovon noch ein Blechhirsch kündete, der braunbemalt in die Straße sprang. Vor der hirschbraunen Zeit waren hier die Faschisten gesessen, heimlich, unten im Keller, hatten Pläne geschmiedet, die von Reinheit handelten und vom Töten und vom Aufbohren fremder Zähne. So war das in Boboville. Alles hatte Geschichte und wenn man bohrte, kam der Tod heraus. Im Straßengärtchen vor dem Kurden legte mein Taxiboot an. Die Architekturbesinnungsgruppe befand sich schon in Tagung. Anders als im Architekturbesinnungszentrum, wo es Vorträge gab oder Führungen, sprachen wir hier über Profanes, den Filzgesichtsatz.

Die Ästhetischen Anarchisten lobten die Unübersichtlichkeit des politischen Wurfs, die Neuartigkeit des Ungewissen, das Konzept ohne Plan. Die Strukturalisten, ich zählte mich zu ihnen, erkannten die Architektur des Geschehenden, prognostizierten das Ergebnis und spazierten um die Baugrube an Irrtümern, in der das Filzgesicht seinen Neubau fundamentierte. Zugegeben, in der Architekturbesinnungsgruppe sprach man in Rätseln, aber das war Teil

ihrer Kultur, das war das Ritual, es gab Halt und hatte Würde, Eleganz, wenn man sich anstrengte. Auf dem Schnellzug der Gedanken rasten wir in die Nacht, spachtelten Humus und Falafel und gossen Dew in uns hinein oder Zapfhahnplörre. Das kurdische Lokal hatte eine triethnische Speisekarte, es wurde kurdisch gekocht, griechisch und orientalisch. Nie war man sich sicher, ob man orientalisches Falafel aß, kurdisches, griechisches gar. Beschwert war dieses Rätsel vom Gewicht der Frage, ob Ethnomus außerhalb seiner Heimat überhaupt als solches wahrgenommen werden könne oder ob es, in fremder oder gemischter Ethnie konsumiert, nicht seine Ethnizität einbüßte. Solche Fragen erörterten wir in der Architekturbesinnungsgruppe. Wenn wir nicht über das Ich sprachen und das Selbst und ob die beiden von einander wussten und wenn, woher. Und welche der beiden, eine Stunde ging es darum, die Erzählung des anderen sei. Dafür liebte ich die Gruppe, es ging nicht um Geld, nicht um Karrieren oder Sex, es ging um Falafel und um das Selbst.

Von der Architekturbesinnungsgruppe ging ein Licht aus, das umso heller flackerte, je mehr man in die Flamme blies. Die Architekturbesinnungsgruppe war der Phosphor unter dem Bernstein am Strand.

Die Hippies hatten sich das Hirn weichgeraucht, waren mit dem *Further* an die sieben Enden der Welt gefahren, hatten auf dem Ätna gegrillt und auf Spitzbergen den Regenbogen umgepolt, aber ihre Rede war verstummt wie die des T-Shirt-Hippies an der Ecke Haight-Ashbury. Wie gut, dass es die Architekturbesinnungsgruppe gab. Sie war mein Canal Grande. Ich hatte einen Palast dort und ein Boot.

In der Bleibe, es war schon zwei, als ich heimtraf, rief ich die Nachrichtensendung vom Rekorder. Legte mich aufs Sofa, krallte den Polster, sodass er jene kleine Biegung aufwarf, die ich so liebte. Ich sah mir allen Ernstes die Hauptabend-Nachrichtensendung an. Und dann eine zweite, den Spätabendreport. Das Nachrichtensaugen war meine Manie. Die vorletzte Regierungskrise hatte das ausgelöst. Und Septemberelf.

911

Es war Nachmittag gewesen, warm, im Kindergarten unter meiner damaligen Bleibe hatte der Nachwuchs geschrien, Bobovilles Zukunft, Leon, Ferdinand, Rosa und Lila, Jessica und Annabelle. Ich war auf dem Futon gelegen, hatte den Polster rundgekrallt, sodass er die kleine Biegung aufwarf, die ich so liebte. Durchs Fenster war milder Wind gestrichen, es war Sommer gewesen, noch. Am Bildschirm war *Hannibal* gelaufen, der Kannibalenstreifen. Auf Devauhdeh.

Paling, paling. Ich zappte auf stopp, die Szene fror ein: Hannibal Lecter hatte die Schädelkappe des FBI-Agenten gerade abgehoben, sein Gehirn freigelegt.

Paling, paling: Meine Mutter war dran. Ein Flugzeug sei ins World Trade Center geflogen. Im Regionalfernsehen sei das als News-Ticker eingeblendet. Ein Flugzeug, New York, das World Trade Center. Gerade passiert, so sagen sie. Ich zappte auf CNN und sah den rauchenden Turm. Buster Keatons Lokomotivenfilm fiel mir ein, der *General*, der Rauch zog nach Südwesten, dunkler Rauch, schwarz wie das Böse, es war, als führe der Turm nach Poughkeepsie. Und so war das ja auch. Die Stadt fuhr in die Provinz. Das Loch im Turm zeichnete die Silhouette eines Flugzeuges nach. Es sah billig aus, wie mit Photoshop gemacht. Eine Fünfminutenarbeit.

Das Empire State Building fiel mir ein und die Gummimantelfahrt dort im Regen, an den kleinen Bomber dachte ich, der 1945 hineingerast war und ein ähnliches Leck geschlagen hatte, nur kleiner, sechzehn Menschen waren tot gewesen, damals. Siebzehn minus Betty Lou Oliver, die Frau mit dem Rekordabsturz. Ich dachte an den Schrott, der zu Boden gestürzt sein musste und jetzt Menschen erschlagen hatte. Unten, auf den Straßen um Boaz, der jetzt in Flammen stand. Ich dachte an die Leute im Turm, die oberhalb der Einschlagstelle gefangen waren. Ich hoffte, sie könnten entkommen.

Ich rief Elmar an, meinen Freund, Elmar, schrie ich, der Turm steht in Flammen, raucht wie ein Schlot, ein Flugzeug ist eingeschlagen, Downtown, jetzt. CNN, schalte es ein. Die Welt geht unter. Der Mann in CNN, Wind zerzauste sein Haar, stand am Dach eines Hochhauses, ein Mikro in der Hand. Im Garten unter meiner Bleibe schrien die Bobovillekinder. Hinter dem Federschlaufenmann brannte der Turm. Live stand zu lesen. Lebend. Jetzt. Dicke Wolken aus Ruß zogen aus dem Loch im Turm. Es passiert jetzt, sagte der Federschlaufenmann, Federschlaufe nannte ich den Sender, weil das C in seinem Logo aussah wie eine Schlaufe und die zwei N wie eine Feder. Es passiert jetzt, sagte der Reporter, der Wind legte seine Glatze frei, wie Hannibal Lecter das Gehirn des Agenten, und dann passierte es, jetzt:

Ein Flugzeug raste in das Gebäude. Ich war fassungslos, wie geht das, fragte ich mich, wie machen die das, wieso haben die Material vom Flugzeugeinschlag? Filmen die Federschlaufenleute einfach alles, immer überall? Dann dachte es in mir. Es dachte und ich sah, dass ja ein Turm schon brannte. Was da geflogen kam, musste eine zweite Maschine sein. Und die sah ich jetzt live, ich selbst, während sie geflogen kam, während es noch nicht passiert war, während die Sekunde noch nicht geschehen war, in der das fliegende Aluminium durch den Stahl gefahren war wie ein glühendes Messer durch kalte Butter.

Wieso standen die durchsiebten Türme noch? Ich zappte auf den DVD-Kanal. Hannibal Lecter schaute gerade in den abgesägten Kopf. Direkt auf das freiliegende Gehirn des FBI-Agenten.

Ich zappte zurück, sah die brennenden Türme, sah wiederkehrend die Bilder von den Einschlägen, hörte die Federmaschenmänner berichten, wie Maschinen sprachen sie, das konnten sie, es war Krieg, Menschen sprängen aus den Türmen, erzählten sie, man sah kleine Punkte neben den Türmen nach unten sinken, das waren die Fallenden. Andere klammerten sich an die silberfarbenen Pfeiler des Turms, der Federschleifensende zog sie heran, sie warteten, fassten Mut. Bevor sie sprangen. Wo sind die Hubschrauber?, dachte ich. Warum landen sie nicht, warum retten sie nicht? Ich telefonierte mit meinem Bruder, unser Freund Daniel sei Downtown, erzählte er, im Boboeastvillage, er habe gerade angerufen, alles sei voll Staub. Es stinke. Nach verbranntem Plastik und überall fliege Papier. Damals war das Jahrtausend untergegangen, am elften September, der Tag, der hieß wie Corns Porsche. Die Welt wie ich sie gekannt hatte, war tot. Der *Further* war verbrannt, er würde nie wieder ins Boboville mit der Roten Brücke fahren, nie wieder nach Steiner 908. So sah es aus.

Es war Nachmittag gewesen, warm, im Kindergarten unter meiner damaligen Bleibe hatte der Nachwuchs geschrien, Bobovilles Zukunft, Ariel und Jonas, Lena und Jasmin, Moritz und Max, Johanna und Sophie. Ich war auf dem roten Futon gelegen, hatte den Polster gekrallt, sodass

er die kleine Biegung aufwarf, die mir so lag. Durchs Fenster war der Südwind gestrichen, die Welt war untergegangen, am Tag, der hieß wie Corns Porsche. Die durchsiebten Türme waren gefallen. Ich zappte auf den Devaudeh-Kanal. Hannibal Lecter schaute immer noch in den abgesägten Kopf, direkt auf das freiliegende Gehirn des FBI-Agenten.

★ ★ ★

Mein kleines Reich hinter den französischen Atelierfenstern, es quillt. Mein Ichapparat bewegt sich auf kleinen Wegen, die zwischen den Stapeln angelegt sind, Stapel aus Getanem, Stapel aus Ungetanem, Stapel aus Gelesenem, Stapel aus Ungelesenem, Stapel aus Gesehenem. Ja und Stapel, sie sind die größten, Stapel aus Ungesehenem. Ich bin schwer erkrankt an Geschichtengier, Dinggeschichtengier, Ideengeschichtengier. Komplett meschugge, sage ich, wenn ich neben mir stehe, wann willst du das Ungelesene lesen? Warum willst du es lesen? Weil darin das Ungewusste steht. Und nützt dir die Verdauung von Ungewusstem zu Gewusstem, fragt es mich in mir, das kann ich nicht beantworten, sage ich uns, denn darum geht es nicht, es ist eine Gier, eine Sucht, sie beantwortet keine Fragen nach dem Sinn.

Das Bonbongeschäft, mater certa meines Sammelwahns. Was hast du angerichtet, elender Laden! Hast mich als kleines Kind mit der Idee infiziert, Metallenes gegen Buntes zu tauschen!

Mein Sammelwahn, so weit habe ich mich erforscht, ist keine Kaufwut, ich ersehne nicht den Einkauf, nicht das Stöbern in den Passagen. Es mögen Tage vergehen, an denen ich keinen Laden betrete, keinen Markt. Und dann plötzlich, wie der Sonnenschein hinter dem Wolkenfenster, bricht es aus in mir. Beginnt die Suche nach dem Ungefundenen, der Tanz, die Jagd.

Aber ich bin nicht allein. Boboville quillt über von Menschen wie ich, wir sind das Ungetane der Stadt, die Taumelnden, der Irrsinn. Wir hängen an den Tresen, fließen über die Sofas und zappeln über die Tanzböden. Wir sind auf der Suche. Alle. Nach der Explorer, dem Teiggesicht mit dem Lendenfett, der Geschichte von Hiram Abif, nach dem Zappa-Bootleg. Wir suchen Anouk Aimée in der Version von *8½*, die Freitagtasche mit dem gelbgrünen B, das Teufelsgesicht von Coop, die vier Daiquiri in der Floridita, den brennenden Elmar.

König der Sammler ist Tex. Der erste von den Heidedirken, die ihre Jolle an Bobovilles Pier festgemacht haben. Tex sammelt die Laschen der Milchpackungen. Er schneidet sie ab, mit der Schere, dem Messer. Die dreieckigen Laschen an den Literziegeln mit Milch. Die abgeschnittenen Laschen wirft er in einem Bogen hinter sich. Auf den Laschenberg auf dem Küchenschrank. Wer im Loft eingeladen ist, in dem Tex ein Zimmerchen bewohnt, erfährt die Geschichte vom

Laschenkasten, meist, weil Kaffee mit Milch getrunken wird und Tex, in der Küche sitzend, die Lasche wirft. Nun ist die Laschenhalde nicht die einzige Sammlung in Texens Loft. Es gibt eine zweite in unmittelbarer Nähe. Diese zweite Sammlung besteht aus hunderten Polaroids, die Texloftbesucher zeigen, die auf einen hölzernen Stuhl geklettert sind, um den Laschenberg zu betrachten. Als wären die beiden Sammlungen nicht irre genug, existiert eine dritte, drüberer als die vorigen, jenseits fast. Polaroids von Küchengästen, die ein Polaroid betrachten, das jemanden zeigt, der auf einem Texküchenstuhl stehend den Laschenberg bestaunt.

In Triebis Wohnung gibt es eine ähnliche Halde. In der südlichen Toilette der Beletage dräut ein Berg aus Toilettenpapierspindeln, jenen Pappröhren, auf denen Toilettenpapier aufgerollt ist. Fälschlicherweise kennt die westliche Welt die Pappröhren als Klorollen. Die Klorolle aber ist das dicke Ding, die Pappspindel mitsamt dem daraufgewickelten Papier. Triebis Berg hingegen ist kein Klorollenberg, Triebis Berg ist ein Spindelhaufen. Triebis Pappspindelhalde ist ähnlich entstanden wie Texens Milchkartonlaschenberg. Durch Würfe. Überkopf, nach hinten. Triebis Spindelgebirge kauert in zwei Metern Höhe, in der engen Nische vor dem Klofenster zum Lichthof.

Ebenfalls aus Papier besteht die Sammlung Phettberg. Manche in Boboville meinen, das seien die Zeitungsstapel des früheren Talkmasters. Die wahnwitzigen Feuilletontürme, mit denen Phettbergs Wohnung bebaut war, wie Downtown Manhattan. Sie irren. Diese Zeitungsstapel sind nicht gemeint. Sie sind in einer vom Fernsehen dokumentierten Nachmittagsarbeit von der Redaktion der Kartoffeldruckgazette ins Phettberg- Poughkeepsie verbracht worden, mit einem kleinen Lastwagen, zweihundert Stapel waren es, Zulesengerichtetes, das vor sich hingemodert hatte, an der Basis zerfressen von hungrigen Phettbergmäusen. Auch Heinrich Mis war dabei, als er noch nicht gebrochen war, als er noch nicht in der Programmgruft am Schließen des Deckels arbeitete, als ihn das Fernsehen noch nicht graugeschliffen hatte.

Die Sammlung Phettberg besteht aus Stapeln, gewiss, aber aus kleineren, aus sieben Stück. Sieben Stapel umfasst die Sammlung Phettberg. Hermes nennt sie das Indruckgeratene. Jeder Stapel ist mit den anderen sechs ident, das Indruckgeratene ist chronologisch geschichtet. Manuskripte hätte man früher gesagt. Früher, als Boboville noch aus drei Regalen bestand und dem Ticket für den *Further.* Die sieben Stapel sind ident, bestrahlt von Phettbergs zeitmagischer Anmerkung, jener Stapel an Ausdrucken sei der gültige, der ihm zum Zeitpunkt seines Todes geographisch am nächsten läge. Warum das so sei, fragte ich Phettberg in der Jugend unserer Bekanntschaft. Weil es mir, stürbe ich, antwortete Phettberg, eventuell noch möglich sei, dem mir nächsten Stapel das letzte Indruckgeratene aufzulegen, den anderen aber nicht. Nur der Sterbeplatznächste könne der endgültige sein. Die Regelung habe er aufgestellt, damit die Phettbergnachwelt in der Beantwortung der Frage sicherginge, welcher der autorisierte Indruckgeratenstapel sei, welcher der endgültige, welches also das komplette Phettbergwerk.

Phettberg besitzt noch eine weitere Sammlung, mit der weder Tex noch Triebi konkurrieren. Es ist die Sammlung der Fenzschen Jeans. Phettberg verbietet sich die blauen Büxen aus Serge de Nîmes je anders als im Pluraletantum zu adressieren: Es heißt »die Jeans«. Josef Fenz' erste Jeans erinnert er, vor dem Tor des Hotels zur alten Post seiner Tante und seines Onkels getragen zu haben. Die Jeans waren Mustangs, in Poughkeepsie gekauft. Und sie hätten nicht blau zu sein, herrscht Hermes, wenn die Rede darauf kommt, sondern blue. In Hermes' Jeans-Museum liegen Getragene neben Ungetragenen, Schleißende neben Zerschlissenen, Passende neben Unpassenden, blue sind sie allesamt, die Jeans. Auch die Phettbergschen Spezialjeans lagern hier, eine Sonderanfertigung für den scheidenden Talkmaster, als er noch leibfüllig war, vor dem Anfallschlag, bei Harald Schmidt getragen, fünf reguläre Jeans lieferten den Stoff.

Boboville lebt vom Sammeln. Ich lebe vom Sammeln

und ich begann damit früh. Meine Brüder und ich besaßen Platten, als wir noch Kinder waren, schallende, schwarz waren sie. Die früheste, an die ich mich erinnere, spielte schwedische Kinderlieder, *Gumman i lådan*, *Alte in der Schachtel*, war eines davon, wenn ich sie höre, die Lieder, katapultiert mich die Erinnerung in meinen schreckhaften Kinderkörper, erstarre ich vor dem Zauber körperlosen Gesangs.

Eine zweite Schallplatte hatten meine Eltern von ihrer Architektur-Wallfahrt zur Expo in Montreal mitgebracht, amerikanische Kinderlieder, *Humpty Dumpty* saß auf dem Cover, sie haben mich mit einem Phantasma für die Neue Welt infiziert.

Dann gab es eine zerkratzte Scheibe in einer mitgenommenen Hülle, das Cellophan, mit dem die Druckgrafik versiegelt war, hing in kleinen, knisternden Fetzen vom Umschlag. Diese Schallplatte war die einzige, auf die sich die Familie einigen konnte, sie hieß *Der Schräge Otto*, zeigte ein Barpiano und war eine Zusammenstellung von internationalen Schlagern, die der deutsche Pianist Fritz Schulz-Reichel, der Crazy Otto, wie er sich nannte, auf einem von ihm präparierten Honky-Tonky-Klavier eingespielt hatte. Die Platte war der absolute Hammer, sie konnte Tränen auslösen. Der Schrägeottoklang war die Groove, zu der mein Vater aus den kurzen Hosen gestiegen war, vor dem Krieg, lange vor Boboville. Vielleicht hat mein Vater aber auch geweint, weil das die Musik seiner toten Onkels war, Barpianisten und Sänger, die die Bobovilleinsel verlassen mussten, als der Gott der Hakenkreuze sein Wutwerk begann. Die Herkunft der Medleys im Schrägen Otto hat mein Vater nicht identifiziert, er hielt sie alle für Kabarettmusik von vor dem Krieg, Musik mit Melodien, wie er sich ausdrückte, nicht der Lärm der Verbrecher mit den langen Haaren, Hippies, wie er meinte. Dabei waren die Schrägenottonummern von den Stones, von Dylan und den Beatles. *(I Can't Get No) Satisfaction, Hey, Mr. Tambourine Man* und *Yesterday.* Ich wiederum, das Bonbongeschäftskind, dem weder die einen noch die anderen Namen etwas sagten, ich hielt diese Mucke für Jazz. Ich sollte mich bald unbeliebt machen, in der Schule, wenn ich auf die Frage, Was hörstn du?, bekannte: Jazz. Das Wort hielt ich für eine Verballhornung von Charleston. Den hatte meine Tante Lalla, die Schwester meiner Murmur, mir mal vorgetanzt, als sie auf Besuch war aus unserer fernen Heimat oben im Norden, wo sich Troll und Elva Gutenacht sagten.

Die vierte Platte, die wir Kinder besaßen, war die wichtigste und weil sie ununterbrochen gespielt wurde, war sie zerkratzt wie keine andere. Es war eine Kinderplatte, so nannte man das Genre, das Hörspiel des Abenteuerromans *Die Schatzinsel.* Auf dem Cover las man Europa, das Logo der Plattenfirma. Ich hielt das für den geheimen Namen der Schatzinsel und hielt Europa meine ganze Kindheit hindurch für ein Inselreich, weit weg, gefährlich, aber reich. Groß war auf dem Schatzinselcover eine düstere Karavelle abgebildet, vom Wind getragen, vor der wolkigen Dämmerung eines Ozeanhimmels. Ein spannendes Drama voll furchterregender Gestalten. Held der Geschichte war ein naseweiser Schiffsjunge, Jim Hawkins, von einer Frau wurde er gesprochen. Die Gefahr kochte auf dieser Scheibe. Von großer Bedeutung war das Hörspiel, zumindest für uns Duslkinder, aus einem anderen Grund. Die Schatzinsel hatte den Satz. Den Satz der Sätze. Ein Kratzer auf der Platte erzeugte ihn und er hatte magische Auswirkungen auf uns, wir gerieten in Verzückung, sobald wir ihn hörten. Ich erinnere nicht mehr die Stelle, an der der Satz eintraf, er löschte jede Erinnerung

an die Geschichte davor. Wenn ich es rekonstruieren müsste, würde ich meinen, jemand wurde erstochen, im letzten Augenblick, erstochen oder erschossen, im Augenblick vor dem Unaussprechlichen. Was lumpige Männer mit halbwüchsigen Knaben aufführten, wenn sie jenseits des Tabus tanzten, konnten wir Kinder uns nicht ausmalen, wir waren nur gewarnt vor dem Mann mit den Bonbons. Er trüge stets einen Mantel, und am Kopf einen Hut.

Der Dreizack fiel ihm vom räudigen Skalp, irgendeinem von Jim Hawkins grimmigen Onkels, nachdem der erlösende Schuss gefallen war, wie die Geschichte nun ging, weiß ich nicht mehr, denn jetzt kam der Satz. Er taumelte. Er taumelte. Er taumelte. Er taumelte. Er taumelte. Er taumelte. Er taumelte. Die Erzählstimme sprach den Satz, immer wieder, immerfort, Er taumelte. Er taumelte. Er taumelte. Er taumelte. Er taumelte. Wenn wir wollten, ging das über Stunden, bis wir irre waren vor Freude, bis unsere Stimmen heiser waren vom Mitsprechen, bis der Saphir abgeschliffen war, bis das Taumeln unsere Gehirne zu Brei geschlagen hatte. Er taumelte. Er taumelte. Er taumelte. So begann das Sammeln in mir, so begann die Repetition. Kein Taumeln war wie das andere, noch im Identen konnten wir Unterschiede ausmachen.

Das siebzehnte Taumeln war nicht wie das dritte, das zweihundertelfte nicht wie das hundertsiebente, das neunhundertsiebenundneunzigste nicht wie das neunhundertelfte.

Auch Tex muss sein Sammeln auf der Schatzinsel gelernt haben, denn ich hörte ihn mechanisch den Satz sagen, oft war das, Tex musste nicht mal betrunken sein, um den Satz in sich abzurufen: Mein Name ist Jim Hawkins, ein ganz normaler Junge an unserer stürmischen Küste. Mein Name ist Jim Hawkins, ein ganz normaler Junge an unserer stürmischen Küste. Mein Name ist Jim Hawkins, ein ganz normaler Junge an unserer stürmischen Küste.

So hatte das Sammeln in Boboville begonnen. Mit Kratzern in den Schatzinselplatten. Mit Repetitionen, mit Taumelsätzen. Sie waren aus weichen Vinylmischungen hergestellt, um schneller zu zerschleißen, um öfter nachgekauft zu werden. Aber was hatten die Europaleute tatsächlich bewirkt? Eine Stadt voll Kollektoren war herangewachsen. Städte von Städten voll.

In mir hatte das Taumeln, hatte der Satz der Sätze einen Katalog an Leidenschaften hervorgewirbelt. Hatte Synapsen gebildet, die zu den irrsten Sammellüsten führen sollten, zur Sehnsucht nach der Explorer, zu einer obskuren Manie, die darin besteht, auf den Innenseiten ungekaufter Bücher geheime Botschaften und Schatzinselpläne zu hinterlassen, in Buchhandlungen, Bibliotheken, den Regalen von Kolleginnen und den Handapparaten von Instituten. Zu dieser Folie gesellte sich die Verirrung, in die Bücher von Fremden Widmungen anderer Autoren zu schreiben.

Dieses Buch ist das Ihre, Peter Ustinov.

Es ist bei mir wie bei Kafka. Schreibe ich etwas hin, schon ist es vollkommen. Für Renate, Peter Handke.

Um elf im Roxy, Daniel Kehlmann.

Unfassbar, welche Schriften Anna Jeller mich in Büchern hinterlassen ließ, unwissend, was ich Schlimmeres schrieb. Auch handgeschriebene Speisekarten sind nicht sicher vor mir. Die Satzinsel ist schuld. Das Taumeln auf ihr.

⋆ ★ ⋆

IM CAFÉ SPERL, GEGENÜBER VOM PHIL, traf ich David Rühm. Im Café Sperl, dem Termincafé, es ist kein Abhängecafé wie die Lampenbuchhandlung, im Café Sperl trifft man sich, um ein Problem zu erörtern, nicht, um die Existenz zu prolongieren. Das Café ist die Stadtcouch, der Koffeinfreud, die offene Therapie. Robert Menasse verkehrt darin, um unter seinem Bild zu sitzen, um Interviews zu geben und um für Bilder zu posieren, auf denen er unter seinem Bild sitzt und verkehrt. Mit der Vieillesse dorée, den Problemerörterern und mit den Städtebereisern. Denn das Café, das ist sein Fluch, wird gepriesen in den Schmökern, nach deren Anleitung die Bereiser durch die Viertel taumeln. Sogar die Geschichte mit Menasses Bild findet sich in den Schmökern. Sogar ein Bild des sitzenden Menasse unter seinem Menasseporträt. In der Fensterloge bei den Billardtischen.

Andererseits, auch das ist ein Fluch, können Leute wie Maurer, Kehlmann und Glavinic in der Lampenbuchhandlung beobachtet werden, wie sie neben den eigenen Büchern stehend in den Werken Vierter und Fünfter blättern. Kehlmann hat es in dieser Beziehung besonders schwer. Keine Buchhandlung der Welt ist davor sicher, beim Eintritt Daniel Kehlmanns als Buchhandlung zu gelten, in der Daniel Kehlmann neben sein Werk zu stehen kommt. Ich spiele mit dem Gedanken, mich mit Daniel Kehlmann unter dem Bildnis von Menasse zu treffen und mich mit ihm dabei fotografieren zu lassen. Man könnte das Porträtiertwerden unter Menasses Bild schreiberseits zu einem ewigen Flashmob ausrufen.

David Rühm kenne ich aus Zeiten, an die wir uns glücklicherweise nicht mehr erinnern, Zeiten vor Boboville. Unglückliche Zeiten, unglücklichere als diese. David Rühm und ich sind per Du, wie ja alle Bobovillains einander grundsätzlich duzen, sogar wenn sie einander zum ersten Mal begegnen. David Rühm hieß bei mir David, ich hieß bei ihm Dusl. Hallo Dusl, sagte er, als ich ihn traf, im Problemcafé. Hallo David, gab ich zurück. Hallo David, ich habe jetzt auch einen Videorekorder. So hatte ein Gespräch begonnen, das ich mit David Rühm in der unglücklichen Zeit geführt hatte. Dusl! Also auch einen Videorekorder!

Nicht alle hatten einen Videorekorder, die klobige schwarze Kiste, damals, in der Zeit, in der es sie erstmals zu kaufen gab, für Leute wie uns, für die Filmfreaks, die wir waren. Nicht alle hatten das Filmeinfanggerät. Bald hatte ich drei Cassavetes in meiner Botanisiertrommel, fünf Fellinis, einen Ozu, zwei Truffauts, einen Hawks und den *Großen Diktator.* Die Zeit war voll großer Erfolge: Den *Großen Diktator* auf Abruf zu haben, oder *Weekend* von Godard. Welch ein Fang, welches Glück! Wir kauften Kassetten in Zehnerpackungen und führten minutiös Buch, wann welches Meisterwerk lief, in welchem Kanal. Privatvideotheken entstanden, füllten Meter in den Regalen, hässliche, kalte Plastikschatullen mit kostbarem Inhalt.

David Rühm saß mir gegenüber, mein Filmfreakfreund aus unglücklichen Zeiten, seine Augen waren geschwollen, grau war er geworden und Grimm steckte in ihm. Warum wollen sie meine Bücher nicht, seit 96 habe ich keinen Film gedreht, alles abgelehnt. Weil sie dein slawisches Herz nicht verstehen hier, sagte ich ihm, sie verstehen Polanski nicht, nicht Tarkowski, sogar bei Seidl kennen sie sich nicht aus, halten ihn für einen tschechischen Agenten, stoßen sich an seinen Bildern. Wie sollen sie deine Filme verstehen, David Rühm, wenn sie nicht einmal Polanski verstehen. Aber der Stoff war doch gut, Vampirismus, Freud, die Sache mit den Spiegeln. Egal, sagte ich, sie verstehen es nicht. Warum haben sie es abgelehnt, wieso schon wieder? Weil sie es nicht verstehen. Und weil ihnen das, was sie nicht verstehen, Angst macht, so einfach ist das. Und du weißt

es und denkst, du machst etwas falsch. Nimm ihnen die Angst, und sie werden dich lieben. Du warst in Cannes mit deinem ersten Film. Das sollte sie nicht ängstigen? Der rote Teppich, David, ist so breit wie das Rathaus in Poughkeepsie. Das macht ihnen Angst, sagte ich. Rühm biss in sein Soda-Zitron, heute würde ich ihn nicht therapieren können, wusste es in mir. Du machst jetzt weiter, sagte es in mir, Kubrick hat auch nicht jeden Film gemacht, den er vorhatte, Kubrick, der alte Slawe.

Und wieder regnete es. In Boboville regnet es in Dramaturgien. Es regnet, um Leute nass zu machen, weil sie es ablehnen, Schirme aufzuspannen, auch David Rühm hatte keinen Schirm. Niemand hier hat einen Schirm, wenn es regnet, daran erkennt man sie, die Bobovillains. Den Schirm tragen die Angstmacher, die von der Reconquista, die Neo-Cons.

Regentage waren Wandertage. Vom Davidrühmretten raste ich ins Radio. Die Greta in mir hatte Erlaubnis gegeben, sprechen ließ sie mich, Radio war oké. Beim Radio sind die Pausen spannend. Das ist die Magie des Radios, das Radio sieht dir nicht zu beim Denken. Im Radio bist du immer schön. Wenn du klug bist, bist du klug und schön. Wenn du Gabba sprichst, bist du zwar Gabba, aber noch immer schön.

So ist das Radio. Und so ist der Bobovillesender. Ein schöner Sender. Die Welle zur Tasche.

Du schreibst ein Buch?, fragte Votava. Ich schreibe ein Buch, sagte ich. Was für ein Buch, fragte er weiter. *Boboville* heißt es. Zu Gast heute am Plauderstrand, Andrea Maria Dusl, sagte Votava in sein Talkshowhostmikro, Andrea Maria Dusl, sie schreibt ein Buch über Boboville. Und dann zog er den Muckenregler hoch und jagte die Bobovillemusik durch den Äther. Wovon handelt das Buch, fragte Votava. Von uns, sagte ich, von dir, von Zita, vom Bonbongeschäft in mir, von Zitronengrasschmalz, geräuchertem Paprikamehl, von der Filmmeisterstücksammlung, vom Tintentau in der Montblancfüllerkappe, von der Suche nach der Explorer.

An wen glaubst du?, fragte Votava. An Jimi Hendrix, sagte ich. Es ist gut, Jimi Hendrix zu sagen, dachte ich, denn er ist kein Gott. Er ist tot, aber nicht auferstanden. Er hat sich, als der *Further* noch fuhr, weggeschmissen. Während der Party, ohne große Message. Keine Heldentat, gewiss, aber sehr menschlich. Und weil Jimi Hendrix der größte Gitarrenspieler war, von dem ich weiß, taugt er mir als Ersatz auf die G-Frage, als Ersatz auf die Frage nach Gott. An wen glaubst du?, fragte Votava. An Jimi Hendrix, sagte ich.

Spricht er mit dir, hauchte Votava ins Talkshowhostmikro, spricht Hendrix mit dir. Nein, sagte ich ins Talkshowguestmikro, das tut er nicht. Da habe ich es besser, dachte ich, besser als Bernhard, der saß im Zimmer neben Gould, und der hatte mit ihm gesprochen, sie waren im gleichen Kurs, in der Poughkeepsieburg, feucht war es, der Steinway litt, und weil er so viel besser war, schmiss er sein Klavierspiel weg, Thomas Bernhard. Und wurde Schreibender. Die Wegschmeißenden werden Schreibende, das Schreiben, es ist ein Wegschmiss. Jede Zeile ist Therapie, Abarbeit am Versagen, an Gould, an Hendrix, an den Göttern der sprachlosen Expression.

Wollen wir nicht jammen?, fragte ich Votava nach der Show, die Geigen anwerfen, ihre Töne durch die Häfen jagen? Aber sicher, rufen wir uns an! Rufen wir einander an, hätten wir sagen müssen, aber wir sagten: Rufen wir uns an. Rufen wir uns an, sagten die Tschechen in uns, und wenn wir es noch böhmischer hätten treiben wollen, hätten wir wohl gesagt: Mir rufen sich an.

Denn, so viel stand fest, das Bo in Bobo kam von der Bohème, von den Fahrenden, die aus Böhmen kamen, aus Cechy, also von uns. Ich bin der volle Bobo, sagte Votava, niemand will einer sein, aber ich bin es. Der volle Bobo, proletarisch von meiner Herkunft, aber Bourgeois mit großem Talent. Du bist der einzige, sagte ich, der einzige Bekennende, mit Ausnahme von Johannes Grenzfurthner, der sich Probo nennt, Proletarian Bohemian. Es liegt am Klang, wollte ich meinen, am herrenlosen Klang, David Brooks hatte sich nicht viel dabei gedacht, hatte zwei Silben amalgamiert, um dem Feindbild einen Namen zu geben. Urban Avantgarde hätte er die Bobovillains nennen können oder Global Urbanians, aber das tat er nicht, dazu war er nicht links genug, David Brooks, der elende Kolumnist, dazu war er nicht bohemisch genug, dazu war er zu feig. Ein spritziger Begriff taugte nicht zur Denunziation. Also griff er zum Amalgam, also vergriff er sich, also wählte er das Kofferwort.

Zita brachte mich zum Lift. Ein schöner Lift war es, ein schöner Lift im schönen Radiogebäude. Im Radiogebäude, in dem man auch schön klang, wenn man den Bad-Hair-Day hatte, im Radiogebäude, in dem man auch schön klang, wenn das Gesicht aufgebäht war, vom Fortgehen, vom schlechten

Schlaf oder vom tränenreichen Telefonat. Er war aus den Dreißigerjahren, der Lift, und wenn er es nicht war, dann gab er sich so, elegant war die Hubkammer, aus Aluminiumblech genietet. Wollte man ihn bedienen, den Lift, musste man drei Hände haben, eine, um damit den Coffee-On-The-Go zu halten, eine, um auf dem Rufenknopf Dauerfeuer zu drücken, und eine, um die Lifttüre zu stemmen. Zita hatte eine Schwuchtelschleuder bei sich, alle hier im Sender hatten das Herrenhandtäschchen, auch Zita aus Poughkeepsie, die Radiofrau, die Managerin von Votavas Show. In der Schleuder hatte Zita ihre Magnetkarte untergebracht, in einem Innenfach und dergestalt, dass die Magnetstreifenseite der Magnetstreifenkarte nach außen wies, dass ihre Magnetbotschaft durch den Taschenstoff nach außen strahlte. Um den Lift in Betrieb zu setzen, musste man, das erfuhr ich von Zita während der Fahrt, während ich ihre dritte und vierte Hand war, um den Aluminiumlift überhaupt zu rufen, musste man die Schwuchteltasche mit der Magnetstreifenseite an einem geheimen, schwarzen Sensor reiben. Das konnte man, wenn man Sendergewaltiger war, wenn man die Hand lässig in der Hosentasche hielt und mit der Herrentaschenhand die Magnetstreifenschleuder am Sensor frottierte. Mit Coffee-On-The-Gos auf dem Sendergästetablett aus der Cafeteria spielte es das nicht. Mit dem Sendergästetablett beladen ging das nicht. Dann brauchte man die dritte Hand. Ganz schön vertrottelt, das Prozedere, sagte es aus mir, wovor haben sie Angst, die Radioobristen hier? Vor dem Terrorbobovillain? Dem unbefugten Radiogast? Dem Ätherselbstmörder? Vor allen dreien, sagte Zita.

911 hatte das ausgelöst, das Datum, das hieß wie Corns Porsche. 911 hatte die Bürger mit dem Phantasma der Bedrohung infiziert. Oberbürger Bush, Vizebürger Blair

und all die anderen willigen Koalitionäre bis hinunter zum Aspiranten, dem Mann mit dem Filzgesicht, dem Montagszerstörer. Die Bobovillains mussten seit 911, wann immer sie der Behörde begegneten, dem Staat, der Bank, dem Konzern, dem Port, wann immer es nicht um Hedonismus ging oder das Essen, dem Verdacht Nahrung geben, Terrorist zu werden. Das Phantasma der Konzernisten sah im Bohemien den Terroristen. Automatisch. Seine Bohemie löste das aus, die hielt der Bürger für Sympathie. Der Viertagebart löste es aus, der Sportschuh und die Retrokluft.

Viertagebart, den Sportschuh und die Retrokluft, genau das trägt der Sprenggürtelträger, dachte der Bürger, Schlechtehaartagfrisur, Sportschuh und Retrokluft die Ische, die das Gerichtsgebäude in die Luft jagt; einfärbiges Haar, Stirnfransen und Tattoos aus Marseille die Marketingfuffi, die die Bankkonten verstrahlt und im Telefoniekonzern die Internetportale hackt. Dem elenden Doppelflug in Downtowns Säulenpaar verdankte ich den Tanz aus den Schuhen, wann immer ich nach Poughkeepsie reiste, um am Poughkeepsiesee vor den Architekten zu lesen, den Einzigen, die meinen Witz verstanden. Wegen 911 musste ich aus den Schuhen tanzen, piepten meine BH-Bügel, warf das Kontrollorgan den scheelen Blick auf die Pinzette in meinem Lippenstiftbeutel.

Wegen Leuten wie mir gab es die Cornwagentagsangst, wegen Leuten mit piepender Unterwäsche und Retrokluft, wegen Leuten mit Sportschuh am Tanzfuß und der Schlechtehaartagfrisur zur Radiofresse. Wegen Leuten wie mir musste Zita eine Magnetkarte in der Schwuchtelschleuder tragen, damit Leute wie ich nicht unbefugt Aluminiumlift fuhren, dort ein gestohlenes mp3 hörten oder sonstwie technischen Unfug gegen den Konzern ausheckten, von Schlimmerem zu schweigen.

Und dann rief Martina an, Martina, die immer anrief, wenn von ihr die Rede war oder vom Thema. Von ihrem Thema, dem Überwachungsstaat, dem Kommunikationshurrikan, dem Weltäther in Explosion. Paling machte es auf meinem iPhone, Zita und ihre Kollegin brachten das Weiße in ihren Augen zum Blitzen, als ich es aus dem Rucksack zog. Du hast ein iPhone, fragten sie, ein iPhone, das neue dazu? Mannomann, das iPhone, so sieht es also aus, bist du zufrieden mit dem iPhone?, fragten sie, sie fassten es nicht. Geh mal auf Internet, sagte Zita, auf die Bobovilleradioseite, das Foto von euch, von Votava und dir, gerade geschossen, sieh mal nach, die Bobovilleradioseite, menno das iPhone, ich fasse es nicht, bist du zufrieden? Moment, sagte ich, Paling machte das iPhone, zufrieden ist untertrieben, muss telefonieren, sagte ich, Seite kommt gleich.

Unfassbares erlebt, sagte Martina, lass dir erzählen. Moment, sagte ich zu den Radiogirls, muss schnell telefonieren, das iPhone. Kann alles. Telefonieren! Kein Problem.

Schrom und sein schwuler Assistent, er hat ihn noch nicht lang, erzählte Martina, und Guy, ihr Kameramann, und die, deren Namen ich mir nicht merkte, obwohl ihn Martina gerade wieder erwähnt hatte, zu fünft wollten sie tanzen gehen. Fein, sagte ich, gut, sagte ich, ins Bobotanzcafé, erzählte Martina, in die Retrohütte. Der Gatekeeper habe auf die Hose von Schroms süßem Freund gezeigt, draußen, vor dem Bobovilletanzcafé, mit Hass in den Augen und dem Spruch im fetten Hals: Du nicht. Du nicht, hatte er gesagt, zum Kurzhosenhomo, meldete Martina, sie sei außer sich, was solle sie machen. Nicht mehr hingehen, sagte ich, geh nicht mehr hin. Nichts Schriftliches? Soll ich nichts schreiben?, fragte Martina. Was hat Schrom gemacht, wollte ich wissen, Schrom macht immer das Richtige, sagte Martina.

Wenn das so ist, hatte er gesagt, und wenn heute Donnerstag ist, dann ist heute Heaven im Grindlokal, Schwulennacht in der Camera. Da gehen wir jetzt hin, hatte Schrom gesagt, ich lade euch ein. Alle fünf. Alle vier, sagte Martina, denn die Frau, deren Namen ich mir nie merke, war doch ins Tanzcafé eingelassen worden, unschwul wie sie war, am Einlassmuskel vorbei, ein Hetero muss er gewesen sein, schwuchtelfern.

Na wunderbar, sagte ich, Schrom hat das Richtige, prabo Schrom, prabo, hat das Richtige gemacht, seinen Freund wieder glücklich gemacht, der durfte in kurzen Hosen – bis zum Knie, sagte Martina – bis zum Knie, sagte ich, durfte mit Hosen bis zum Knie in die Homokellerdiske, mit euch, mit Schrom, mit dir, mit Guy, deinem Kameramann, alles paletti, sagte ich. Aber ich koche vor Zorn, sagte Martina, die haben eine Website, die Tanzcafétiers: Wünsche, Anregungen, Beschwerden. Soll ich denen mailen? Aber klar doch, sagte ich, mail ihnen deine Wut, sag es ihnen rein: Unerhört, die Behandlung, Ihr Türsteher! Hat unseren schwulen Freund nicht hineingelassen. Das soll ich schreiben? Schreib, was du mir gerade erzählt hast. Oké, sagte Martina, ich schreibe ihnen: Betrübt mussten wir zur Kenntnis nehmen, dass ein Herr aus unserer Gruppe ins Tanzcafé Jenseits nicht hineingelassen wurde, weil er ein zu kurzes Beinkleid hatte. Das willst du schreiben? Beinkleid? Betrübt? Herr aus unserer Gruppe? Bist du meschugge, wo ist da die Wut? Schreibe: Ihr elender Rassistentanzschuppen, schwulenfeindlicher, uns seht ihr nie wieder.

Es tat sich leicht aus der Ferne. Es tut sich leicht aus der Ferne, sagte ich zu Zita, die zappelte und nass wurde, denn es regnete und wir hatten keinen Schirm, wir waren in Boboville, hier trug man keine Schirme, wenn es in Strömen goss. Und hier schrieb man keine Beschwerdemails, in denen Dritte als schwul bezeichnet wurden, selbst wenn das der Grund war, warum man sie nicht im Bobotanzcafé wollte. Aber so würde ich es sagen, hustete ich ins iPhone, neu war es, ganz neu, gestern erst gekommen mit einem atemlosen Boten, elender Rassistentanzschuppen, würde ich sagen, schwulenfeindlicher, die Hose soll schuld sein? Aber ich weiß ja gar nicht, sagte Martina, ob der Türsteher ihn wegen der Schwulität nicht hineinließ oder nur wegen der Hose. Holla! Sagtest du nicht, rief ich in das regennasse iPhone, es sei wegen der Schwulität gewesen, ganz offensichtlich deswegen, die Hose sei nur ein Vorwand gewesen? Ja, aber. Naja, aber, man kann doch nicht, kann man so nicht schreiben. Das sagt sich leicht, Schwulität, es ist ein Augenschein, ganz offensichtlich, aber vielleicht sah das der Türsteher anders, sah nur die Hose, dachte an die Regel: Keine Kurzhosen erlaubt.

Dann schreib den Brief nicht, sagte ich, mir doch egal. Ich schlage hier nur Rat. Zita stand neben mir, und die Kollegin, nass waren sie, ihr Lächeln war gefroren, ihr Begleiterlächeln, das Vorsfunkhausbegleitelächeln. Die nasse Zita, schirmlos wie ihre Kollegin, wartete darauf, dass mein seltsames Telefonat zu Ende ging, damit wir auf dem iPhone, das diente solchem Zauber, die Radiomacherhomepage ansurfen konnten, um das Bild zu betrachten, das sie von Votava und mir gemacht hatte.

Warum konnte meine Freundin Martina aus Zentralboboville kein Hatemail an den Tanzschuppenbetreiber schreiben? Warum kriegte sie das nicht gebacken? Was lief da schief? Meine Freundin Martina war so seicht im Ton, weil die Leute am Campus, damals, als der *Further* noch fuhr, als der Sommer noch der Liebe gehörte und die Bäcker noch LSD aus den Körnern droschen, weil die Bourgeois damals, um den Bohemiens zu gefallen, die Political Correctness erfunden hatte. Wegen der Peeceeness griff Martina zu eierweichen Sätzen, streichelte die Bösen, statt ihnen die Augäpfel aufzustechen, und wenn jemand wegen seiner Schwulness nicht in den Tanzclub gelassen wurde, ging sie einen Deal mit dem Schwulenhasser ein, einen unbewussten Deal, meinte wie er, es wäre wegen der Hose. Wenn der Türsteher ein Türkenhasser gewesen wäre, wäre es auch wegen der Hose gewesen? Es wäre wegen der Hose gewesen und nicht wegen der Turkishness.

Der Fluch von Boboville sind nicht die Kurzhosenzumvorwandnehmer, der Fluch von Boboville ist die politische Korrektheit, das Gutmenschentum. Es verseucht die Sprache, indem es ganze Lexikonseiten den Faschisten überlässt, den Kleinbürgern, den Schlagzeilenlesern, den Lottospielern. Die Gutmenschen, die Politischkorrekten machen Gabba aus den Ausdrücken, es gibt keine Fetten mehr, keine Leute mit Vogelgesichtern, alle sind interessant, niemand lahmt, die Tauben sind nur Andershörend, und wenn man jemanden Autist nennt, weil er sich der Diskussion verweigert, tritt die Aktionsgemeinschaft der Eltern mit autistischen Kindern auf den Plan, um sich zu empören, dass damit den klinischen Autisten Schmerz zugefügt würde, ihnen und ihren Eltern, denn es sei kein Spaß, sagen sie, ein autistisches Kind zu betreuen.

Um der Sprache ihre Derbheit wiederzugeben, nannte ich mich Negerin und Tschuschin und Zigeunerschlampe, immerhin hatte meine Urgroßmutter Kraushaar und dunkle Haut, trieben sich Großvater und Vater in Bosnien herum, zog meine Sippe in ganz Europa umher, sang und spielte, soff und stritt. Bohemiens eben. Verludert und verloren, proletarisierte Bourgeois, die sich mit bourgeoisen Proletariern herumtrieben. So einer war Elmar.

★ ★ ★

Elmar, die Liebe meines Lebens, der spät zu mir Gekommene, der früh wieder Entflohene. Elmar, der Mann, von dem ich das Brennen gelernt hatte, das Inflammenstehen.

Elmar tanzte in mein Leben, noch bevor ich ihn zu sehen bekam. Mein Bruder Elmar, hatte Olga gesagt, als
sie sich die Casablanca angesteckt hatte, damals, als es in Strömen goss, im Santo Spirito, eine Kraftsuppe löffelten wir und Bach brandete an unsere Ohren. Er wird dir gefallen, das weiß ich schon jetzt, Elmar, mein Bruder. Wie lerne ich ihn kennen?, hatte ich Olga gefragt, damals, als es aus unseren Krägen dampfte, bevor die Blitze in mich einschlugen. Ach, Elmar wird dir begegnen, sagte sie, so wird es sein, Elmar wird zu dir kommen, in dein Leben treten, wie in eine offene Tür, keine Vermittlung ist nötig, kein Darficheuchvorstellen.

Als Boboville noch jung war und die Zeit noch gedehnt, hatten mich die Lomographen botanisiert. Hatten das Poughkeepsienetz über mich geworfen und mich zu einer der Ihren gemacht, zu einer Spaßgesellschaftsknipserin. Lomographie war der Hype der Zeit, alles, was es dazu brauchte, war eine elendsschlechte, klapprige russische Kleinbildkamera, mit der man lausig belichtete Bilder schoss, aus der Hüfte, über Kopf, aus der gestreckten Hand, am Fließband, hunderte am Stück. Lomographie war das Gespräch der Stadt, wer auf sich hielt, hatte eine: die kleine Lomo. Die kleine, schwarze Lomokamera aus Leningrad, aus Sankt Petersboboburg war die Freitagtasche ihrer Zeit. Jeder hatte eine, ich hatte zwölf. Und ich zog mit den Poughkeepsiebuben durch die Welt, nach Paris und Kairo, Havanna und Moskau. Und überall kannten sie Elmar. Der wird zu dir passen, sagten sie, Elmar, kein Zweifel. Paris und Kairo, Havanna und Moskau. Wohin ich auch kam, Elmar war bekannt, wen ich auch fragte, jeder wusste: Elmar ist dein Fall.

Eine leere Wohnung, leergeräumt für die Party, so war das, wenn Party war, in der Badewanne schwamm das Bier, halb untergetaucht, dazwischen für die Lahmen und Tauben: der Sprudel, für die Cornporschebesitzer oder die mit der kranken Leber. Als Boboville jung war, war es mir gerade recht, wild und ungestüm, naiv und blaubeäugt. Die leere Wohnung, in der Küche saßen die Spachtler und strichen Brot, legten Radieschen auf oder Parmesanspäne, Salamiräder, Sardellenringe. In den Schüsseln gruben die Brotverächter, suchten nach den Schätzen im Nudelsalat. Wasser trank man nur auf Russisch, im kleinen Glas, Wodka, als gäbe es kein Morgen. Und es gab kein Morgen. Der Tag war nur der kleine, warme Streifen, auf dem man in die nächste Nacht ritt.

Es muss drei gewesen sein, als ich den Raum betrat, die Müdigkeit kroch an meinen Schläfen hoch, Michael Mignon, der halb Bulgare war und halb aus Poughkeepsie, er hatte die Lomographie miterfunden und er war Doktor, Michael Mignon saß in einem Lehnstuhl und sagte: Da bist du ja! Da bist du ja, sagte er zu mir, als hätte er mich gesucht. Dabei waren wir seit sieben Wochen unterwegs, und ich war nur in der Küche gewesen, um ein Brot zu hobeln. Dr. Mignon hielt ein Kristallglas in der Hand und nippte: Da bist du ja.

Mignon war nicht alleine im Zimmer. Wir waren zu dritt in dem leeren Salon, dick wummerten die Bässe aus der Stereoanlage. Wir waren nur zu dritt, und trotzdem war der

Raum voll. Der Dritte hatte schwarze Locken wie Pasolini, er trug ein weißes Hemd, das er bis zum Nabel aufgeknöpft hatte, und er tanzte wie ein Verrückter, drehte sich im Kreis, im Dreipass, in Achtern, wie ein irregewordener Kreisel taumelte er in rhythmischen Arabesken durch den Raum. Das Feuer!, sagte der Tanzende, als er bei Mignon vorbeiwirbelte, ihm das Kristallglas aus der Hand nahm, seinen Inhalt, wohl Wodka, in einem langsamen Schwung in die Kehle goss und auf seiner Umlaufbahn durch den Raum weiterfliegend, des leeren Partygrals überdrüssig geworden, den Glaspokal in einem schrägen Wurf, im Rhythmus der Mucke gegen die Wand knallte. Alles am Tanzenden war elegant, alles gelang, als wäre es sein Tagesgeschäft, durch leere Bürgerswohnungen zu rotieren und antikes Glas zu zerschmeißen.

Das Feuer, verlangte der tanzende Pasolini jetzt wieder. Mignon warf ihm ein Zippo zu, ohne zu zielen, ohne einen Gedanken an seine Bahn zu verschwenden, warf das Feuer in den Raum, und als wäre das noch nicht kewl genug, fing der Derwisch ohne jede Anstrengung den Zünder. Aber warum hatte er keine Zigarette im Mund? Jetzt fiel es mir auf, wo der Tanzende das Zippo entflammte, jetzt, wo ich das metallischsirrende Klacken hörte, hinter dem Brei an Musik, das Geräusch, das die Zippohaube machte, wenn sie nach hinten übers Scharnier klappte. Das winzigkurze Rasseln, mit dem das Feilenrad über den Feuerstein fuhr, den Funken schlug und mit einem seufzenden Fauchen und einer kleinen, blau aufleuchtenden Wolke den Docht in Brand setzte.

Jetzt sollte eine Kippe zwischen seinen blitzenden Zähnen stecken. Aber das tat sie nicht. Der Tanzende hatte keine Zigaretten, keine im Mund und keine hinter den Ohren, keine in der Hand, und die engen Taschen seiner Jeans waren flach, ganz aper jeglicher schachtelnder Beule. Der

Mann, der durch den Raum wirbelte, hatte das Zippo entflammt, die Acidjazzmucke wummerte durch uns durch und dann setzte der Tanzende das brennende Etui an sein Hemd.

Gelbe Feuerlocken fraßen sich an ihm hoch.

Der Tänzer brannte. Mignons Augen hatten ein Leuchten bekommen, in den engen Schlitzen, die seine müden Lider noch offen hielten. Der Derwisch tanzte und brannte. Er tanzte und brannte, aber er verbrannte nicht. Das Hemd, das er trug, fiel in glimmenden Fetzen von seinem muskulösen Körper, flog durch den Raum wie glosendes Laub. Ein Unzerstörbarer, sagte ich zu Mignon, staunend, mein Mund stand offen, hast du das gesehen? Richtig, sagte Mignon, nippte an einem neuen Glas, ein Unzerstörbarer. Elmar, sagte Mignon, ich wusste, ihr würdet einander begegnen. Er wird zu dir passen, sagte er, Elmar, er kann brennen, nur er kann das.

Du bist Elmar, sagte ich, ich kenne dich, sagte ich zu ihm, als er nicht mehr brannte, deine Schwester hat mir von dir erzählt. Elmars Augen leuchteten wie große Feuerwerkskörper, mein Blick raste über seine nassgeschwitzte Brust. Makellos war sie, unversehrt von den Flammen. Du kennst meine Schwester, fragte Elmar, woher? Vom Dach der Welt, sagte ich, wo der Regen nach oben fällt, wo die Zeit in Schleifen läuft. Daher kenne ich sie, und von der Nacht, die wir miteinander verbracht haben, eine Nacht der Blitze. Eine Nacht habt ihr verbracht? Meine Schwester und du? Niemandem ist das bisher geschehen.

Ich war Elmar verfallen und fortan zogen wir durch die Nächte.

Zogen durch die vollgeloungeten Bars, stiefelten durch den versifften Pappbechersalon unten am Kanal, kletterten in das Kunsthallencafe, den Gegenkultur-Sottopassaggio, die Wanne vor dem Vergnügungspark, die verrottete Backsteinburg vor den Toren der Stadt. Überall trieben wir uns herum, machten die Nacht zum Tag, schliefen in der U-Bahn, in den Apartments Unbekannter, ernährten uns von Sashimi und russischen Gesängen, Mulligatawny-Suppe und gebratener Wurst. In den Pausen zwischen den Erlebnissen legte ich mich auf meinen Arbeitstisch und ließ meine Hand Zeichnungen machen für das Kartoffeldruckblatt und die lachsfarbene Tageszeitung. Es war eine Welt, die kein Datum hatte, keine Jahreszeiten, keine Tagesanfänge. Siebenhundertsiebenundsiebzig Leute waren es, die in dieser Welt lebten, und irgendwann hatte ich sie durch. Kannte jeden und jede, jede Geschichte, jedweden Traum, alles war Routine geworden, jede Nacht war der Zwilling der vorangegangenen, nur das Vogelzwitschern vor dem Aufstieg der Sonne war nicht immer gleich, daran erinnere ich mich. An das Vogelzwitschern und den Geruch der nächtlichen Straßen.

Ich bin es leid, sagte Elmar eines Tages, Boboville zehrt uns auf. Lass uns in die Faubourgs gehen, hinter die Boulevards, wo das Leben ist, wo es roh ist und gemein, wo keine Bourgeois sind und nur die mutigsten der Bohemiens.

Ich wachte auf. Elmar stand auf der Straße. In der Mitte des wütendsten Boulevards Bobovilles. Komm, sagte er, komm, kleine Greta vom Dach der Welt. Vielspurig zog der Verkehr der Millionen-Metropole vor und hinter ihm vorbei. Jetzt sah ich es. Elmar trug keine Schuhe. Das tat er manchmal. Manchmal brannte er, manchmal warf er Gläser an die Wand, manchmal trug er keine Schuhe. Elmar sah nach unten, auf seine nackten Füße. Dann wieder hoch, zu mir. Ich hatte Angst um Elmar, hatte Angst, eine Manie wäre in ihm ausgebrochen oder die Phantasie der Unzerstörbarkeit. Dabei war Elmar nicht unzerstörbar. Er war vom Felsen gefallen, ein Dutzend Meter tief, vom Kletterfelsen. Und dabei hatte er sich die Sprunggelenke gebrochen, man sah es ihm nicht an, dass er verwundet war, aber er war es, mein Achill. Nie wieder würde er den Eiger hochklettern, ohne Seil. Du bist Kletterer?, hatte ich ihn gefragt, als wir einen Ausflug gemacht hatten, nach Poughkeepsie unten am Fluss. Bin Kletterer, hatte er gesagt, glaubst es nicht?, haha, lachte Elmar, es gefiel ihm, wenn ich ungläubig war. Kletter die Hauswand hoch, hatte ich gesagt. Die Hauswand?, fragte Elmar. Die Hauswand, sagte ich. Und dann war Elmar die Hauswand hochgestiegen, bis in den zweiten Stock. Nur den Eiger schaffe ich heut nicht mehr. Den Eiger schaffte er nicht mehr, aber mich. Mich schaffte er, trieb mir den Angstschweiß ins Gesicht. Komm, sagte er, komm, kleine Greta vom Dach der Welt.

Ich hatte Angst. Elmar strahlte, wenn ich Angst hatte, er hatte keine Schuhe an und strahlte mich an, der Verkehr toste um ihn. Komm zu mir, sagte Elmar, nichts wird dir passieren, du hast keine Angst. Sag Halt! und es wird halt sein. Bist du sicher?, fragte ich. Ich bin es, und du bist es auch, ich sehe es in deinen Augen, kleine Greta vom Dach der Welt.

Halt!, sagte ich also dann und schritt durch den Mahlstrom wie Moses durch das Meer. Ich breitete meine Arme aus und schritt durch den Verkehr. Alles blieb stehen, Wagen, Busse, Mofas, Passanten. Die ganze Straße. Die ganze Stadt.

Okay, Schuhe, sagte Elmar, als ich ihn erreicht hatte. Die Leute begannen wieder zu gehen. Ein Herr kam vom Gehsteig herüber, kein Mann, ein Herr, vorsichtig, er zögerte, ängstigte sich vor dem Absprung, dann fand er eine Lücke und lief zu uns in die Mitte des Boulevards. Ich kann das nicht ansehen, sagte er zu Elmar, hier, hier haben Sie Schuhe. Ich trage 44er, sagte der Herr, die müssten passen. Er zog einen Karton aus der Tragetasche, neue Schuhe waren darin.

Elmar zog die Schuhe an. Wir brauchen jemanden, der sich auskennt hier. Der Jemand mit den Schuhen sagte, er sei nicht von hier und er brauche auch kein Geld, die Schuhe seien ein Geschenk, überdies sei er in Hast und müsse jetzt weiter, den Karton und die Tragetasche könnten wir behalten. Und dann sprang er wieder zurück, in die Sicherheit der Fußgängersteige.

Wir brauchen jemanden, der sich auskennt hier, sagte Elmar, er war jetzt noch größer, die Schuhe hatten ihn wachsen lassen. Ein Lada blieb stehen, der Fahrer kurbelte das Beifahrerfenster runter. Wir brauchen einen Wagen, sagte Elmar, der Fahrer sah uns an, stumm, wir stiegen ein. Elmar vorne, Greta hinten. Danke, sagte Elmar zum Fahrer, Sie sind ein Freund. не понимаю, sagte der Fahrer. не понимаю? Ich will einen Fahrer, der uns versteht, sagte Greta, sagte ich. Der Fahrer stieg aus, ganz einfach aus, aus seinem Wagen, mitten auf der Straße, ließ den Mann mit den neuen Schuhen zurück und die Meerzerteilungsmarie, ich fasste es nicht. Was machte ich da? Was hatte ich falsch gemacht? Und jetzt?, fragte ich Elmar, was passiert jetzt? Es fängt gut an, sagte Elmar.

Ein Mann mit einer Boxernase stieg ein, dunkle Haare, drahtige Bewegungen, wie eine Katze schwang er sich hinter das Steuer des verlassenen Wagens. Verstehen Sie uns, fragte Elmar. Rotor mein Name, sagte der Drahtige. Was wollt ihr? Wir wollen dorthin, wo wir noch nie waren! Wir sind es leid, Boboville macht uns krank. Schwierig, sagte Rotor. Schwierig? Wieso schwierig?

Naja, schwierig, sagte Rotor, ihr seht aus wie Leute, die schon überall waren. Er taxierte uns mit seinen dunklen Augen, ihr beide habt schon alles erlebt. Dass der Fahrer aus seinem Wagen steigt, habe ich noch nicht erlebt, gab ich zu bedenken, das war Dmitri, sagte Rotor, er spricht nur Russisch, er fährt hier auf und ab und wartet auf russische Touristen. Deswegen der Lada?, fragte ich. Deswegen der Lada, sagte Rotor, die Russen steigen nicht in normale Taxis, die Russen stehen auf der Straße, winken einen Lada zu sich und dann steigen sie ein. Wie zu Hause. Aber ihr seid keine Russen. Deswegen ich.

Bringen Sie uns irgendwohin, sagte ich. Ich überlege, sagte Rotor. Können Sie schneller überlegen?, fragte Elmar. Wir machen das so, Leute, sagte Rotor, wir fahren einfach los. Ich überlege, ihr denkt nach. Wir werden etwas finden. So machen wir das, sagte Elmar.

Rotor warf die Mühle an und eierte mit uns über den Boulevard. So machen wir das, sagte Elmar noch einmal, die Sonne ging in seinem Gesicht über den Himmel. Rotors Lada machte seltsame Geräusche, mechanische Sounds, die andere Wägen nicht machten, manchmal rasselte es unversehens, dann wieder knackte es, der Wagen war betagt, eng und er roch nach Motoröl. Rotor hing wie ein Vogel am Lenkrad, viel zu weit vorne, seine Boxerhände angewinkelt wie Fledermausflügel. Musik?, fragte Rotor, der klapprige Lada leckte den Boulevard auf, rechts lagen die Bobovilles, links die Faubourgs. Keine Musik, sagte Elmar, manchmal hatte er diesen Chefton drauf.

Rotor antwortete nicht. Niemand antwortete, auch ich hielt den Mund. Niemand sprach im Lada, minutenlang, als hätten wir Reden schon für Musik gehalten. Der einzige, der sprach, war der Lada.

Habe nachgedacht, sagte Rotor, als wir auf unserer Grande Tour über den circumferenten Boulevard Elmars Schuhekreuzung passierten. Wohin fahren wir?, fragte Elmar. Ins Aquarium, sagte Rotor. Gut, sagte Elmar. Aquarium. Was ist dort?, wollte ich wissen. Ist ne Menge los dort, sagte Rotor, und dort wart ihr gewiss noch nicht.

Rotor bog aus dem Boulevard in eine Avenue, die nach Südosten stach. Seltsame Gegend, sagte Elmar, wieso war ich hier noch nie? War Greta hier schon mal? Elmar bog sich zu mir nach hinten, auf die Rückbank. Ich schüttelte den Kopf. Langgestreckte Ziegelbauten säumten die Avenue, es roch nach Maschinen. Durch den rostenden Lada, der nach Motoröl roch und dem Leder von Elmars neuen Schuhen, drang der derbe, harzigmuffige Maschinenhallengeruch aus vielhundertmeterlangen Fabriken. Rotor, der Vogel, hing am Fenster und zählte die Straßennummern. Hier muss es irgendwo sein, japste er. Schon seit vielen Blocks waren keine Menschen mehr auf der Straße zu sehen. Hier draußen wurde nicht gegangen, hier fuhr man, und man fuhr nicht herum, wie wir, man fuhr wohin. Rotor wedelte den Lada um die Löcher, die der Winter in die Rue Faubourg Saint Bobo geschlagen hatte. Die Rückbank des Ladas war ledern und glatt, rutschig wie eine Speckschwarte, in den Kurven, die Rotor fuhr, knallte ich mal nach links, mal nach rechts. Die Vordersitze taugten nicht zum Festhalten, ihre Lehnen waren ebenso speckig wie meine Rutschbank hier hinten.

Die Tachonadel des Lada zitterte um die Zahl 90. Und dann riss Rotor das Steuer nach rechts. In einer langen Kurve schlitterte der Lada in eine Seitenstraße.

Ich hing jetzt in der Scharte zwischen den Sitzen, starrte durch die Windschutzscheibe. Vor uns, am Ende der

Straße, öffnete sich ein Platz, die hellblau gestrichene Kuppel eines riesigen Ziegelbaus bäumte sich gegen den tiefrosa Abendhimmel wie Buddhas Bauch.

Eine Menschenschlange lag in Serpentinen vor dem Portikus des klassizistischen Ziegelbaus. Eine ganz und gar seltsame Warteschlange, hunderte Meter lang. Rotors Lada glitt an ihr im Schritttempo vorbei. Die Wartenden in der Schlange trugen Bademäntel und Pyjamas. Ausnahmslos. Und alle hatten sie die gleiche Farbe, die Mäntel und Schlafanzüge, manche etwas heller, verblichen, manche kräftiger: Hellblau. Hellblau waren die Bademäntel, Nachthemden, Nikis und Pyjamas. Alle. Vom Kuppelbau wehten die lauwarm stampfenden Rhythmen antiquierten Industrie-Technos. Aquarium stand in hellblauen Antiquabuchstaben auf dem Portikus des Tanzpantheons zu lesen: AQVARIVM.

Rotor hatte den Motor des Lada abgestellt, er lehnte sich zurück und drehte sich zu uns. Jetzt sah ich wieder seine vom Boxen zerdroschene Höckernase. Rotor hatte die Art von Hässlichkeit, die ich filmisch nannte. Rotor müsste man in einen meiner Filme einbauen. Wir sind da, sagte er. Wir waren da. Elmar steckte Rotor zwei Zehner an den Spiegel. Ihr geht an der Schlange vorbei, direkt zum Eingang und sagt, ihr kommt zu Bagrat, sagte Rotor. Bagrat. Wer ist das? Bagrat? Bagrat eben. Fragt nicht so viel. Wird er mich verstehen? Keine Sorge, sagte Rotor.

Kann ich dich in einem Film einbauen, fragte ich Rotor. Sie schlug zu wie eine Keule, die Kann-ich-dich-in-einen-Film-einbauen-Frage. Sie schlägt immer zu wie eine Keule, sie fällt die stärksten Kerle. Aber ich meinte es ernst, ich wollte Rotor einbauen. Als Boxer, als Taxifahrer, als Mechaniker, ich würde mir etwas ausdenken für seine spartanischen schauspielerischen Fähigkeiten. Irgendeinen Trick würde ich mir ausdenken, um die Natürlichkeit aus ihm zu kitzeln, bei Leuten wie Rotor musste man mit Tricks arbeiten, ihnen die Angst vor der Kamera nehmen, die ihr Spiel vergiftete und sie zu tumben Puppen machte. Ihnen erzählen, die Kamera sei nur ein Brennweitenzähler, irgendein aberdummer Trick musste es sein, um Rotor darüber zu täuschen, dass Film durch die Kamera liefe, dass er jetzt gefilmt würde, wie die Rotoristen das Belichten von Material nannten. Das wirkliche Bild entstünde erst, würde ich Rotor reindrücken, wenn wir genug Brennweiten gezählt hätten, wenn wir genug geübt hätten, wir alle gemeinsam vor dem Brennweitenzähler. Jede Lüge taugte zur Verschleierung. Meine Folie dafür war Peter Sellers' Darstellung von Federico Fabrizi, jenes gefakten Regisseurs, der auf einem neapolitanischen Fischerdorfplatz nach dem 14er-Reflex verlangt und von seinem Kumpan ein Stativ ausgehändigt bekommt. *After the Fox*, sagte ich zu Elmar, Vittorio de Sica. Kaufen.

Das sei die Lichtmaschine, könnte ich Rotor vorlügen, wenn er die Kamera anstarren würde wie das Kaninchen die Schlange, sie finge das Licht ein beim *Üben*, wenn noch alle locker seien, und strahle es dann aus, wenn der wirkliche Film gemacht würde, dann, später im Studio, würde ich ihn belügen, strahle es dann auf die Stars. Und so würden sie locker werden, die Schauspieler, alles Leute wie er, würden gelingen, strahlen, bezaubern. 24mal in der Sekunde Lügen im Dienste der Wahrheit, das sei der Film, würde ich Rotor erzählen, wenn er sich gegen mich empören würde, wenn er mein Tricksen durchschaut hätte. Beschwer dich bei Godard, würde ich dann schnauben, bei Jean-Luc.

Gib mir deine Adresse, deine Nummer, sagte ich zu Rotor, der mit zitternder Hand nach einem Zettel suchte.

Die Vokabel Film hatte ihn aus der Fassung gebracht, seine Nerven gekappt. Rotor kritzelte seine Kontaktziffern auf einen angeknitterten Wisch aus dem Boxhandschuhfach seines Wagens, entschuldigte sich für das Eselsohr und erklärte mir, der Kringel vor gmail hieße Affenschwanz. rotor11@gmail.com, Rotor wäre schon weggewesen, sagte er mit einem tieftraurigen Blick. Rotor wäre schon gebucht gewesen. Ich klopfte ihm auf die Schulter, Super, sagte ich, diese Blödheit konnte ich mir nicht abgewöhnen, Super sagte ich, wenn mir nichts anderes einfiel. Danke, hätte ich sagen können, oder Wir sehen uns, oder. Wenn ich die Kohle zusammen hab für den Film, rufen wir an. Nein: Super, sagte ich und Rotor freute sich. Tränen standen in seinen Augen, er bemühte sich, von hier wegzukommen, um den Wagen anzuhalten und tief durchzuatmen. Er war entdeckt worden. Rotor würde jetzt trainieren, zu einem Superrotor werden, mir nicht gefallen, weil er nicht mehr der Rotor von vor dem Aquarium wäre.

Wir möchten hier drehen. Der Satz macht alles kaputt. In der Slowakei hatten sie das ganze vergammelte Hotel renoviert wegen des Satzes: *Wir möchten hier drehen,* scheiße hatte es ausgesehen, elendiglich umgefärbelt, aufgebrezelt, entgammelt, unbrauchbar. Wir mussten es mühsam auf kaputt trimmen. Das wollte ich Rotor nicht antun. Andererseits, sollte ich ihm sagen, bleib wie du bist? Friere jetzt ein, mach nichts anderes die nächsten drei Jahre, als so auszusehen und so zu sein wie jetzt in diesem Moment? So will ich dich haben, Rotor, original, wie du jetzt bist. Aber das sagte ich nicht. Ich sagte, schreib mir deine Nummer auf, ich baue dich ein.

Elmar kannte meine Beknacktheit und hielt sie für eine Art Krankheit, über die er nicht sprach mit mir, mein

Filmgabba hielt er für Irresein, und irgendwie hatte er auch recht damit. Super, sagte ich zu Rotor und klopfte ihm auf die Schulter, auf seine dünne, schwarze Lederjacke.

Wir stiegen aus, Elmar und ich, vertschüssten Rotor, der seine Mühle wendete und wieder in die Stadt schipperte, gingen an der langen Schlange junger Rave-Hörnchen vorbei, die in hellblauen Bademänteln und Pyjamas um den Eintritt ins Aquarium anstanden.

Und plötzlich sah ich Chris. Christian Mayrhofer, der Mann, der sich Phreak 2.0 nannte, der Mann, der mein Blog zusammengeschraubt hatte, der Mann, den zu haben wichtiger war in Boboville als einen guten Shrink, wichtiger als einen zuverlässigen Zahnarzt. Phreakowitsch, rief ich ihm zu, du hier! Komm mit uns! Chris versuchte, seine Miene in Zaum zu halten, als ich ihm näher kam. Schrei nicht so, Dusilova, lachte er, sonst fliegen wir alle drei aus der Schlange. Kein Club ist besser als dieser hier! Er zupfte abfällig an seinem blauen Mantel. Sogar den Scheiß hier habe ich mir besorgt, bleibt hier bei mir, haltet den Mund, dann geht sich das aus, in fünfzehn Minuten kommen wir dran. Aber Elmar war schon weitergegangen. Jetzt erst sah ich den Phreakhund, Archie, einen Dalmatiner. Ahoi, sagte ich zu meinem Phreakzweipunktnull und kraulte Archie hinterm Ohr, wir sehen uns drinnen!

Oben an der Türe, ein Flügel stand offen, sieben Stufen musste man hoch, standen drei muskulöse Brüder in schwarzen Sakkos und goldenen Rollkragenpullovern, ihr schwarzes Haar nach Poughkeepsiefortgehart mit Gel nach oben gebürstet. Karottenrot stachen ihre Gesichter in den Himmel, Bräunungscreme, im Solarium emailliert. Ich komme zu Bagrat, sagte Elmar zum Tormuskel. Und, sagte der Tormuskel, seine Schläfen pulsierten. Ich komme zu Bagrat, wiederholte

Elmar. Ich sagte und?, kam es aus dem Hals des Muskels. Aber Elmar gab nicht auf: Was und?

Hör mal, du Pfeife, sagte der Muskel jetzt, schob seine Goldrahmensonnenbrille hoch, und? heißt: Soso, du kleiner Flachwixer willst also zu Bagrat und weiter? Und überhaupt, legte er nach, du und die Trulla hier, dabei zeigte sein huskyblaues Pupillenduo auf mich, habt das Falsche an für hier. Er deutet mit dem Kopf auf all die Wartenden in der Schlange mit ihren hellblauen Pyjamas und Schlafmänteln.

Wieso das Falsche, sagte Elmar, ist doch egal, worin ich

schlafe. Pyjamaparty hier, oder? Wenn ich um sieben erschöpft ins Bett falle, kleiner Türbewacher, dann habe ich keine Zeit für große Toilette. Dann falle ich in die Harfe, so wie ich bin. Die Brille des Muskels war wieder auf seinen Nasenrücken gerutscht. Der dritte Türsteher, er stand dort, wo bei Atlantikfliegern der Navigator hockte, fischte mit der Hand hinter die angelehnte Tür und zog zwei zerschlissene Morgenmäntel hervor. Hellblau beide. Einen für mich, einen für Elmar. Schon besser, sagte der Einlassmuskel. Und jetzt?, fragte Elmar, es war seine Kann-ich-dich-filmen-Frage, ich hasste ihn dafür, er reizte die Tumben bis zur Weißglut mit solchen Nachsätzen. Er war zu schnell, Elmar, für die Schläge, die solche Leute austeilten, sie ermüdeten an ihrer Wut, trafen ihn nie. Aber er war geschult, der Muskel, und fiel nicht rein. Wenn ihr zu Bagrat kommt, sagte er, dann zieht ihr euren Fummel jetzt an und geht einfach rein. Soll ich euch tragen?

Ein kleiner Spalt ging zwischen den Henkern auf, so breit wie Elmar, durch einen zweiten, der zwischen den Schwarzjacken erschien, schlüpfte ich hindurch. Das Schwadengemisch aus den schwitzenden Gelköpfen der Tormänner mischte sich mit dem tranigen Gestank, den die beiden für Herrenparfum hielten. Wir waren drinnen.

In den Gängen stauten sich die Blaumäntel, ohne das Stampfen der Musik hätte die Besatzung hier an eine Lungenheilanstalt erinnert, ausgemergelte Gestalten in hellblauer Kluft, Pappbecher in der Hand und Zigaretten im Gesicht.

Elmar pflügte durch die Patienten, hatte mich im Schlepptau wie eine kleine Jolle, die auf den Wellen hinter dem Hauptschiff tanzt. Vor uns lag die brodelnde Tanzfläche, kreisrund. Über uns spannte sich die mächtige Kuppel des Planetariums, Sternenkonstellationen rasten in aberwitziger Geschwindigkeit über uns hinweg. Der Techno, den die Kameraden auf der Plattenreiterbrücke aus ihren Mischpulten
kitzelten, war fast zehn Jahre alt, dies hier war ein Retro-Clubbing, von dem die Patienten nichts ahnten. Sie hielten die Mucke hier draußen in der Vorstadt für das Jetzt.

Das Jetzt griff nach Elmar und schleuderte ihn in den Mahlstrom. Ich stand am Ufer, mir war nicht nach Tanzen, mir war die Mucke zu weiß. Und ich hatte Durst. Ein kleiner Stricher kam neben mir zu stehen, der Typus Klappenmücke, die für einen Zehner alles macht, er stand einfach neben mir. Zu nahe, um nur zufällig da zu stehen. Er stand da wegen mir, unbedarft, und er sah Elmar beim Tanzen zu. Ich möchte dich in einen Film einbauen, hätte ich jetzt sagen können, dachte ich, die große Keule auf die kleine Ratte sausen lassen, aber ich verschnürte meine Lippen, lächelte ihn an, jetzt wo ich das hellblaue Gezappel vor mir sickern ließ.

Wann fängt er an mit seinem ersten Satz, fragte es in mir, und dann sagte die Mücke: Ihr kommt zu Bagrat? Ich nickte. Der Schöne da und du. Ja, er ist schön, sagte ich. Ist er schwul?, fragte die Mücke. Die Frage gab es nur mit Nein als Antwort. Kein Schwuler auf diesem Planeten irrte sich, die Frage war nur rhetorisch gemeint, seit Anbeginn der Planetendrehungen, seit der Selbsterfindung der Sexualität gab es auf diese Frage nie ein Ja als Antwort, nicht mal ein Vielleicht gab es darauf, seit die Fische aus dem Wasser gestiegen waren. Ist er schwul?, auf diese Frage bekamen nur Heteros eine andere Antwort. Ist er schwul? war die Verkürzung von: Er ist schön, ich möchte ihn haben, aber er ist hetero und er gehört dir. So ist es, sagte ich zur Mücke, wir kommen zu Bagrat. Die Mücke verschwand. Tauchte plötzlich wieder auf, drei große, kalte Mojitos gekrallt. Und jetzt taumelte Elmar vorbei. Aufgezogen und alert. Er griff nach dem Mojito, Bagrat wird euch empfangen, sagte der Kleine. Bagrat, wer

auch immer das war, er schien zu existieren. Was hatten wir hier am Laufen!

Die Mücke nahm uns die leeren Mojitos ab, tänzelte vor uns durch die Blaumäntel zum anderen Ende des Saals, zog eine weiße Karte aus seiner Kinderhosentasche und hielt sie vor einen Magnetsensor. Das Schloss in der schwarzen Eisentüre vor uns schnappte. Es ging eine Treppe hoch, weinroter Plüsch spannte sich über die Wände. In goldenen Rahmen hingen abwechselnd Pornoköniginnen in Arbeitspose und die lieblichen Sommerlandschaften eines mediterranen Landstriches, Büsche voll Blüten, im Hintergrund das azurblaue Meer. Montenegro? Die Riviera, die Cinque Terre, Amalfi, Grusinien, die Krim?

Am Ende einer weiteren Pornogalerie verließ uns Mücke. Er öffnete noch schnell die Tür und wieselte wieder in die Anonymität, nach Art der Domestiken, die das Talent verfeinert haben, ungesehen zu entkommen.

Ein langer Raum lag vor uns, eine Art Salon, weitläufig, düster, wie die Kommandobrücke eines Schiffes überblickte er die Tanzfläche. Eine Panzerglasscheibe nahm die ganze Längsseite der Suite ein. Von unten war mir die große Scheibe, wohl an die zwanzig Meter lang, nicht aufgefallen.

Eine dünne Stimme stach aus dem Dunkel des Raums. Eine Zigarillofahne näherte sich, dahinter ein Mann mit glasigen Augen, ausgemergelt, als hätte er Krebs, ein Schatten mit eingefallenen Schultern, aber starken Händen. Der Schatten war eine Chimäre aus Kid Rock und Hugh Hefner, es war Bagrat, das war mir klar, noch bevor seine dünne Stimme aus dem Dunkel stach. Bagrat trug einen hellblauen Seidenmantel und einen schmalkrempigen Hut. Auf der rechten Brust seines Boxermantels prangte in vier Versalien das Wort KING, darüber war eine goldene Krone gestickt.

Sie tanzen, sagte Bagrat, brav. So mag ich das. Alle tanzen. Bagrat sprach Kartuli. Ich war mein Lebtag nicht in Georgien gewesen, aber ich verstand sein Gabba. Auch Elmar schien ihn zu verstehen, es war, als ob das Verständnis dieser Sprache nur geruht hatte, bis jetzt, wo es aus dem Dunkel trat und glänzte, wie ein Zauberkristall.

Du bist Andrea, sagte Bagrat in seinem näselnden Krächzen, und der Schöne ist der Bergsteiger, Elmar, er tanzt wie ein Gott.

An einem großen Tisch, gedeckt mit rotgoldenem Seidenbrokat, darüber weißer Taft, standen Batterien von Flaschen, Wodka machte ich aus, Sekt, eine ganze Orgel an Cognacs, Teller mit Blinis und eine Riesenschüssel mit tiefschwarzem Mus, es musste Kaviar sein. Schawi zǧva, fragte ich Bagrat, Schwarzmeer? Kaspiis zǧva, sagte der Grusinier, Kaspisches Meer. Setzt euch, sagte Bagrat, wir sind hier sehr einsam, tagein tagaus dasselbe Lied. Früher kamen sie öfter zu mir, Bobby Dylan war mein Gast, Cash, Joni Mitchell und Mastroianni. Er trank gut, der kleine Italiener. Ein Könner.

Am Tisch saßen Bagrats Hände, ein Mann in einem antiken sowjetischen Trainingsanzug, CCCP sagten die weißen Buchstaben auf dem blutroten Teil. Neben ihm saß ein Hagerer, er hätte in einer anderen Konstellation Ähnlichkeit gehabt mit dem Herzog von Kent, er hatte ein schmales Gesicht und eine lange Pferdenase, sein Haar war auf der einen Seite lang gewachsen und in Strähnen über seine Spiegelglatze gelegt. Ich nannte ihn, als ich ihn sah, den Mann mit dem ausgeborgten Haar. Der Mann im Sowjetanzug legte Coca-Lines auf. Den Männern auf den Knien saßen zwei blonde Frauen, sie mussten auf den fetten Äckern Russlands großgeworden sein.

Sind das die Trottel?, fragte eine Frau mit kalten schwarzen Augen und Haar wie die Nacht. Sie trug Uma Thurmans gelbe Sneakers, saß wie eine Königin, es musste Bagrats Frau sein. Rusudan, sagte Bagrat, meine Frau. Eine gute Frau, aber sie streitet gerne. Sind das die Trottel, alter Mann?, fragte Rusudan jetzt wieder. Sie sind interessant, sagte der Seidenmantelmann, sie interessieren mich, sie sind unsere Gäste und ich mag sie. Ich mag unsere Gäste, sie gefallen mir. Sie werden uns interessante Geschichten erzählen von dort, wo sie herkommen, mein Perlchen.

Elmar stand staunend wie ein Kind vor einem riesigen Aquarium hinter uns, rote Goldfische schwammen darin und ein Schwarm weißer Knollen. Frösche, schrie Elmar, weiße Frösche, weiße Albino-Frösche! Und sie haben keine Augen! Sie haben keine Augen, sagte Bagrat, sie sind die Enkel und Enkelsenkel von Stalins Fröschen. Fette Frösche waren das, wohlgenährt, sie aßen nur Hirn. So sagt man. Hirn, Trottelhirn.

In einem zweiten Aquarium, es war so lang wie vier Badewannen, schwammen weiße Störe, groß wie tote Mädchenbeine.

Setz dich, sagte Bagrat zu Elmar, lass die Fische, sie werden depressiv und hochnäsig, wenn man sie zu sehr bewundert. Wie heißt du? Elmar, sagte mein Achill. Elam?

Elmar. So heißt doch niemand. Elmar, so heißt mein Frisör, grollte Bagrat, nimm dir einen Stuhl! Bagrat setzte sich. Er saß tief wie ein Kind, er musste einen Sessel mit kürzeren Beinen haben, die Tischplatte ging ihm nur bis zur Brust. Setz dich, Niemand! Elmars Miene hatte sich verfinstert. Er setzte sich. Er war still. Er hatte Angst.

Kannst du trinken, Niemand? Bei mir hat jemand erst einen Namen, wenn er trinken kann, bis der Tisch in den Himmel gewachsen ist. Darf er trinken, dein Mann?, fragte Bagrat in meine Richtung. Elmar darf alles, alle dürfen alles, ich bin da ganz frei. Kann er richtig trinken?, fragte
Bagrat. Ich glaube schon, sagte ich. Sie glaubt, sagte Bagrat und lachte mit seinem heiseren Stimmchen, sie glaubt, deine Perle, hörst du, Niemand, sie glaubt. Woran glaubst du noch, Perle?, fragte Bagrat jetzt wieder mich. An Jimi Hendrix, sagte ich. Wer ist das?, fragte der Blaumantel. Der Gott der Gitarre, sagte ich. Soll man den kennen?, fragte Bagrat. Wenn man will, kann man ihn kennen, sagte ich. Schreib auf, Tschemigendriks, rief Bagrat dem Mann mit dem ausgeborgten Haar zu, Tschemigendriks, einladen. Er ist tot, sagte ich. Wie auch immer, sagte Bagrat, was trinken wir? Gieß uns ein, Häschen! Der Georgier legte ein riesiges Taschenmesser auf den Tisch. Häschen Rusudan stellte eine staubige Flasche auf den Tisch. Das ist Tsinandali, sagte Bagrat, Jahrgang 1936. Ich habe 1217 Flaschen davon. Ich habe Stalins Weinkeller, Friseur. Den ganzen Keller von Papa Dschugaschwili. Er öffnete das Taschenmesser. Statt einer Klinge klappte ein Korkenzieher heraus. Bagrat schraubte die Stahllocke in den Tsinandali und entkorkte Stalins staubigen Ampfer.

Niemand, krächzte Bagrat, auf was trinken wir? Wir trinken auf den Himmel, sagte Elmar. Komm mir nicht mit dem Scheiß! Es gibt keinen Himmel. Der Himmel ist eine Erfindung von den griechischen Popenschwuchteln. Er drehte sich zu seinen Assistenten: Was sagt ihr? He, ich rede mit euch! Häschen, hol Gläser für die beiden Trotteln. Gelangweilt erhob sich Rusudan und ging zu einer gewaltigen Anrichte mit fünf Gläserpyramiden. Frag ihn nach seiner Tätowierung, sagte das blonde Wesen, das auf dem Trainingsanzugsmann klebte, kaum hatte sich Rusudan ein paar Schritte entfernt. Die Machtverhältnisse hier an der Tafel oszillierten schnell. Rusudan verteilte Gläser, Bagrat goss strohgelben Tsinandali ein. Es roch süßlich und nach Keller.

Frag mich nach meiner Tätowierung, sagte Bagrat zu Elmar. Niemand will sie sehen, Bagrat, niemand will sie sehen, jaulte Rusudan. Die Blonde vom Trainingsanzugmann zog eine Line hoch. Halt mein Glas, Häschen, sagte Bagrat, zog seinen Mantel aus und knöpfte sein Hemd auf. Auf den trinken wir! Der Georgier schälte sich aus seinem Hemd, stand auf von seinem Thron und spannte die Brust. Sie war tätowiert. Mit einem überlebensgroßen Porträt eines schnurrbärtigen Generals. Jossif Wissarionowitsch Dschugaschwili, genannt Stalin. Jossif Wissarionowitsch Dschugaschwili. Papa Stalin, deklamierte Bagrat. Auf Stalin, toastete er, auf den Stahl, Niemand! Große Stadt! Große Stadt, war der Toast, mit dem man sich hier bei den Bagratischen zustieß, Grandville rief ich. Bagrat stieß mit Elmar an. Große Stadt, rief es aus Elmar, seine Augen leuchteten wieder. Auch die Blondine, die ich Lena nannte, und ihr Gespiel, der Trainingsanzugsmann, hoben jetzt ihre Gläser und stießen mit uns an. Große Stadt, kleiner Mann, sagte Lena. Auf die Stadt, sagte Rusudan, sie ließ sich Zeit beim Gläserklirren.

Die zweite Blonde, ich hatte ihr insgeheim den Namen Volga gegeben, ohrfeigte den unter ihr Weggeschlafenen, den Mann mit dem geborgten Haar. He, du Pfeife, herrschte sie ihn an, jedes Mal das Gleiche mit dir! Ich blase dir einen, und du schläfst uns hier den Tisch voll! Wach auf!

Ich suche jemanden, sagte Elmar. Er suchte jemanden, wieso wusste ich das nicht? Ich war mit Elmar nun sieben Jahre zusammen, hatte mit ihm gebrannt, die Nächte vom Kalender gerissen und die Tage ins Koma gelegt, und ich wusste nicht, dass er jemanden suchte? Wir waren an diesen seltsamen Ort gefahren, mitten in die Hölle der Vorstadt, und das war der Grund? Nu, krächzte Bagrat, wen suchst du, Friseur? Elmar zeigte Lena ein Polaroid. Andrej war darauf
zu sehen, einen riesigen Fisch hielt er in der Hand. Andrej Turkin, der Mann, mit dem ich durch Moskau getingelt war, als ich dort war mit den Lomographen.

Kennt ihr jemanden, der so aussieht? Elmar zeigte Lena das Bild. Turkin, sagte sie, Andrej Turkin. Ein feiner Mann, ein Mann wie ein Pferd, ein Dichter, ein Herr! Bagrat ließ sich das Bild geben, Lena reichte es ihm, ihre Brüste wippten, als sie sich über die Tafel spannte. Der Mann mit dem ausgeborgten Haar griff nach ihr, benimm dich, so lehnt man sich nicht auf den Tisch! Er stopfte sie wieder auf ihren Sessel. Kenn ich nicht, sagte Borgehaar und auch der Trainingsanzugsmann wollte Turkin nicht kennen. Nie gesehen, Turkin heißt der? Was macht er? Er ist Dichter. Er schreibt Lyrik, schöne Lyrik, Gedichte: *Du blickst zum Himmel – nur Sterne des Alls,* deklamierte Elmar leise, *Sie dünken als Sonnen am Himmel mir bald, wahrscheinlich wird jemand auch über sie sagen: Ein Perlenkollier mit gerissenem Faden. Ein anderer,* hauchte Elmar ergriffen, *sieht sie wie Fettaugen schimmern, an den Sand einer Sanduhr sie andre erinnern, sie ähneln 'nem Gläschen, so seh ich den Fall, doch blickst du zum Himmel: nur Sterne des Alls!*

Sehr schön, sagte Bagrat, ein Dichter, dein Freund, wovon lebt er? Das war die Frage, auf die hin es in mir zu kochen begann. Wovon lebt er? Wovon lebt er, wovon lebt er. Was sollte der Scheiß, er lebt von den Gedichten, so wie ihr hier vom Leuteausnehmen, ein feiner Kerl, schrie ich Bagrat an, ist Turkin, trug die betrunkenen Lomographen auf der Schulter in die Herberge, wären sonst erfroren, am Weg nach Hause, lagen schon im Koma, als sie fortstiefelten, bis zu den Tränensäcken abgefüllt mit Stolychnaja. Ah, sagte Bagrat, dein Püppchen gibt Gas! Also wovon lebt dein Turkin, Friseur, von den Gedichten lebt er nicht, auch wenn dein Püppchen hier tobt. Er arbeitet für einen indischen Maharadscha, sagte Elmar. Er kauft in Moskau Kunst für ihn ein, auf Auktionen, in Privatsammlungen, in den Antiquitätengeschäften am Arbat, in Hinterhöfen und auf einsamen Parkplätzen, am Izmailovsky-Flohmarkt. Gefährliche Sache, sagte Bagrat, hat er ein Budget? Hat er, sagte Elmar. Wie viel pro Jahr? Zweistellig in Dollares, sagte Elmar. Ich hoffe, er lebt noch, dein Dichter, sagte Bagrat. Gegen Andrej bin ich ein Gartenzwerg, sagte Elmar, Andrej ist ein Stier, den bringen sieben Männer nicht um. Feuer flackerte in seinen Augen, Elmar war wie ein Kind, wenn er von der Kraft eines Freundes sprach.

Kennt ihr den Roten Platz, sprang es aus Elmar, den Roten Platz, die Kremlmauer, das Leninmausoleum? Vor der Mauer, erzählte er, stehen Kiefern. Ihr kennt sie, jeder kennt sie. Die schönsten Kiefern von Russland, die berühmtesten. Eines Abends, es war Winter, zwei Tage vor Weihnachten, ist Andrej auf den Roten Platz marschiert, vollgelaufen mit Wodka, statt eines Gedichtes in der Hand hatte er eine Axt unter dem Mantel. Andrej taumelte zu den Kiefern. Aber nicht zu irgendwelchen Kiefern, nein. Er wackelte zu den berühmtesten Kiefern unter den berühmten Kiefern am Krasnaja Plochad. Kleine Kieferchen, links und rechts von Lenins Mausoleum, die wichtigsten Bäume von Russland, am berühmtesten Platz der Welt. Kleine, wuschelige Kieferchen, so hoch wie ein Zimmer, es war Winter, kalt, der Platz war in künstliches Licht getaucht, die Ewige Wache vor Lenins Gruft sah geradeaus. Wachte über Uljanows Korpus. Weihnachten war bald. Neben dem Mausoleum standen sie, gleich daneben, kleine, wuschelige Kieferchen, Andrej holte seine Axt aus dem Mantel und fällte sich einen Weihnachtsbaum. Ein Dichter, er war betrunken und trotzdem dachte er noch lyrisch, nicht irgendein Weihnachtsbaum musste es sein, der schönste Weihnachtsbaum musste es sein. Der schönste von ganz Russland. Andrej steckte die Axt wieder in den Gürtel, schloss den Mantel, stellte den Kragen hoch und zog die Kiefer quer durch Moskau. Nach Hause, zu seiner Mutter. Ich bringe dir einen Weihnachtsbaum, Mamuschka, hatte Andrej Turkin gesagt, wenn es Morgen ist, bin ich wieder da. Dann hast du dein Bäumchen. Als es Morgen war, war der Baum bei Mamuschka, der betrunkene Turkin lag darunter und dann kam die Miliz. Ein halbes Jahr Bau fasste er aus, Andrej Turkin, mein Freund, ich suche ihn. Er würde es wieder tun, hatte Andrej gesagt.

Schöne Geschichte, sagte Bagrat, gefällt mir, dein Andrej, könnte für mich arbeiten, wenn ihn der Inder nicht mehr will. Wo kann ich hier auf die Toilette gehen, fragte Elmar, er wollte Wasser trinken, das wusste ich, um den Alkohol zu verdünnen, den Bagrat in ihn hineinleerte.

Was machst du, wovon lebst du?, fragte Bagrat mich. Kaum war Elmar vom Tisch, konzentrierte er sich auf mich. Ich bin U-Boot-Technikerin, log ich, ich konstruiere die Antriebe für die schwedischen U-Boote. Du fixt die, krächzte

Bagrat, die Motoren von den U-Booten? Es wird immer besser mit euch Friseuren! Motor, sagte ich kalt. Ich muss schon bitten, Motor ist nicht der richtige Ausdruck, Monsieur. Ein Fiat hat einen Motor. U-Boote haben Maschinen. Sehr gut, jauchzte Bagrat, die Trulla gefällt mir, U-Boote, Maschinen, alles mit den kleinen Patzehänden. Weiß das dein Macker?, fragte Bagrat. Nein, sagte ich, er glaubt, ich sei Filmemacherin.

Elmar kam zurück an die seltsame Tafel. Was ist jetzt mit deinem Weihnachtsmann, wie hieß er, Friseur? Turkin, Andrej Turkin. Turkin, sagte Bagrat, sollen wir den jetzt suchen? Er zog seine hellblaue Kluft aus und schickte den Haarausborgemann nach seiner Jacke.

Lass uns gehen, Niemand, mich ödet das an, hier. Die Weiber bleiben und die Trottel.

Bagrat deutete auf das halbvolle Glas an Elmars Platz. Er goss den Johann aus seinem Pokal in die faltige Kehle, auch Elmar leerte sein Glas. Und dann gingen die beiden. Seither habe ich Elmar nicht wieder gesehen. Er ist mit einer schönen Frau verheiratet, habe ich erfahren, einer Klugheit aus Poughkeepsie, sie managt einen französischen Taschensalon. Und eine kleine Tochter hat Elmar, sein Augenstern, wie es heißt. Elmar, den ich so liebte wie Feuer das Holz, er war im Aquarium aus meinem Leben getreten. Mit einem Mann, der aussah wie der Cousin von Kid Rock und Hugh Hefner. Der Stalin auf der Brust trug, für immer.

Sollen wir dir ein Taxi rufen, fragte mich Rusudan, ihr Ingrimm war geschwunden, ohne Bagrats Nähe war sie ein anderes Wesen. Rotor wird mich holen, hier ist seine Nummer, sagte ich.

Andrej, sagte Lena jetzt, ich muss es jetzt sagen, Andrej ist tot. Tot, sagte ich, mich traf das Wort wie ein Schlag, wieso ist er tot, fragte ich, er kann doch nicht tot sein, er war doch gesund. Seltsam, wie es kam, dass die Sprache schneller war als die Seele, ich hatte gesagt: Er war doch gesund. Sie war genau, die Sprache, haltlos und präzise, wie ein Messer schnitt sie in die Wirklichkeit. Meine Seele hatte sagen wollen: Er kann doch nicht tot sein, er ist doch gesund. Meine Seele, mein Atem, mein Herz aber waren keine Messer, sie waren Blumen, fragil und weich. Aber die Sprache war ein Messer und sie schnitt jetzt in mich. Andrej war tot.

Wieso war er tot? Er fiel aus dem Fenster, sagte Lena, es stand in der Zeitung, er war ein Dichter, sagte das Fernsehen, wohnte im siebenten Stock. Es war Abend, Andrej ging auf seinen Balkon, er war schon après, trug nur eine Unterhose, wollte eine Zigarette rauchen, und dabei muss er hinuntergefallen sein, er war tot, sieben Stockwerke fiel er, das ist tief. Wieso ging er auf den Balkon in der Unterhose?, es war kalt in Moskau, hatte minus zwanzig Grad.

Vielleicht war es Selbstmord, sagte es aus mir, vielleicht wollte sein Dichterherz nicht mehr leben. Vielleicht, sagte Lena, vielleicht trug er eine Unterhose als letztes Hemd. Vielleicht sprang er hinunter. Sachen passieren, Menschen tragen Unterwäsche, Menschen werden depressiv, jeder ist ein kleiner Kreml, mit einer hohen Mauer drum herum. Und seltsamen Gesetzen in seinem Inneren.

Vielleicht war es Mord, stammelte ich. Ja, daran dachten sie auch, die Leute, die ihn gut kannten, sagte Lena, ich sehe aus wie eine Schlampe, aber das ist nur mein Job, ich habe Freude, die sind Dichter wie Andrej, nicht solche Torfköpfe wie Bagrats Gestalten. Und war es Mord?, fragte ich Lena. Vielleicht, sagte Lena, Andrej hatte seinen Pass dabei, als er vom Balkon fiel. Aber wenn es Mord war, warum war die Wohnungstüre von innen versperrt? Und wer brachte

Andrej um, in der Unterhose, mitten im Winter, drückte ihm den Reisepass in die Hand, bevor er ihn von Balkon warf? Und hätte sich Andrej nicht gewehrt? Er war stark wie ein Bulle. Ich weiß, sagte ich, er hat den Lomographen durch Moskau getragen, auf der Schulter, drei Stunden lang, von einem Ende ans andere.

Hier ist ein Telefon, sagte Volga, sie reichte mir ihr Handy. Ich tippte Rotors Nummer. Elfmal läutete es, dann war Rotor dran. Kannst du mich holen, Rotor, hauchte ich, ich bin müde.

★ ★ ★

Es war wieder warm geworden. Die Wärme weckte mich, strich durch meine Bleibe wie ein Geschenk. Wenn es warm war, war es leiser in Boboville, die Wärme dämpfte die Geräusche, gab ihnen einen Schleier. Und die Wärme transportierte die Gerüche. Elmar, wo war er geblieben? Hatte den toten Freund gesucht und nie gefunden. Manchmal rief ich Elmar an, ich hatte seine Nummern, aber er rief nie zurück.

Ich saß an einem meiner beiden Schreibtische und tippte in das Macbook, es war schon zerkratzt vom vielen Arbeiten, das S auf den Tasten war verwischt, ich sah es nur in der Nacht, wenn die Buchstaben leuchteten, auch dem A ging es schon schlecht, ich machte mir Sorgen um meine Buchstaben, denn es war meine Maschine, mein Gerät, mein Hobel, mit ihm verdiente ich mein Geld. Es sah aus wie all die anderen Apples, silbern und schmal, aber es war mein Hobel, mit ihm hob ich Späne aus der Welt, bis sie in Brettern lag, geordnet und gefügt. Glatt und gelungen.

Boboville war bunt, aber es war in Ordnung, dafür sorgten die Protestanten. Sie tauschten Farbe gegen Geld, legten die Welt in die Auslage und die Gedanken an den Kai.

Die Ordnung ist das Oberste, das Erste. So hatte ich es im Bonbonvillegeschäft gelernt, in der Sakristei des Beginns. Ohne Ordnung gibt es kein Boboville, ohne Ordnung kein Geschäft. Die Ordnung kommt aus Japan und von den Mönchen, sie haben wieder Konjunktur, man hört ihre Gesänge, schleicht sich zu ihnen, um DDR-Aufarbeitungsfilme zu schreiben. Die Farbe ist das Zweite. Boboville ist bunt, bunt wie mein Bonbongeschäft. Die Farbe haben die Hippies aus Indien geholt, aus der Ukraine, die Farbe ist Rebellion. Das Dritte ist die Sammlung, ist das Sammeln. Ohne Sammeln gibt es keine Ordnung, keine Farbe, kein Boboville.

Manche sammeln Geld für die Blinden in Bosnien, die Genitalverstümmelten in Gambia, die Unzufriedenen in Usbekistan oder nur schlicht dafür, dass Obama ins Oval Office kommt.

Die meisten aber sammeln wie Tex irgendwelchen Scheiß, zufällig zur Sammlung Verkommenes, Selbstgelaufenes, Coverversionen von *La Paloma* oder englische Motorräder aus den Sixties. Lukas Beck, der Fotograf mit der Johannes-der-Täufer-Frisur, sammelt Großformate, von den Psychiatriepatienten gemalt. Die Fotografen, sie haben mehr Geld, greifen zu Teuerkunst, zu Originalen. Das Sammeln ist ihnen schon in den Finger gelegt, ihre Arbeit besteht aus Sammeln: Abdrücken, Einfangen, Belichten.

Ulrich Seidl, der nur Schwarz trägt wie Hurch und ich, sammelt das Abgründige im Alltäglichen, macht daraus bestürzende Filme, mit denen er sich am Filmolymp einschrieb, Kurt, mein lieber Kurt, sammelt Erwähnungen und Ansichten des Hotel Cornavin am Lac Léman, Christopher

Wurmdobler und Lolek Tomtschek von der Clubbing-Compagnie H.A.P.P.Y. sammeln die Plüschtiere, die Vorstadtteenies auf die Bühnen der Teeniepopbands werfen, um ihnen die Köpfe abzuschneiden und neue dranzumachen. Und die Lomographen sammeln Lomographen, stehen im Sold der Illuminaten und arbeiten sich an der Phantasie ab, mehr Lomographien zu erzeugen, als es Atome im All gibt. Die wildeste Leidenschaft aber hatte einer von Zladjans Junkiefreunden entwickelt, ein Schmied namens Thier. Als er noch lebte, sammelte er Schwerter. Für seine Leidenschaft war ihm

kein Risiko zu hoch. Um sich an seiner Klingensehnsucht zu erigieren, war er schon mal mit Krücken und Fakeholzbein ins asiatische Kunstkabinett marschiert, hatte ein Katana von Kanenobu aus der Halterung gehoben, den Samuraisäbel ans Fakeholzbein geschnallt und war mit dem Zweihunderttausenddollarschwert aus dem Museum gehumpelt.

Auch Greta vom Dach der Welt, auch ich, die Maschinenmaria, bin befallen vom bobovillesken Sammelpilz. Ich sammele Paprikasorten und Pfeffervarianten, habe siebenunddreißig Salzsorten in meiner Küche und Rosinen aus sieben Herren Ländern, eine für jede Sorte Reis, mit der ich Ruzz bi-l-mukassarat schon zubereitet habe. Ich sammele Gitarren, habe mehr davon als Sorten Salz und je mehr sie werden, desto lieber werden sie mir, jede entfaltet eine eigene Welt, hat ein eigenes Temperament, andere Töne erlebt, das Holz in andere Rhythmen getaucht. In Haight-Ashbury habe ich mich mit dem Fieber des Rockpostersammelns angesteckt, limitierte Siebdrucke in den ungeheuerlichsten Farben und schändlichsten Motiven, Coops rotgesichtige Teufel, Sadomasomiezen und andere Tätowiervorlagen, alle zwei Wochen lasse ich mir ein neues Werk kommen, übers Netz bestellt bei den Schweizern, die darin gut sind, im Silkscreenhandel, Klang und Kleid heißen sie, verkaufen Bobovillescheißdreck, Seventiesschnickschnack, Lavalampen, Südseehemden, Aloha Blumenketten, Endless-Summer-Strandtücher, Tikiplunder, Solartaschen, Snug Hemden, Vintage Möbel.

Bleistifte horte ich, dreihundertsiebenundneunzig davon habe ich, idente Dreihundertsiebenundneunziglinge, jeder gespitzt wie ein Herzstichel, bis auf den einen, mit dem ich gerade schreibe, dem mangelt es an Schärfe. Sobald seine Spitze rundgeschliffen ist, greife ich zum nächsten, schwarz sind sie, beim Kartoffeldruckblatt habe ich sie mir gegriffen, die Poughkeepsiebande dort hat Verständnis für meinen Tick.

Sogar richtigen Müll sammle ich: Die erfundenen Namen der Absender von Viagramails. Ich habe einen eigenen Ordner in meinem Mailprogramm, ausschließlich reserviert für Rosina Stiel, Alissa Whitt, Tonja Premeaux, Casey Mead, Dianne Salter und Hemmert Acklen, Ahmed Wempa, Marcene Racedo, Walljasper Branecki, es ist einfach wunderbar, wer denkt sich diese Namen aus, welcher Dichterkönig, was für ein Talent ackert da in der Anonymität, oder irre ich da, ist es einer von uns? Es muss ein Bobovillain sein, geschult in der Satire, einer von meinen Freunden gar, der sich Smith Bangura ausdenkt und Marshall Suran, Martina Iluminada und Whitling Grueninger. Funny Names heißt der Ordner, mein Plan ist es, einen Film zu machen, dessen Charaktere ausschließlich Viagraspamnamen haben: Anjuschka Großkopf, Violetta Schmitz, Priscila Temple, Roddie Stier, Tami Clark und Weldon Quintana.

Boboville ist eine ununterbrochene Ernte. Anders als in Poughkeepsie, wo es nur einen einzigen Herbst gibt. Aber von dort haben wir ihn ja, den Sammelwahn, vom Land, wo die Bobovillains aus den Gummistiefeln gestiegen sind. Und wenn sie schon Zweitgeborene sind wie ich, Kinder der Frühbobos, dann ergeben sie sich der Dauerernte, schließlich ist das hier ihre Stadt. Die Stadt in den Städten. Boboville.

Mit dem Sammeln ist es wie mit den Rosen, die Liebende einander schenken, in der Ahnung, das Schenken von Rosen werde irgendwanneinmal aufhören, sie hängen die Rosen an die Wand, nach unten, wie sich das rumgesprochen hat, damit die Köpfe nicht von den Stängeln knicken und man schon nach wenigen Tagen an den Rosen ablesen kann,

wie es einmal der Liebe gehen wird. Das Sammeln soll das Ende aufhalten, die Zeit in die Schleife legen, dem Kleinhirn die Angst abjagen.

In die Rosenaufbewahrfalle tappen die Bobovillains nicht, sie schenken einander Olivenbüsche und Feigenbäume, unzerstörbar beide, auch wenn man sie nicht gießt, wenn die Liebe vergeht, der Feigenbaum überlebt. Außer man ist vom Architekturbewunderungsverein. Dann greift man zur Akazie. Sie hält länger als der römische Adler, ist dauerhafter als das Goldene Vlies.

Palim, palim, machte es an meiner Gegensprechanlage. Ja bitte, sagte ich, mit dem Taschenlampenkegel in der Stimme, ja bitte, sagte ich, in dem Ton, den ich mir von Roland Kronigl abgeschult hatte, Roland, der mit Triebi wohnte und einen großen Konzern leitete, in der Nacht nach frischen Fröschen angelte und die besten Gedichte schrieb in der Stadt. Palim, palim, machte es, ich griff nach dem Hörer, sagte: Ja bitte? Rotor, sagte es unten. Rotor?, fragte ich, was ist passiert? Du hast was vergessen in meinem Wagen. Rotor stand neben seinem Lada, in der Einfahrt zu meiner Bleibe, wo die Dicke ihren Golf parkte, neben dem TT vom Telekom-Fuzzi. Rotor zog hastig an seiner Zigarette, du hast deinen Koffer im Wagen gelassen. Meinen Koffer? Deinen Koffer. Meinen Koffer, sagte ich. Rotor schippte seine Kippe in den Gully und öffnete den Ladakofferraum. Da lag er. Ein Koffer. Dein Koffer. Mein Koffer? Dein Koffer, zwei Stunden bin ich durch das elende Viertel gefahren, um deine Bleibe zu finden. Aber die Platanen!, sagte ich. Platanen stehen hier überall. Aber das Haus mit den französischen Fenstern! Was sind französische Fenster?, fragte Rotor. Ich hatte ihn wohl überfordert. Ich hob den eckigen Koffer aus dem Ladahintern, er war flach und lang, mit schwarzem Eidechsennappa bezogen, ramponiert, bestoßen war er, Vintage, wie man das nannte.

Hör mal, ich muss jetzt weiter, sagte Rotor, du rufst mich an, wenn du filmst! Ich halte mich in Form. Wir küssten einander auf die Wange, Rotor trug Chanel Allure Homme, aus der Tiefe seines Halses stach ein Hauch Hotelseife durch.

Der gelbe Lift zieht mich rauf in den dritten Stock, in meine Bleibe, die immer ein wenig süßlich riecht, wenn man sie betritt, das kommt vom Harz der Regale, sie schwitzen Kiefernhonig aus, wenn es warm wird, es war der Geruch vom Boboeastvillage. Ich liebe ihn. Als Einzige.

Was mochte in meinem Koffer sein? Ich goss mir ein Lemonsoda in den Tumbler, Lemonsoda war mein Moët et Chandon, mein Aperol-Spritz, meine grüne Fee. Der Zucker schob mich in die Euphorie, da geht es mir wie David Lynch.

Ich legte den Koffer auf mein Sofa. Ein KLM-Schildchen hing am Griff, und der Baggage-Tag vom JFK. Ich ließ die Messinglaschen der Schlösser hochschnellen, erst die linke, dann die rechte, und dann hielt ich ein, ging auch diejenige hoch, die in der Mitte lag, gleich neben dem Koffergriff? War sie verschlossen? Ich drückte den Knopf mit dem Schlüsselloch zur Seite, es knallte, auch das dritte Schloss war offen.

Ich öffnete den Deckel, mein Herz stand still, die Erde stellte ihr Drehen ein, der Sonnenwind verstummte, die Uhren der Welt verloren sieben Sekunden. Hier lag sie, hier vor mir, 1976 bei Gibson in Nashville zusammengebaut, in bordeauxrotem Plüsch, süßlichmetallen roch es aus dem Koffer:

Meine Explorer.

Ich zündete den Boogie. Legte ein Kabel, hängte mir die Explorer um, ließ ihn kommen, den Boogie, seine Röhren glühten jetzt, sein Ton bekam Crema. Und dann stieg ich in den *Further*, kitzelte Johnny Guitar Watsons *A Real Mother For Ya* aus den Saiten. Er fuhr wieder, der *Further*, der Buntbus von Carolyn aus Poughkeepsie.

Boboville hätte ich nicht schreiben können ohne Hilfe und Inspiration von:

Monica Dusl-Jüllig, Peter Dusl, Christian Dusl, Konstanze Dusl, Erwin und Erich Dusl, Ariel, Diana und Bertin Dusl, Hiram Abif, Carolyn Adams, Woody Allen, meinem Bäcker, Bananas, Georg Barta, Lukas Beck, Zita Bereuter, Thomas Bernhard, Florian Birkmayer, Herwig Bitsche, Christian Broda, David Brooks, Elisabeth Cahon, Truman Capote, Tami Clark, Larry David, Dr. Detecto, Isabelle DuPont, Bob Dylan, Petra Eckhart, Matthias Fiegl, Kurt Freimüller, dem Fire Department City of New York, Richie Friedman, Greta Garbo, Judy Garland, Hugos Gastwirtschaft, Maya Gegeris, Thomas Glavinic, Theodor Gelpke, Glenn Gould, Johannes Grenzfurthner, Anjuschka Großkopf, Peter Grund, Alfred Gusenbauer, Herbie Hancock, Kai Hagmüller, Jimi Hendrix, Theodor Herzl, Michael Hofer, Marco Hoffmann, Albert Hofmann, Klaus Höller & Catwoman, Hans Hurch, Anna Jeller, Bagrat Kartwelischwili, Katz's Delikatessen, Daniel Kehlmann, Carlos Kleiber, Doris Knecht, Hugo Wiener und Cissy Kraner, Alexander und Danny Krausz, Roland Kronigl, Bruno Kreisky, Astrid Lindgren, Heidi List, Afra Margaretha, Martin Markovic, Rotor Viktor Matwejewitsch, Thomas Maurer, Brian May, Christian Mayrhofer, Ted McCarty, Robert Menasse, Freddie Mercury, Michael Mignon, Josef Mikl, Muckenstruntz, Martin Müllner, Wolfgang Muthspiel, Klaus Nüchtern, Betty Lou Oliver, Pier Paolo Pasolini, Maria Patat, Hermes Phettberg, Phil, Pink Floyd, Hans Platzgumer, Elmar Platzgummer, Wiltrud Platzgummer, Weldon Quintana, Lukas Resetarits, Stefan Riedl, Claudia Romeder, Tex Rubinowitz, Café Rüdigerhof, David Rühm, Johanna

Sällström, Carlos Santana, Ramona Scheiblauer, Ulrich Seidl, Peter Sellers, Harald Schmidt, Violetta Schmitz, Franz Schuh, Georg Schrom, Peter Sloterdijk, Randall Smith, Roddie Stier, Michael Synek, Stefan Tempel, Priscila Temple, Martina Theininger, Armin Thurnher, Gerald Votava, Christopher Wurmdobler & Lolek Tomtschek, Erik Turek, Andrej Turkin, Joe Wannerer, Johnny Guitar Watson, Ip Wischin und Frank Zappa. Danke, Danke, Danke!

Andrea Maria Dusl

Andrea Maria Dusl

Die österreichische Oberfläche

Österreich findet am Übergang zwischen Innen und Außen statt

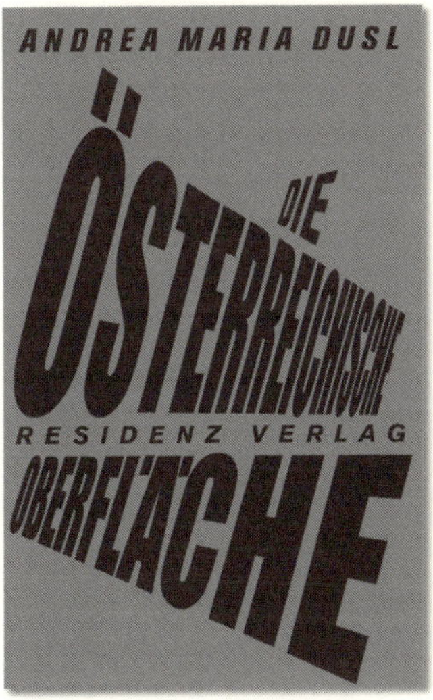

... Dusl ist der rare Fall einer Autorin, die barocken Sprachaufwand mit nachgerade wissenschaftlicher Akribie, kolumnistischen Subjektivismus mit analytischem Scharfsinn und eine grundsolide republikanische Gesinnung mit Humor zu verbinden weiß ... Zum Schluss sei auch noch die Oberfläche der Oberfläche gerühmt: Ein schöneres Buch wird man derzeit kaum finden ...
Falter

... launig und nüchtern, witzig und desillusionierend zugleich ...
Kurier

Die Beantwortung ungestellter Fragen verspricht der Klappentext von Andrea Dusls neuem Buch. Da wir überinformiert und unterbelesen sind, hält das Versprechen.
Format

Informativ und urkomisch.
Miss